初心の業

ボーダーズ4

堂場瞬一

集英社文庫

目次

初心の業

ボーダーズ 4

第一章　盛岡

1

大したことはなさそうだ。

綿《わた》谷《や》亮介《りょうすけ》は安堵《あんど》の息を吐《つ》いた。父親が倒れたと聞いて、慌てて東京から地元の盛岡《もりおか》に飛んできて、今、午後七時。綿谷がＩＣＵの大きな窓の前に立つと、父の安之《やすゆき》がちょうど目を開いたところだった。少し濁っている感じがするが……照明の具合でそう見えるだけかもしれない。綿谷に気づいて、小さくうなずく。

綿谷は父親に向かって手を上げてみせた。父親は動かない——手が動かせないのか？　しかし、もう一度かすかにうなずくのが見えた。認知能力には問題なし、体もまったく動かないわけではないようだ。脳梗塞と言っても、軽度ではないか？

綿谷はＩＣＵの窓に顔をくっつけるようにして、父親を観察した。今年の正月は帰省しなかったので、会うのは約一年ぶりになる。その間に老けた——去年の夏には八十歳になったから、元気一杯というわけにはいかないだろうが、それでも、体がずいぶん小さくなってしまっているのに気づいて心が痛む。

「亮介」呼ばれて振り返る。姉の真咲《まさき》が、疲れた表情で立っていた。

「姉さん、来てたのか」

「当たり前じゃない。母さん一人にしておくわけにはいかないでしょう」

「何時間かかった？」姉一家は久慈《くじ》に住んでいる。

「二時間。雪が降ってたからきつかったわ」雪道の運転には慣れているはずだが、姉ももう五十一歳である。いろいろなことをするのが面倒になってくる年齢——いや、それは少し早いか。「亮介は？　仕事、抜け出せたの？」

「大丈夫だ。今、ちょうど暇だったから」

　綿谷が所属する警視庁のＳＣＵ（Special Case Unit ＝特殊事件対策班）は、四六時中忙しいわけではない。むしろ暇な時期が多い。ＳＣＵは警視総監直轄の特殊な部署で、どこの部署が担当するのかはっきりしない事件、いわば「法の隙間」に落ちてしまった事件を捜査する。こちらから手を出すこともあるし、どこかから「依頼」が持ちこまれてくることもあるが、いずれにせよ二十四時間三百六十五日、フル回転で仕事をしているわけではない。

特に今は何も事件がなく待機状態だったので、午後二時に母から連絡を受けて、取るものも取り敢《あ》えず東北新幹線に飛び乗ったのだった。会う予定だったネタ元には、新幹線の中から断りの電話を入れた。粉雪が舞う中、盛岡駅東口からタクシーを飛ばして病院まで十分——新幹線に乗っている時間よりも、タクシーに揺られた十分の方が、はるかに長く感じられた。

「姉さん、詳しい話は聞いたのか」

「聞いた。ちょっと話そうか」

「母さんは？」

「今、ロビーで休んでる。今日はもう、どうしようもないよ」

「父さん、どうなるのかね」

「処置は終わったけど、明日ぐらいまではＩＣＵだって。一般病棟に移るのはそれから」

「それで、どうなんだ？」綿谷は焦って聞いた。「その、命に別状は……」

「それは大丈夫」姉がきっぱり言い切った。昔から話が短いというか、すぐに結論を口にするタイプである。そのせいか、子どもの頃から無駄話をした記憶がほとんどない。素っ気ないといつも思っていたが、今は話が早いのがありがたい。

二人は連れ立って、一階のロビーに降りた。まだ面会時間内なので見舞い客はいるし、暖房も照明もついているものの、どこか寒々とした雰囲気だ。母の晴子《はるこ》は、一人でぽつんとベンチに腰かけている。分厚いウールのコートは着たまま——というか、コートに包《くる》まれていると言った方が正確だ。一年ぶりに会った母も、だいぶ体が小さくなった。父より二歳年下の七十八歳。今時の七十八歳は、昔に比べて元気だし若いと思うが、会わなかった間に、急に年齢を重ねたように見える。何か病気でもしているのではないかと、心配になった。

「ちょっと飲み物を買ってくる」

言い残して、綿谷は自動販売機の方へ向かった。甘ったるいカフェオレがあるのを確認して、まずそれを買う。母は昔から、カフェオレが好きだった。しかし嗜好《しこう》が変わっているかもしれないと思い直し、ペットボトルのお茶を二本、追加する。

ベンチに戻り、母親にカフェオレの缶を渡した。

「ああ……」母親が絞り出すように声を上げる。プルタブを開けようとしたが、上手《うま》くいかない。姉が缶を受け取り、開けてから渡した。

「びっくりしただろう。父さん、いきなり倒れたのか？」

「そう。早めのお昼を食べ終わって、少しソファでうとうとしていたんだけど、急にソファから落ちて」

「父さん、昔からよく、ベッドから落ちてたよな」

「だから今日もそうじゃないかと思って……でも、いびきがひどくて」

「それで異常に気づいたのか」確か、父親はいびきにも歯軋《はぎし》りにも縁がない人だった。

「様子がおかしかったから……救急車を呼ぼうかどうしようか迷って、真咲に電話したのよ」

「偉いね」思わず言ってしまった。親に向かって「偉い」もないものだが、これはいい判断だったと思う。姉は独身時代、看護師だった。今は夫の家業である不動産業を手伝っているが、看護師時代は無数の修羅場をくぐってきている。

「様子を聞いたら、間違いなく脳梗塞だったから、私が一一九番通報した」

「そうか……早くてよかった」

「お医者さんも同じこと、言ってた。取り敢えず血栓は薬で処理できたそうだから、手術の必要はないって。でも、ちょっとね」姉の顔が暗くなる。

　母は黙って、カフェオレを飲んだ。ほんの一口……手が震えている。

「軽いけど、麻痺《まひ》が残る可能性はあるわ。特に足が危ないかもしれないって」

「車椅子とか？」そうなったらかなり面倒だ。冬は雪に悩まされる盛岡では、車椅子での移動はかなり大変になる。それに、痩せたといっても大柄な父に対して、母は小柄な女性だ。公的な援助を受けられても、一人で世話をするのは大変だろう。

「その可能性も考えておかないといけないって。リハビリである程度は回復するかもしれないけど、年齢も年齢だから、無理はできないでしょう」

「そうか……親父《おやじ》とはまだ話せないかな」

「それは、一般病棟に移ってから。でも、意識ははっきりしているし、言葉も大丈夫みたいだから、早ければ明日には話ができると思うわ」

「分かった」それで一安心だ。意思の疎通ができれば、今後の相談もしやすくなる。

とはいえ、心配は残る。父は古いタイプ――昭和の警察官である。謹厳実直を絵に描いたようで、自分にも他人にも厳しい。そういう人が、リハビリ中心の毎日を送るようになったらどうなるか、想像もできなかった。自分を厳しく追いこむだけならともかく、母にも当たるようになったら――昭和の夫婦らしく、基本的には夫唱婦随である。母はしっかり父の世話をするだろうが、リハビリが上手くいかなければ、二人の関係も壊れてしまうかもしれない。夫婦のことは夫婦にしか分からないが、そろそろ二人だけで暮らしていくのがきつくなる年齢でもあるだろう。

「明日、もう一度お医者さんから話を聞けるから、今後どうするかは、それから決めましょう。あ、そうだ、担当の石沢《いしざわ》君って、亮介の同級生じゃない？」

「石沢康平《こうへい》？」綿谷は目を見開いた。高校時代の同級生で、学年でずっとトップの成績をキープしていた男だ。柔道部の活動にばかり熱を入れていた綿谷にとってはあまり縁のない存在――のはずだったのだが、実際には妙に気が合って、よくつるんでいた。卒業後は東北大学の医学部に進み、地元に戻って勤務医をやっていることは知っていたが、この病院にいたとは。

「そう、今、脳神経外科の医長だって」

「偉くなったねえ」感心したが、当然だろうとも思う。あれだけ頭のいい人間で、性格も良かったのだから、出世すべくして出世したと言っていい。

「あなた、話してみたら？　友だちだから、話しやすいでしょう」

「専門的な話は、上手く聞けるかどうか分からないけど——分かった、聞いてみるよ」

「じゃあ、今日は引き上げましょう」姉が仕切るように言った。「ここにいても父さんとは話せないし、病院の人たちがちゃんと見てくれているから。それに何かあっても、家からここまで、車で十分じゃない」

母は帰りたくない様子だったが、結局姉が説得して家に戻ることになった。

「姉さんは、今晩はどうするんだ？」

「こっちに泊まるわよ。雪が降ってる夜に、高速を走りたくないもの」

「義兄《にい》さんたちは大丈夫？」

「一日ぐらい私がいなくても、何とかなるでしょう。明日、今後の話を聞いてから帰るわ」

「助かるよ」

「でも、そんなに頻繁には来られないしねえ……」姉が言い淀《よど》んだ。何か言いたいことがあるようだが、何だろう。

　嫌な予感がした。


　実家にはあまり馴染《なじ》みがない。

　父は外勤警察官として勤務しながら出世の階段を上がってきて、転勤が多かった。本部と所轄を往復して——というのは、出世の基本ルートである。そのせいか、父は退職するまで自分の家を持たなかった。盛岡市紺屋町《こんやちょう》に一軒家を建てたのは、十九年前。その頃綿谷はとうに東京に出て、警視庁に奉職していた。毎年正月には帰るようにしていたとはいえ、この家に泊まったことは二十回もない。父が岩手県警本部勤務時に家を借りていたのもこの辺りで、街の風景には馴染みがあるが……中津川《なかつがわ》沿い、盛岡城跡公園にも近い一角には、大正時代の古い建物も多い。子どもの頃は「古臭い街だ」とうんざりしていたが、今ではこの良さがよく理解できる。外国人観光客に人気なのもうなずけた。日本が穏やかだった時代が、そのまま保存されたような街なのだ。どういうわけか、喫茶店が多いのもいい。それも洒落《しゃれ》たカフェではなく、昔ながらの喫茶店。帰省した時に、そういう店でゆっくりコーヒーを飲むのは楽しみだった。

　夫婦二人住まいなので、実家はコンパクトな造りだ。当然、綿谷たちの部屋はあるわけもなく、客間に姉と二人、布団を敷いて横になる。精神的にはぐったり疲れていたが、すぐには眠れない。眠れなければ心配で、誰かと話したくなる。ところが姉はすぐに寝息を立て始めたので、これからのことを相談するわけにもいかなかった。

暗い天井を見上げながら、自分の年齢を考える。四十九歳……警察官も定年が延長されて、六十五歳までは働ける。定年まで勤め上げた時には、父は九十六歳に、母は九十四歳になっている。今回の病気のこともあるし、元気一杯の老後を送るというわけにもいかないはずだ。

何だか急に、自分の人生に大きな転換点が来たような感じがしてならない。

翌朝、病院へ行った綿谷は、石沢に面会を求めた。診療の合間を縫って、石沢は時間を作ってくれた。

「お前、老けたねえ」石沢が開口一番言った。

「お前こそ」綿谷の感覚では、石沢の方が老いのスピードが速い感じがする。髪はすっかりグレーになっていて、完全に白髪になるのも時間の問題だろう。

「髪の毛のせいだろう」石沢が自分の頭に手をやった。「これはしょうがないんだよ。高校生の頃から、若白髪があったから」

「染めればいいじゃないか」

「面倒なんだよ。床屋に何時間もいられないし——親父さん、大変だったな」

「助かったよ。世話になった」狭い診察室の中で、同級生同士が医者と患者家族の関係になり、綿谷はにわかに緊張してきた。

「まず言っておくけど、差し迫った危険はない。今後、複数の薬を服《の》み続けないといけないけど、それで脳梗塞が再発するリスクは大きく減らせる。薬の管理は——親父さんなら大丈夫だろう」

「ああ、きっちりしてるから」

「そうだよな。親父さんが高校に来た時のことは——まあ、それはいいか」

よく覚えている。あれは綿谷たちが高校二年生の時だった。学校では月に一回「出張授業」があり、様々な職業の人を招いて話を聞く機会があった。ある時、当時は岩手県警本部の地域課課長補佐だった父が講師に選ばれ、地域の警察活動について一時間、話したことがあった。話の内容は当然硬い——警察の話だからそうなるのは当然だが、父はちょっとしたジョークなどで脱線もせずに、ひたすら真面目に話し続けた。終わった後、石沢が「肩が凝った」と真顔で言ったのを覚えている。綿谷は後に、あれが警察学校の教官の喋《しゃべ》り方だと知ることになった。

「とにかく、薬をきちんと服んで、規則正しい生活を送ることだ。食べ物にも気をつけて……ただ、ちょっと気になるのが、左半身なんだ。今は軽い麻痺が残っている」

「どれぐらい深刻なんだ？」

「現段階では何とも言えない。麻痺に関しては、予想がつかないことも多いんだ。一時的なものですぐに治ることもあるし、長引くこともある。親父さんの場合、俺の経験では、主に下半身に問題が残るかもしれない。つまり、左足だ」

「歩くのに不自由するか……」綿谷は顎を撫《な》でた。父は現役時代、警察官に必要な柔剣道は最低限しかやらなかったが、走るのは好きな人だった。毎朝のようにジョギングしていて、フルマラソンも何度か走ったことがある。退職してからも、よく長い距離をウォーキングしていたようだ。だから足腰は衰えないだろうと思っていたのに、こんなことで、歩くのに支障が出るようになるとは。

「どの程度の麻痺かは、まだ何とも言えない」

「リハビリで何とかならないのか」

「それも、やってみないと分からないんだ。申し訳ないけど、やっぱり脳の中のことに関しては分からないことばかり、としか言いようがない」

「まあ……そうだよな。お前を責めてもしょうがない。でも素人は、医者は何でも知っていると思っちまうんだよ」

「そんなこともない、と言っても慰めにならないよな」石沢がうなずく。「病院として、できることは全てやる。容態は安定しているから、今日の午後には一般病棟に移ってもらう。そうしたら、話せるようになるよ」

「そんなに早く、大丈夫なのか？」

「それだけ軽度だったということだけど、麻痺はな……あまり無理させないでくれ」

「分かった。今後の治療方針は？」

「落ち着くまで一週間か二週間、ここで入院だ。麻痺の具合を見極めて、リハビリ専門病院へ転院するか、自宅へ戻るか決めてもらう」

「リハビリ専門病院へ行くと、長くなるだろうな」そうなると、一人暮らしになってしまう母親のことも心配だ。いっそ、父親が入院中は、母親には千葉にある自宅へ来てもらおうかと思う。妻は専業主婦で、一時同居していた妻の両親は、『暖かいから』という理由で、妻の兄が住む福岡市に引っ越してしまったから、何かあれば母の面倒を見てもらえる——という考えは、もう時代遅れかもしれないが。

「それはリハビリの進展次第だ。もちろん、うちに入院している間に軽快して、自宅リハビリで大丈夫かもしれない」

「ただなあ……どっちにしても心配だ」綿谷は再び顎を撫でた。「年寄り二人だと、いろいろ不便だと思う」

「引き取って同居したら？　お前、今どこに住んでるんだっけ」

「我孫子《あびこ》——千葉の北の方だ」

「東京までの通勤、大変じゃないか？」

「いや。乗り換えなしで行けるからそんなに大変じゃないよ。本もたっぷり読めるしな。家はそこそこ広いから、二人が来ても大丈夫なんだけど……嫌がるかもしれないな。二人とも、生まれてからずっと岩手だから」

「親父さん、最後は釜石《かまいし》の署長だろう？　そこまで偉くなった人だと、地元に対する愛着も強いんじゃないかな」

「とにかく、年寄りを見ず知らずの街に引っ越しさせるのは難しいよ」

そう考えると、何がベストな方法なのか分からなくなる。父は意識もしっかりしているし、喋る方にも問題はなさそうだし、「家にいる」と言い出しそうだ。

父は囲碁と将棋を趣味にしていた。そして定年後に建てた家の一室を、完全に趣味の部屋にしてしまっている。居心地のいい六畳間で、囲碁や将棋の仲間がいつも集まり、孤独な老後とは無縁らしい。そういう友人たちと離れ、見知らぬ千葉の街に住むのは抵抗があるだろう。我慢強い人ではあるが、歳《とし》を取れば意固地になることもあるだろうし。

「よく話し合えよ。誰かの手助けが必要になるのは間違いない」

「そうだな……いや、ありがとう」綿谷は頭を下げて立ち上がった。

「いつまでこっちにいる？」

「落ち着くまで……だけど、明日には一度帰らないとまずいかな。まあ、盛岡なんて、東京から新幹線で二時間半だから。近いもんだよ」

「また来るか？」

「ああ」

「じゃあ、今度は時間を作って飯でも食おうぜ。あのさ、『流星亭《りゅうせいてい》』覚えてるか？」

「もちろん」学校の近くにあった喫茶店だが、実際にはレストランと言う方が正確だ。フードメニューが異常に充実しており、しかも今の言葉で言えば「爆《バク》盛り」で有名だった。ピラフなど、洗面器に一杯ぐらいの量があったと思う。そのせいで、運動部の選手御用達《ごようたし》になっていたが、スポーツはせずに勉強一筋だった石沢も、よくこの店には顔を出していた。運動部の連中と同じ量を食べながらもまったく太らない――食べた分が全部頭に行っちまうんだろう、などと言われていた。

「あそこ、『流星亭バージョン2』になった」

「何だ、それ」

「息子さんに代替わりしたんだ。店名も正式に『バージョン2』。そして爆食メニューが、超爆食メニューになってる。俺は、カレー一人前を家族三人で分けてちょうどいいぐらいだ」

「お前、子どもは？」

「高校生の息子がいる。俺らの高校の後輩だよ。サッカー部だ」

「サッカー部の息子がいて、三人で分けてちょうどいいというのは……」想像しただけで胸焼けしてくる。

「まあ、話のタネに」石沢がニヤリと笑った。「そこで食べ比べをやれば、どっちが老けたか、分かるんじゃないか？」

大食い競争で若さを証明しなくても。

しかし、こういうことを言い合える友人がいる街は……いいものだ。


父はＩＣＵから、たまたま空いていた個室に移った。点滴の管がつながっているだけで、その他には特に悪いところはないように見える。

母親が椅子を引いてベッドサイドに座り、父親の手を取った。それを見て、綿谷は動揺してしまった。両親のスキンシップの場面など、一度も見たことがない。

「親父、気分はどうだ？」

「ああ」嗄《か》れた声で言って咳払《せきばら》いする。「大丈夫だ。ちょっと左側がな……手足が痺《しび》れてるが、それだけだ。頭ははっきりしてる」

「それだけ喋れたら大丈夫だろう」ようやくまともに話せて、綿谷はほっとした。「痺れはどんな具合？」

「まだ分からないな。経験したことのない痺れだ。正座して足が痺れた時とは、感じが違う」

父が左手を伸ばし、サイドテーブルに置かれたミネラルウォーターのボトルを摑《つか》もうとしたが、上手くいかない。指先がボトルの表面を撫でるように動くだけだった。母が立ち上がり、ボトルを取って右手に摑ませる。こちらは問題なし。父はボトルをダンベルのように使って、右肘を曲げ伸ばしした。石沢は下半身の麻痺を心配していたが、上半身――手も危ないのではないか。

「こっちは何でもないな。左手は……痺れているというか、感覚がない感じだ。自分の手じゃないみたいだ」父が眉間に皺《しわ》を寄せる。

「脳梗塞の後遺症に関しては、まだまだ分からないことが多いそうだ。ここには一週間か二週間、入院することになるけど、退院する時には麻痺は治っているかもしれない」

「そう上手くいくとは思えんな」父が馬鹿にしたように言って、母がキャップを外したボトルを口元へ持っていった。何とか水を飲んだが、少しこぼれて顎と胸が濡《ぬ》れてしまう。「このザマだ。片手でできることは限られてる。車椅子のお世話になるかもしれんな」

「父さん、そこはリハビリで――」

「必要なら、リハビリはやる。ただし、それで元通りになる保証はないだろう」

正論過ぎて反論できなかったし、変に慰めるようなことは言えない。頭はまだはっきりしているし、父は昔から記憶力がいい人だった。数年経《た》っても後遺症が残り、「あの時お前が『治る』と言ったのを支えにしてきたのに」などと恨み節をこぼされても困る。

「ところでお前、最近どうだ」父がいきなり話を変えた。

「どうって……」

「五年前か六年前か、目の前で犯人を取り逃がしたって言ってただろう。あれ、どうした。その後捕まったという話は聞いてないが」

「まだ捕まっていない」嫌なことを思い出させてくれる。あれは綿谷にとって、警察官人生最大の失敗だ。その直後にＳＣＵに異動になったのだが、当時は懲罰人事だと思っていた。ＳＣＵは訳の分からない組織だと思われていたからだ——今でもそうだが。

「父さん、俺のことはいいから」

「あの話をした時のお前の顔が忘れられん。あんな情けない顔は見たことがない」

「父さんの部下だって、失敗はしただろう」

「俺も同じだ。誰だって失敗する。ただ、その受け止め方とその後の対応は様々だ」

そんなに自分のことを気にしてくれていたのだろうか。綿谷が警察官になってから、仕事のことを話し合う機会はほとんどなかった——父が避けていたようなのだ。

「分かった、分かった。今は父さんのことが大事だから……面倒だろうけど、取り敢えず医者の言うことをよく聞いて、治療に専念してくれ。ここの脳神経外科の医長は俺の同級生だから。石沢康平、覚えてる？」

「東北大の医学部だな？　お前の高校から、十数年ぶりに東北大の医学部に合格した優等生だ」

「さすがだ」思わず苦笑してしまった。父の記憶力は健在――これに関しては、脳梗塞の影響はまったくないようだ。「あいつがちゃんと面倒見てくれるから、心配しないで治療に専念してくれ」

「退院した後はどうなる」

「その時点で麻痺が残っていたら、リハビリ専門の病院に転院だそうだ」

「そこでリハビリを続けて、その後は？」父の目つきが急に鋭くなった。現役時代、容疑者を追及する時は、こんな表情だったのではないだろうか。

「そんなに先のことは、まだ分からないよ」

「いつ家に帰れる？」

「それは……」

「いつだ？」

綿谷はまじまじと父の顔を見た。老いた――皺は増え、頰の肉は緩み、全体にいかにも老人という感じの中で、鋭い目つきだけが現役時代を彷彿《ほうふつ》させる。

「今はまだ、何も言えないんだ」綿谷は辛うじて嘘《うそ》を避けた。「昨日の今日だから、石沢にもまだ見極めがつかない。脳については分からないことばかりだって、あいつは言ってたよ」

「選択肢というか、可能性は限られるだろう。どこかの老人ホームに入る、ずっとリハビリ専門の病院にいる、お前たちの家で世話になる——どれも困る」

「父さん、今の時点であまり考えなくても」

「俺は家に帰る。あそこが俺の死ぬ場所なんだ！」


綿谷は軽いショックを受けていた。父がそこまで、家に執着しているとは思わなかったのだ。現役時代はずっと借家や官舎住まいだった父にとって、六十過ぎてようやく建てた家は、まさに終《つい》の住処《すみか》なのかもしれない。

母を病室に残したまま、姉と一緒に病院の食堂で昼食を摂《と》った。二人ともカレーライスを頼んだのだが、これが何とも残念な味……辛味がほとんどなく、カレー色のシチューを食べているような感じだった。患者向けにはこれで仕方がないかもしれないが、見舞いに来る人間に、こんな味の薄いカレーを出さなくても。

「参ったわ」姉は食欲がない様子で、しきりにスプーンでカレーとライスをこねくり回している。「あんなに弱った父さんを見たの、初めて」

「最近は、どうだったんだ？」

「いつも通りの父さんだったから、こんなことがあるなんて思ってもいなかったのよ。お正月も、昭人《あきと》に将棋を教えこもうとして、散々粘ってて。昔と同じね」

「昭人は、将棋はやらないのか」昭人は姉の長男で、今年高校三年生になる。

「やらないわ。結局、一族の中で囲碁将棋をやるのって、父さんとあなただけでしょうね。あなただけ、父さん直伝で……何が面白いのか、私には分からないけど」

父は、囲碁も将棋もアマチュアとしては最高レベルと言っていい腕前だ。岩手県警では毎年囲碁と将棋の大会が行われるのだが、どちらも三連覇して「永世名人」に祭り上げられ、以降大会への参加を禁じられた。要するに、父が出ると結果が予測できてしまい、他の参加者の士気を挫《くじ》く、ということらしい。

「実際のところ、しばらくしたら決断を迫られるかもしれないわね。父さん、あんなに家に執着しているということは、選択肢は少ないわよ」

「俺か姉さんがあの家に住むしかないかな。姉さん、看護師の経験が活《い》きるんじゃないか？」

「今のところは、私の経験が役立つかどうかは分からないわ。リハビリは、理学療法士や作業療法士の担当だし。それに今、うちの方もいろいろ大変だから……向こうのお義《か》母《あ》さんも、介護が必要なのよ」

「じゃあ、俺か」

「あなた、そんなことできるの？　仕事はどうするのよ」

「それはしょうがないよ、家族のことだから」

「あなたは家族じゃなくて仕事優先の人生かと思ってた。父さんや母さんのことはあまり心配してないのかと」

「そんなこともないさ」

そもそも警察官になったのも、父の影響だ。簡単に認めるのが悔しいので、父と語り合ったことはないのだが……幼い頃から父の仕事ぶりを間近で見てきて、警察官という仕事への憧れを募らせてきたのは間違いない。そして、父と同じ岩手県警を目指すのではなく、警視庁を受験したい、東京で勝負したいと告げると、父はあっさり賛成してくれた。今考えると、警察官としての「勝負」がどういう意味なのか、自分でもさっぱり分からないのだが。

その後も父は淡々としていた。帰省する度に、綿谷は警察の仕事について話し合いたい──教えを受けたいと思っていたのだが、いつも適当にはぐらかされてしまった。あれは、父の照れだったのだろうか。

「だけど、体が不自由になったからって、地元を離れる気にはなれないでしょうね。久慈に来いって言っても拒否すると思う」

「姉さんが盛岡へ来るのは……」

「無理、無理」姉が顔の前で大袈裟《おおげさ》に手を振った。「さっき言ったみたいに向こうのお義母さんの介護もあるし、昭人は来年受験だし。昭人のためには、環境を変えたくないわ。あの子、今年はインターハイを狙えそうなのよ」

「それはすごい」昭人は囲碁将棋にこそ興味がないものの、祖父や自分から一つの趣味だけは引き継いだ。それが柔道への情熱で、今は所属する高校の中心選手として活躍している。将来はオリンピック選手候補——とまではいかないが、その腕前に興味を示している大学もあるという。大学でも柔道を続ければ、未来の可能性は様々に広がっていく。もし、本当にオリンピックに出られれば、その腕を活かして就職は引く手数多《あまた》になるだろうし、子どもたちに柔道の楽しさと厳しさを教えるために、教員になってもいい。もちろん、警察官という道もあるわけだ。警視庁の場合、柔道や剣道の強豪選手が何人も所属している。機動隊などで通常業務をこなしながら腕を磨き、警視庁の選手として活躍する。引退すれば、教養課で後輩たちを教える仕事が待っている。

「だから、これから転校なんて、無理だから。あなた、本当にこっちへ戻ってきたりできるの?」

「まあねえ。仕事は……仕事は何とかなるか。警察のコネを使えば、盛岡でも何らかの仕事は見つかると思う」岩手県警も協力してくれるだろう。「警察一家」の感覚は全国共通だ。

「それでいいの？　結構必死の思いで東京へ出ていったんじゃないの？」

「もう三十年も前の話だよ」あれから自分はすっかり変わった。警視庁という、日本一大きな警察組織の中で厳しい仕事に追われ、鍛えられてきたと思う。そして数年前からはSCUで特殊な仕事をこなしている。

しかし今、微妙な立場にあると思っている。

SCUの仕事はしばしば、人の恨みを買う。「どこが担当するか分からない事件を扱う」のが設立の目的なのだが、いざ事件が解決すると「うちの事件を横取りしやがって」と憤慨する人間が組織内から出てくるのだ。綿谷としては、簡単に受け流せない。

そして自分の将来についても、かすかな疑問がある。綿谷は元々組対《ソタイ》――組織犯罪対策部出身で、暴力団捜査、銃器対策などを担当してきた。二十年も続けてきたその仕事は、まさに身に染みついていたと言っていい。日本から暴力団がなくならない以上、組織犯罪対策部の仕事は続くし、最近では半グレのグループや、闇サイトを通じて集まり、一時的に徒党を組んで犯罪に走る連中の対策も担わなくてはならなくなっている。

もちろん、SCUの仕事にも意味はある。少人数――わずか五人だ――で運営されるSCUにおいて、綿谷はナンバーツーの立場で、キャップの結城《ゆうき》新次郎《しんじろう》をサポートしつつ、自ら捜査にも取り組む。そういう役割にはやりがいもあった。しかし今でも、組織犯罪対策部――暴対課が自分の「故郷」だという自覚もある。とはいえ、数年間離れている間に、暴対課の組織も仕事もかなり変わってしまったはずだ。仮に戻っても、自分がそこに馴染めるか、意味のある仕事ができるか、疑問である。かといってこのままずっとSCUにいるべきかどうか……警察官人生はまだ十五年以上もある。定年間近で、後は流して——というわけではない。ここからもう一踏ん張りして、将来について考えねばならない時期だ。

ただし、ふと思うこともある。五十になってから、警察官として何ができるだろう。完全に出世ルートに乗っていれば、管理職として「部下を率いる」という明確な目標ができる。綿谷は警部。本当なら、管理職として若手を率いる立場だ。しかし出世はここまで——昇任試験を受けてなれるのは警部までで、そこから先は試験ではなく普段の仕事ぶりが評価されて昇任につながる。警視、警視正となれば署長への道も開け、それこそ父親に肩を並べることができるのだが、SCUにいては、まともに評価してもらえるかどうか……公安出身であるキャップの結城は独特の人脈と権力の持ち主とはいえ、綿谷の将来を左右するような異動に手を貸してくれるかどうかは分からない。正直、本音も正体も読めない結城に何かを頼む気にはなれないのだが……。

あれこれ考えると、五十を前にして自分が行き詰まりかけているのが分かる。人生はまだまだ長い。この先どうするか、まったく新しい人生を考えるなら、ぎりぎりの年齢が今ではないだろうか。

「そんなに深刻な顔しないで」姉が助け舟を出すように言った。「今すぐどうこういう話じゃないんだから」

「まあね」今日明日ではない。しかし一ヶ月後には決断を迫られるかもしれない。

その時、スマートフォンが一瞬振動した。メッセージか……確認すると、SCUの朝《あさ》比奈由宇《ひなゆう》からだった。チームでは下から二番目の若手なのだが、既に警部補に昇任している。目標は明確、「警視庁初の女性部長」で、それに賛同するSCUのメンバーもあれこれフォローしている。出世のために、本来のルートに戻る――警部補に昇任した時点で所轄の係長になる――かと思われたが、本人はSCUの居心地がいいようで、まだ居座っている。本人の将来のためには、そろそろ異動した方がいいのだが。

「電話可能なら連絡して下さい」

父のことで帰郷したことはSCUのメンバー全員が情報共有しているから、こういう気を遣ったメッセージになっているが、向こうが急いでいるのは分かる。綿谷は姉に断り、席を立った。とはいえ、どこで話をしたらいい？

2

病院の建物から出て、綿谷は凍えるような思いをした。今日は雪こそ降っていないものの、気温はぐっと下がり、風が重く冷たい。そんな中へ、コートなし、背広の上下だけで出てきてしまったのだ。岩手で生まれ育った綿谷は、寒さには強いと自負している。実際東京では、ウールのコートやダウンジャケットのお世話になることは少ない。しかし故郷の寒さを感じると、東京暮らしですっかり体が鈍《なま》ってしまったと意識する。

慌てて建物の中に入り、公衆電話がある場所を見つけた。その周辺が携帯で通話可能になっていることを確認してスマートフォンを取り出し、SCUに電話をかける。

「お疲れ様です——大丈夫ですか？」由宇が電話に出た。

「何とか落ち着いた」

「ちょっと厄介な話がありまして、お願いしてもいいですか？」由宇が遠慮がちに切り出した。

「構わないけど、俺、まだ盛岡だぞ。こっちでやれることなのか？」

「実は、立て籠もり事件が起きまして」

「東京で？」

「いえ、岩手——盛岡です。聞いてませんか？」

「ニュースを見ている暇もなかった」壁に設置されたテレビに目を向ける。午後のワイドショーの時間……大きな事件では速報が流れるだろうが、盛岡で起きた立て籠もり事件は、速報に値するだろうか。「いずれにせよ、俺が手を出すようなことじゃないだろう」

　立て籠もり事件の場合、警視庁だったら基本的に捜査一課の特殊事件捜査係――SITが担当する。しかし、誘拐や立て籠もりなどの事件を捜査するSITが実際に出動する機会は、あまりない。それだけ特殊な犯罪ということだ。岩手県警にも、小規模ながら同じような部署がある。様々なシチュエーションに対応するように普段から訓練を積んでいるので、言ってしまえば、こういう事件では綿谷のような人間の出る幕はない。

「菅原《すがわら》、ご存じですよね。菅原大治《だいじ》」

「――ああ」嫌な偶然だ。先ほど父親が口にしたが、あの時も胸を突かれるような痛みを感じた。「菅原がどうした」

「立て籠もったのは菅原なんです」

「まさか」綿谷はスマートフォンをきつく握り締めた。

　菅原は広域暴力団藤宮《ふじみや》組の元幹部で、ある事件に関して逮捕状が出ている。藤宮組からは既に破門されており、本人の行方はずっと分からないまま……綿谷にとっては、苦い失敗だった。逮捕できるところまで追い詰めたのに逃げられ、そのまま六年が経過していた。さすがにこれだけ長期間、一人で潜伏生活を続けていたとは考えられず、すでに死亡しているのではないかと思っていたのだが……こんなところに姿を現すとは。

「いったいどういうことなんだ」綿谷は説明を求めた。

「うちの――暴力団対策課の刑事が、たまたま東京駅で発見して、新幹線で岩手まで追跡してきたんです。確証が取れなかったんですけど……何とか写真撮影に成功して、本部の方で間違いないと判断しました。盛岡市内で声をかけたところ、振り切られて、民家に立て籠もった――人質が二人いるそうです」

「クソッ！」綿谷は思わず吐き捨てた。「何てことしやがるんだ」

「そういうことをしそうなタイプなんですか？」

「いや、人を殺しているけど素人に迷惑をかけるような人間じゃないと思っていたが、その印象は撤回だな」

菅原は、対立する組の幹部を襲って射殺した。対立していたとはいえ、藤宮組は本格的な抗争に発展させる気はなく、それ故すぐに菅原を破門したのである。その後相手の組に詫《わ》びを入れて手打ちを行い、結果的に両者の緊張関係は解消した――菅原が組に無断で襲撃事件を起こしたのだから、突っ走る傾向があるのは間違いない。

「いきなり対立組織の幹部を射殺するような人間でしょう？　何をするか分かりませんよね」

「それで――」

「可能なら現場に出てくれ」急にキャップの結城が割りこんできた。向こうでスピーカーフォンに切り替えたのだろう。

「キャップ――」

「君は、菅原とは個人的にも知り合いだろう」結城が指摘した。

「ええ――知り合いだと認めるのも嫌ですが」

藤宮組の若頭《わかがしら》補佐だった菅原を、綿谷はしばらく情報源にしていた。悩みを聞いてやり、ある程度は信頼関係を築けたと思っていたのだが、あんな事件を起こし、俺の目の前から逃げやがって――と今は恨みしかない。

「ちょうどいいタイミングだから、説得に入ってくれないか」

「そんなことしていいんですか？　岩手県警の面子《メンツ》を潰しますよ」

「取り逃がして立て籠もられたのは、警視庁のミスだ」

「――尻拭いですか」

「君が問題なければ、すぐに岩手県警に話を通す」

「分かりました」拒否はできない雰囲気だ。それに今は、仕事があるのがありがたい。父親の件でどんよりした気分を晴らしてくれるのは、仕事しかない。それに、自分が盛岡で仕事することで、父を力づけることになるかもしれない。「では、すぐに現場で合流します」

「無理しない範囲で、説得に当たってくれ。防弾チョッキは岩手県警に用意してもらう」

「奴《やつ》はまだ拳銃を持っているんですか？」

「当時使った拳銃と同じものかどうかは分からないが、立て籠もる前に一発撃っている」

「そうですか……了解です」

急に命の危険を感じる。こういう現場で警察官が撃たれるようなケースはほとんどないのだが、相手が銃を持っている以上、何が起きるかは分からない。

まさか、父親の介護の話から急転、自分の命を心配するような事態になるとは。

現場は寒かった。しかも場所が悪い。ＪＲ盛岡駅から歩いて十分ほど、駅から東に出て、北上川《きたかみがわ》を渡ってすぐの材木町《ざいもくちょう》だった。商店や小さな会社、民家などが混在する一角で、人が多い。

ここもノスタルジックで落ち着いた雰囲気が売り物だ。何か意図があるのか、中心部を走る道路は微妙に折れ曲がっている。そのせいか車はスピードを出せないので、ゆっくり歩いて散策するにはいい場所だ。晴れた日なら、岩手山《いわてさん》がよく見えるのだが、今日は視界が悪い……。

県警が現場を広く封鎖していたが、既に野次馬が集まって、緊迫した雰囲気になっていた。中には、観光客らしい外国人の姿も見える。盛岡は特に見どころといえるような場所もないのに、最近、やけに海外の観光客に人気なのだ。石川啄木《いしかわたくぼく》と宮沢賢治《みやざわけんじ》の世界に興味があるとも思えないが……古い街並みと自然のバランスがいい、つまり景色そのものが見どころ、ということなのだろう。

さて、誰に声をかければいいか――結城は既に、岩手県警の幹部と話をしただろうが、いかに警察でも、上から現場まで話が伝わるのにはタイムラグがある。

心配していると、すぐに声をかけられた。

「綿谷さん」

「ああ――お前だったか」

暴対課時代の後輩、警視庁の君島《きみじま》巡査部長。背は高くないががっしりした体型で、短く刈り上げた髪に潰れた耳――高校時代、本格的に柔道をやっていた男だ。

「話は聞いた」

「面目ないです」情けない表情を浮かべ、君島が頭を下げた。

「いや、そもそも六年前に俺が取り逃がしていなければ、こんなことにはなってなかった」

「取り敢えず、現場に」君島が、警戒している制服警官に「捜査」の腕章を示して、非常線の中に入っていった。綿谷も、常に持ち歩いているSCUの青い腕章をコートのポケットから出し、腕にはめる。

「人質は、家の住人か？」

「そのようですが、確認は取れていません。今、県警の人たちが確認に走っています」

「怪我人《けがにん》は？」

「現段階では不明です」

「やりにくいな……県警の方針は？」

「説得にあたるという話ですけど、綿谷さんがそれを担当するんですよね？」

「上司にそう言われた」君島が怪訝《けげん》そうな表情を浮かべる。

「そもそも綿谷さん、何で盛岡にいたんですか？」

「ここ、俺の田舎なんだよ。親父が倒れて、昨日慌てて帰ってきた」

「――すみません！」君島が、歩きながら頭を下げた。「そんな大変な時に、こんなことを……俺らのヘマです。申し訳ありません」

「いや、親父の方は大丈夫だから。明日にも東京へ戻るつもりだったんだ――あそこが、前線本部だな？」

「ええ」

県警のマイクロバス――捜査指揮車が、一軒の家の前に停《と》まっていた。その前後にもパトカー。三台の車の陰に隠れて、大勢の警官が待機している。

「中と連絡は取れているんだろうか」

「それは分かりません——あ、岩手県警の捜査一課長です」

　初老の男が近づいてきた。がっしりした体型で背も高い。拳がゴツゴツしているのを見て、長年空手で鍛えてきたのでは、と綿谷は想像した。綿谷に気づくと、さっと目礼して、立ち止まる。頭のてっぺんから足の爪先までさっと見て「綿谷署長の息子さん？」と訊《たず》ねた。

「はい」警察では、退職しても、辞める直前の肩書きで呼ばれることが多い。署長は署長、課長は課長。

「その節はお父上にお世話になりました。池永《いけなが》です。綿谷さんが釜石署長時代、私は刑事課の係長でした」

「そうですか……父の方こそ、お世話になりまして」

「とんでもない。私も多くの上長に使えましたが、あれだけ公平で部下思いの人はいませんでした。囲碁と将棋の時だけは、残酷になるのが困りましたが」

　父は、特に腕前を評価している人間を相手にする時は、どうしようもない状況に追いこみながら、簡単には王手をかけないでいたぶるという悪い癖がある。相手に考えるチャンスを与えているのかもしれないが、やられている方にしたら嫌がらせをされているようにしか感じられない。綿谷もそうやって痛い目に遭わされてきたから、自分はなるべく優しく指そうと決めている。ただし、SCUの同僚である八神佑《やがみたすく》はそうは思っていないようだ。将棋の教えを請うてくるので、毎日昼休みに対戦するのだが、八神は致命的に将棋のセンスがない。そして毎回惨敗しては、「虐殺ですよ」と文句を言うのだった。

「……マル対《タイ》と顔見知りだそうですね」

「もう六年ぐらい会っていませんが。最後に会った時に、取り逃がしました」

「警視庁の指名手配犯」池永がうなずく。

「殺人容疑で指名手配された、元暴力団幹部です」

「厄介な相手だ……しかし、無事に確保できれば、あなたの方の指名手配容疑でも逮捕できる」

「そう願いたいですが……ちょっとトンパチな野郎なんです」

「と言いますと？」

「組から指示が出たわけではないのに、対立する組の幹部を勝手に襲って射殺した――その後破門になってるんですよ」

「ほう」池永が疑わしげな表情を浮かべる。

彼が何を考えたかはすぐに分かった。「組の指示を受けずに勝手に襲った」というのは「シナリオ」で、実際には命令があってやったのではないか。すぐに破門すれば組は相手からの報復を避けられる。そして実行犯には金を渡してかくまう。全面戦争に発展させずに、相手の戦力を削《そ》げる。

ただしこの件に関しては、複数の筋の捜査から、暴対課では菅原の単独犯行という結論に至っている。

「取り敢えず、こちらへ」

池永に促されるまま、指揮車に入った。マイクロバスを改造してあり、ここから幹部が指示を飛ばせるようになっている。運転席と助手席以外のシートは取り払われ、空いた広いスペースには大きなテーブルが入っている。右側には通信機器やパソコンが入ったラック、反対側には防弾チョッキやヘルメット、警棒などを入れておくラックがあった。綿谷が入っていくと、中にいた私服刑事がぴしりと敬礼する。綿谷も敬礼で返したが、これは捜査一課長への挨拶だったかもしれない。

「そこのテーブルについて下さい」

池永に言われるまま、問題の家がある側に設置されたテーブルの前に座った。目の高さに小さな窓がある——光線の入り具合を見て、防弾ガラスだと分かった。問題の家までの距離は一〇メートルほど。

「奴《やっこ》さんが持っている銃は何ですか？」

「まだ不明です。短銃なのは間違いないですが、種類までは……」

「まあ、安心して観察できますね」この窓は、縦横とも三〇センチほどだ。一〇メートルの距離から、そのサイズの目標物に当てるのは難しい。警察官でも、かなり上級者でないと無理だろう。防弾ガラスがはまっていることも加味して、ここにいる限りは安全だと判断する。

綿谷はバッグの中から小さな双眼鏡を取り出した。目が悪いわけではないが、これは刑事になった頃からずっと持ち歩いている。監視などの際に、何かと便利なのだ。

双眼鏡を使って、一〇メートル先の民家を確認する。それほど大きな家ではない——少なくとも、間口は狭かった。ドアの横に小さな窓があるだけだが、すりガラスが入っているので中の様子はまったく窺《うかが》えない。その横は車庫。シャッターが上がっていて、前向きに停めてある車のマフラーから、排ガスが白く上がっているのが見えた。

「車のエンジン、かかったままですね」家を見たまま綿谷は言った。

「老夫婦二人暮らしの家らしいです。車で出かけようとした時に襲われて、そのまま家の中に押しこまれたということです。あの車庫から直接、家に入れるドアがある」

「車庫に人を待機させて、何かあったら突入、が現実的ですか」

犯人は一人なので、何ヶ所にも目は配れない。玄関、車庫からの入口、勝手口を押さえれば、警察側が圧倒的に有利になる。

「まだそこまでの作戦は立てられませんよ」池永が渋い表情を浮かべる。

説明を聞くと、かなり苦しい状況だと分かった。裏手には勝手口があるものの、そちらには窓がない。二階には窓があるが、そこからも何も見えなかった。菅原は、ドアや窓から離れた家の中心部にいて、人質に銃を向けているのだろう——とは推測できたが、確認する方法がない。

「マル対とは話しましたか？」

「うちの刑事が電話を入れた。あの家の電話にかけたんだが、警察だと勘づいたようで、すぐに切ってしまいましてね」

「となると、電話での説得は難しいですか」

拡声器を使って声をかける——しかし家の奥にいる犯人にはその声は届きにくいだろうし、近所の人たちを不安にさせてしまう。どうやら「避難要請」は出していないようだ。家の中にいれば安心、という判断なのだろう。盛岡で育った綿谷だが、それは数十年も前のことであり、最近のこの辺りの様子がどうなっているかは分かっていないので、県警の判断を信じるしかない。

取り敢えず、現段階で分かっている情報をまとめた。

君島たちが東京駅で菅原を見つけたのは、午前十一時過ぎ。別件の捜査で移動中、まったく偶然に発見したのだった。確証がないまま菅原の尾行を続け、盛岡に到着したのは午後一時半過ぎだった。それまでに何とか菅原の写真を撮って本部に確認。間違いなく本人だと確証を得たので、尾行を続け、材木町に入ったところで声をかけたところ、いきなり発砲した。君島たちは銃を携行していなかったため反撃することもできないま、菅原は目の前の民家に飛びこんでしまった、という経緯らしい。それが午後二時前。それから既に一時間半が経っている。しかしその間に菅原と綿谷の関係に気づいた人間がいて、情報がSCUに流れ、キャップたちが綿谷を動かす決断をしたわけだから、大変なスピードとも言える。

被害者は千葉《ちば》裕介《ゆうすけ》、聡子《さとこ》夫妻。二人とも七十五歳。子どもたちはとうに独立して、夫婦二人暮らしだという。同じ盛岡市内に住む長男夫婦、北上市に居を構える次男夫婦には連絡済みだが、現場ではなく所轄で待機してもらうことになっている。

「一度、電話をかけてみましょうか」綿谷は提案した。

「出るかどうか、保証はないですよ」池永は乗り気にならなかった。「拡声器を使った方が……」

「つながりさえすれば、話ができると思います。拡声器では、一方的に呼びかけるだけですからね」

「確かに……しかし、そんなにきちんと話せる相手ですか？」

「結構長い間——五年ぐらいネタ元にしていたんですよ。あんな事件を起こしてトンズラしたのは計算外ですけどね。向こうも当然覚えていると思います」

菅原は悩み多き青年幹部だった。出身は大阪。地元の悪い先輩に誘われ、たまたま悪の道に足を踏み入れた。暴力団の正式な組員になったのは二十歳の時。最近は組員になる若い人間が少ないせいか、あっという間に出世の階段を上がっていった。しかしずっと「これでいいのか」と悩み続けていたようで、「止《や》めるにはどうしたらいいか」「止めた後はどうやって暮らせばいいか」と何度か綿谷に相談を持ちかけていた。本来は気の弱い、人の誘いを断れない男である。流されて暴力団に入り、早くに若い組員から「兄貴」と呼ばれていい気分になっていたのかもしれないが、その反面、ずっと自分の行く末を考えていたようである。

暴対課では、暴力団から足抜けしたがっている組員を密《ひそ》かにサポートしている。人が少なくなれば、組の勢力は削がれるし、社会復帰を後押しするのは、地味だが警察として大事な仕事である。ただし菅原は「止めたい」と言った直後に「組に義理がある」「恩を裏切るわけにはいかない」と昭和の暴力団組員のようなことを言い出して、前言を取り消すのだった。

結果、「組のために対立組織のトップの命《タマ》を取る」という考えに凝り固まって暴走し、あんな事件を起こした。

もう少しきっちり話しておけば、事件は起きなかったかもしれないと、何度後悔しただろう。そうでなくてもすぐに逮捕できていれば、更生に手を貸せた。綿谷の警察官人生において、最大の失敗だったと言える。そういう意識があったからこそ、父に愚痴をこぼしてしまったのだろう。

「とにかく、電話してみます」

池永がメモをテーブルの上に置いた。それを見て、自分のスマートフォンに番号を打ちこむ。おそらく出ないだろう。ところが予想に反して、誰かが受話器を取った。声は聞こえないが、こちらが何か言うのを待っている気配。

「菅原か？　警視庁の綿谷だ。覚えてるか？」

相手は電話を切らなかった。

3

「菅原、馬鹿なことをするな」

「手遅れや」菅原が溜息《ためいき》をつく。「俺の人生、こんなことばっかりやないか」

「お前は運が悪いんだよ。それと、何かやる前に五秒考えないから、失敗するんだ」

「そうなんや……あんたに何度もそう言われたよな。けど、五秒待つ間に殺されるかもしれへん」

「分かってるよ。でも今日は、致命的な失敗をしたわけじゃないぞ。銃のことはともかく、誰も傷つけてないだろう？　その家の人は無事なんだよな？」

「ああ」

「だったら出てこいよ。お前が出てきづらいんだったら、まずそこのご家族を解放してくれ。俺たちはどっちでもいい」

「無理や」菅原の声は消え入りそうだった。

「ずっとそこに籠もってるわけにはいかないんだぜ」

「お茶を飲ませてもらった」

「お茶？」何の話だ？　綿谷は首を傾《かし》げた。

「わざわざお茶を淹《い》れてくれたんや」

「そんなに親切にしてくれる人たちに、怖い思いをさせるなよ。素人さんを苦しめるのは、お前の主義じゃないだろう」

「ところで、何であんたが？」菅原が疑念を口にした。「何で電話してきてるんや？」

「たまたま盛岡にいて、古馴染みのお前が事件を起こしたって聞いたから、電話してる。どうだ？　久しぶりに直接会って話さないか？　俺ももう、暴力団の担当からは外れてしまったけど、昔話でもしようじゃないか」

「話すことは……ある」

「何でも聴くよ」

「それはありがたいけど、気持ちがまとまらへん」

「ゆっくり考えろ。俺はずっとここで待ってるから」

「あんたのこの電話番号は——昔と同じやな」被害者宅では、ナンバーディスプレイのある固定電話を使っているのだろう。

「ああ。業務用の携帯だ。番号、覚えてたか」

「忘れへんわ。散々話したやんか」

「そうだな。またゆっくり話そうぜ」その舞台は取調室になるかもしれないが。「とにかく出てこないか？　銃のことは俺に任せろ。危ないことはないようにする」

「ちょっと考えさしてくれ」

「一回電話を切るか？　かけ直すぞ」この分なら、一度電話を切ったらそのまま、という感じにはならないだろう。上手くいけば、向こうから電話をかけてくるかもしれない。

「俺は無理はしたくない。お前の気持ちは大事にするし、話もきちんと聴くよ。だから、一度電話は切るけど、必ずかけ直してくれよ。いや、時間を決めて俺の方から電話するか？」

「——いや、俺が電話する。この電話からかける」

「お前、昔の携帯は解約したよな？」それは確認済みだった。誰かを指名手配した時、携帯とクレジットカード、銀行口座の追跡は真っ先に行う捜査だ。

「ああ。今は携帯も持ってない。大昔に戻ったような気分やな」

「お前の歳だと、物心ついた頃にはもう、携帯があっただろう。携帯のない時代なんか知らないんじゃないか」

「喩《たと》えや、喩え。とにかく、後で電話する」

「ああ」

電話は切れた。ゆっくり息を吐き、両手を擦《こす》り合わせる。それほど長い会話ではなかったが、掌《てのひら》に汗をかいていた。

「悪くないようですな」池永が安心した口調で言った。

「向こうはこっちを覚えてました。一回で説得できなかったのは申し訳ないですが」

「いや、話がつながっているだけで十分ですよ。時間をかけていきましょう」

「向こうから電話をかけてくると言っていますから、待ちましょう。私はここにいた方がいいですよね？」何かあったらすぐに飛び出せる。

「ええ。よろしくお願いしますよ」

若い刑事がコーヒーを持ってきてくれた。インスタントではなくちゃんと淹れたコーヒー……見ると指揮車の一角に、コーヒーメーカーやポットを置いた棚がある。

「これぐらい大きな捜査指揮車だと、何かと便利ですね。さすが、準備がいい」池永にお世辞を言った。

「装備は警視庁さんの方がはるかに豪華じゃないですか」

「まあ……どうなんでしょうね」

SCUには三台の捜査用車両がある。捜査指揮車として使うランドクルーザー、現場へ急行する時に便利なルノー・メガーヌRS、さらに機動性重視のバイク・KTMが一台。他の捜査セクションとはかなり異なった装備である。

「出てきそうな感じですか?」池永が遠慮がちに訊ねる。

「頑《かたく》なではありません。仮に渋っても、説得できると思いますよ。元々、あまり気の強い人間ではなかったですから」

「しかし、対立する組幹部を射殺している」

「昭和の任侠《にんきよう》映画の観過ぎなんですよ」実際菅原は、昭和四十年代頃に盛んに作られた任侠映画を観るのが大好きだった。高校生の頃からそういう映画のビデオを観続けて、任侠の世界に憧れていた。「まあ、悪い奴じゃないんです。勘違いと、運の悪さが重なってこんなことになってますけど、まだ更生のチャンスはある」

「あなたも人情派だ」

「どうですかね」綿谷は首を傾げた。「そういうのは、自分では分かりにくいです……君島、悪いけど監視を頼む。俺はちょっとSCUと話をするから」

「分かりました」君島が窓辺のテーブルについた。それを見届け、綿谷はコーヒーを持って外へ出た。指揮車の中で話してもいいのだが、何となくそれは避けたかった。

猛烈な寒風に体を叩《たた》かれ――風が突き抜けそうな感じだった――コーヒーがあっと言う間にぬるくなってしまう。電話をかけ、誰かが出るのを待つ間、一気に飲み干した。

メカニック・IT担当の最上功太《もがみこうた》が電話に出る。

「お疲れ様っす。今、スピーカーフォンに切り替えます」

急に雑音が入り始めた。SCUでは高品位なスピーカーフォンを導入しているのだが、雑音が完全に消えるわけではない。

綿谷は状況を説明した。ある程度はSCUでも把握しているようで、報告は短時間で済んだ。

「見通しはどうですか？」と由宇。

「フィフティ・フィフティだと思う」綿谷は少し厳しい見通しを披露した。「本人はだいぶ混乱しているけど、上手く手を差し伸べられれば、何とか説得できるかもしれない。今、向こうからの電話待ちだ」

「申し訳ないですが、そのまま県警に協力を続けて下さい」

「そのつもりだ」

「こちらは、私が待機していますから、随時連絡を入れていただけますか？」

「キャップは？」

「本部です。政治です」

これはSCUの仲間内でしか通用しない言い回しだ。結城は警視庁内に独特のネットワークを持っているようで、しばしばSCUを空けて本部に出向く。一見下らないと思われるような雑談を交わしたり、飯を一緒に食べたりして、自分のネットワークの維持、更新に励んでいるらしい。SCUのスタッフはそれを「政治」と呼んでいる。

「非常時なんだけどなあ」綿谷は苦笑してしまった。

「こっちは別に、非常時じゃないですから。綿谷さんが非常時なだけですよ」と由宇が指摘した。

「冷たい皆さんだなあ」綿谷はつい愚痴をこぼした。

「私たちは東京にいざるを得ないんだから、しょうがないですよ」

「——ところで綿谷さん、お父さんは大丈夫なんですか」八神が割って入ってきた。

「ああ、思ったよりも症状は軽かった。ただし、この後リハビリとかがあるから、いろいろ大変だ」

「そういう問題が出てくる年齢なんですね」

「お前さんも、あと十年したら分かるよ」

「——ですね」

「そっちの方は心配しないでくれ、菅原の件が片づいたら、明日には戻る。直接そっちに顔を出すから」

「そんなに無理しないでも」八神が心配そうに言った。

「そうですよ」由宇も同意した。「明日まで有休ですよ。少しゆっくりされたらどうですか」

「忙しくしたのはそっち――朝比奈の判断じゃないのか？」

「まあ、そうなんですけど……綿谷さんがやった方が早いじゃないですか。岩手県警に任せておいたら、どうなるか分かりません」

「おいおい、岩手県警を舐《な》めるなよ」一度も県警で働いたことはないが、何となく自分が馬鹿にされたような気になる。

「舐めてはいませんけどね……使えるものは親でも使えということです」

「それは正しいな」

電話を切り、コーヒーの入っていた紙コップを握り潰す。さて、この件はいったいいつまでかかることか。最後はこの寒風の中、菅原を出迎えることになるだろう。それが夜までずれこまないことを綿谷は祈った。

指揮車に戻る前に、ふと思い出して姉に電話を入れる。事情を説明すると、慌てた口調で「あなたは大丈夫なの？」と訊《き》いてきた。

「何とか」

「テレビで立て籠もり事件のニュース、やってるわよ。何であなたが現場にいるの」

「ちょっと警察的な事情があるんだ」

「撃たれない？」

「撃たれないように向こうを説得する。父さんと母さんはどうしてる？」

「母さんは夕方まで病院にいるって言うから……私は一回、紺屋町の家に戻って来たのよ。今日も泊まらないといけない感じね」

「そうだな。まだ心配だ」

「あなたはどうするの？」

「早く決着がつけば家に行く。でも、まだ分からないな。夜までかかるかもしれないし」

「警察の仕事も大変ね」姉が溜息をついた。

「そんなの、父さんを見て、子どもの頃から分かってただろう」

「父さんは、撃たれるようなことはなかったはずよ」

それはそうだ。父は交番勤務から始めて、その後ずっと外勤警察官としてキャリアを積んできた。外勤警察官というと、交番や駐在所に詰めて、防犯の最前線で街の人を守るイメージがあるのだが、その活動を統括し、バックアップする部署もある。父はそういう部署の職員を歴任し、行政官としての仕事が多かったが、所轄で課長や副署長、署長を務めた時には、現場で体を張って指揮することもあっただろう。そんな父親に従って、家族は引っ越しを繰り返した——盛岡生まれ盛岡育ちと公言している綿谷だが、実際には県内の各地で暮らした。盛岡が一番長かったのは間違いないが。

父の背中を見て育ち、綿谷は高校に入った頃には、警察官になることだけは決めていたが、できるだけ転勤はしたくないとも思っていた。だから、本部でできる仕事がいい。そしてできれば、日本の首都である東京で勝負したい——その目標は、だいたい達成できたと言っていいだろう。

「まあ、仕事だから。俺のことは気にしないで……父さんと母さんを頼むよ」

「分かった。でも、一段落したら、またちゃんと話す機会を作ってね。時間が経てば、父さんのリハビリの方針も決まるし、それによって私たちがどう対応するかも決めなくちゃいけないから」

「分かってる」

自分が盛岡に戻って両親の面倒を見るか——もちろん自分一人で決められることではなく、家族と相談しなければならない。妻は東京出身で、首都圏の外に住んだことはないし、下の息子はまだ高校生である。これから大学受験を控えているから、環境は変えたくない。できれば大学受験が終わるまでは、今の家で暮らしたいが、その間、誰が父親の面倒を見るかという問題が残る。

様々な問題があるが、盛岡に戻ることに、綿谷本人としてはあまり抵抗はない。抵抗がないことに自分ながら驚いた。

警視庁の仕事はやり切った感覚？　それとも行き詰まって定年までの十五年を警視庁で過ごす気がなくなっている？　こんな中途半端な気持ちでは、何ごとも上手くいかないのではないだろうか……じっくり考える時間が必要だ。しかしそれは、今ではない。

スマートフォンが鳴った。先ほどかけた、千葉家の固定電話の番号が浮かんでいる。

菅原は、予想よりも早く決断したのかもしれない。

スマートフォンを耳に当てたまま、指揮車に飛びこむ。窓を覗《のぞ》いていた君島が振り向いた。首を横に振ったが、綿谷の顔を見て顔色が変わる。綿谷は中央にあるテーブルについて、話し始めた。

「どうだ？」

「どうだって言われても、そんな急にはね」

「迷ってるのか」

「当たり前や。素人さんに迷惑かけて、ただで済むとは思わんよ」

「だったら早く、千葉さんご夫婦を解放しろよ」

「千葉さん、言うんか」

相手の名前も知らないのかと呆《あき》れたが、考えてみれば、菅原も必死だったのだろう。

車に乗りこもうとした夫婦を脅して家に押し入った——表札を確認している暇があったとは思えない。

「千葉さんだ。高齢のご夫婦だし、お前に拳銃を突きつけられたら、体調だって悪くなるだろう」

「分かってる」

「素人さんには迷惑をかけない——お前、昔からそう言ってたじゃないか。俺は、それだけは評価してたんだぞ」

「それだけかいな」菅原が鼻で笑った。

「暴力団を褒めるのは好きじゃない。でも、素人さんに迷惑をかけないっていうポリシーは立派だぞ。出てこいよ。まず、千葉さんを解放してもいいけど、俺はお前が出てくる方がいいと思う。そこに一人でずっといても、何も解決しないぞ。身の安全は保証する」

「けど、家の周りは取り囲んでる。違うか？」

「警察官はいる。でも、取り囲んではいない」

「信じられへんな」菅原が吐き捨てるように言った。

「保証するよ」

「じゃあ……取り敢えず、この家の人を出すわ」

「分かった。千葉さんたちは出してくれるんだな？」綿谷は池永に向かってＯＫサインを出した。

「どうする？　何分後にする？」

「そう慌てなさんなって」菅原がからかうように言った。「十分後でどうや？」

「構わない。その際は、警察官を玄関先まで行かせる。念のためだから、それは受け入れてくれ」

「そのまま玄関から突入、は勘弁してや」

「それはない。約束する」本当は、そんなことまで自分が約束する権限はないのだが。あくまで主体は、岩手県警の捜査一課である。「十分後に、警察官を何人か玄関まで行かせる。お前は玄関に来る必要はない。千葉さんたちは怪我してないんだろう？　自力で歩けるよな？」

「もちろん」

「だったら、千葉さんご夫婦だけで、玄関から出てもらってくれ。その際、千葉さんにはドアに鍵をかけてもらってもいい」

「その鍵を千葉さんが持っていったら、いつでも警察は中に入れるやろうが」

「そこは信じてもらうしかない。だいたい、民家に突入するのは難しいんだぜ」

「ホンマかいな」

盛岡市内に住む長男に話を聴いて、家の間取りは既に摑んでいた。玄関から入ると長い廊下。左側には応接間、その奥にリビングルームとダイニングキッチンがある。右側は二階への階段と、トイレ、風呂などの水回り。二階にも三部屋ある。特に入り組んだ造りではないが、廊下は狭く長いので、一気に大人数が突入して制圧するのは不可能だ。勝手口と玄関に分散させても、さほど効果はないだろう。

「こっちも、危ないことはしたくない。だからお前に大人しく出てきてもらった方がいい。出てきて拳銃をその場に置けば、すぐに終わるよ。手荒な真似《まね》はしない」

「俺は、警察を信用するような素人やないで」

「分かってるさ。だけどお前も、ずっと逃げ続けて疲れてるだろう。この辺で楽になれよ」

「まあ……あんたは、この件には絡まへんのやろ？　今は、たまたま話してるだけやな？」

「ああ。顔見知りの俺が話した方がいいだろうということで……しかし、すごい偶然だよな」盛岡は大きな街だが、東北の一地方都市である。そこで指名手配犯と、それを追っていた刑事がたまたま一緒になる確率はどれぐらいだろう。

「なあ、俺、逮捕されたらどうなる？」

「この立て籠もり事件についての捜査が先だ。それが一段落したら、指名手配されている件で、東京へ移送されることになる」

「あんたはもう、俺の担当やないな」

「ああ、今は別の部署にいる」

「俺を取り逃がして、責任問題になったんか?」

「そんなことはない」思わず苦笑してしまった。確かに自分でも、SCUへの異動を左遷だと思った時期もあったのだが。

「俺と話す時間はあるか?」

「東京へ戻ったら時間を作ろう。お前が取り調べにちゃんと協力してくれれば、そういう時間もできるはずだ」

「じゃあ、そうするわ。あんたには話しておきたいことがあるんや」

「今じゃ駄目なのか?」

「長い話やから。ちゃんと時間を作ってくれ。こんなことにならへんかったら……」

「分かった。約束する」何か別の事件に関することだろうか? 時折、こういう逃亡犯がいる。逃げている間に様々な情報を摑み、自分の立場を有利にするために、取り引き材料に使おうとする人間が。「とにかく、まず千葉さんご夫妻を解放してくれ。お前がどうするかは、その後きちんと話して決めよう。千葉さんは、今から十分後に出してもらっていいか? 見えるところに時計はあるか?」

「俺かて、腕時計ぐらい持ってる」

「あの金のロレックスか？」若頭補佐になった祝いだと言って、自腹で購入したものだった。藤宮組は規律に厳しく、平《ひら》の組員は光り物を身につけることが許されない。その反動か、幹部とみなされる若頭補佐になると、急に金の時計やネックレスに走る。

「いや……あのロレックスはいい金《かね》になった」菅原の声が落ちこむ。

「売って逃亡資金にしたのか」

「金の時計なんか、見栄《みえ》のためだけのもんや。こういう時に金に替える役には立つけどな——今、四時十分やな？」

「ああ」綿谷の腕時計もその時刻を示している。

「四時二十分でええか」

「分かった」

「それやったら、千葉さんたちには勝手に出てもらう。そのタイミングでの突入はなしやで」

「分かってる」

「こっちは銃を持ってる。それを忘れるなよ」

　それまで軽い調子で話していた菅原が、急に脅すような口調になった。いったい、この男の真意はどこにあるのだろう。ネタ元にしていた頃から、分かりにくい人間ではあったが。

経緯を説明すると、池永は一瞬、車内の天井を見上げて考えた。

「突入をご検討かもしれませんが、あの家の様子だと危険です」綿谷は察して忠告した。

「――そうですね。部下を危険に晒《さら》すわけにはいかない。この後、本人はきちんと出てくると思いますか？」

「嘘はないと思います。それに菅原は、どうも私と話したがっているようです」

「電話ではなく？」

「何か、マル暴関係のネタでもあるのかもしれません。私は今、マル暴担当ではないですが、情報があれば担当部署につなぎます。いずれにせよ奴は喋りたがっている。ちゃんと出てこないと話もできないことは、分かってるはずですよ」

「では申し訳ないですが、引き続き説得をお願いします。あなたに任せてよかった。こういう事件は、長引きがちですからね」

「私もいつまでもこれに関わっているわけにはいきませんから」

父のことがある。そもそも、そのために盛岡に来たのだから。もっとも、たとえ、この事件があと三十分で解決して実家に戻っても、父の今後について、母や姉と話し合うエネルギーが残っているとは思えなかった。

十分後、約束通りに千葉夫妻が出てきた。驚いたことに、一匹ずつ猫を抱いている。飼い猫も一緒に出して——と菅原に頼みこんだのだろうが、その場面を想像すると、ひどくシュールな感じがした。菅原は拳銃を持ち、二人は死と直面していたはずである。そんな中、自分たちだけでなく愛猫も助けたい——ペットを飼う人の心理としては、それが普通なのかもしれない。

二人が無事に家を出てきて、パトカーに乗りこむのを、綿谷は捜査指揮車の中から見守った。二人とも怪我はなかったようで、待機していた救急車は出番なし——しかしまだ現場近くに停車している。事件は解決したわけではない。この先、まだ怪我人が出る可能性もあるのだ。

隣に座る君島が、盛大な溜息をついた。

「ホッとしたか？」

「取り敢えず、最悪の事態は避けられましたからね」

「まだ半分だぞ」自分で言って緊張してしまう。

日本の警察と海外の警察の違いは、人質事件や立て籠もり事件で一番はっきり出ると言われる。日本の警察は、誰も傷つけずに人質救出、そして犯人逮捕を目指す。海外の警察は、とにかく一刻も早く事件を解決するために、犯人を射殺することも厭《いと》わない。犯人が死んだらその後の捜査に支障が出るのだが、そんなことよりも犯人を排除して、当面の危機を回避することが優先されるようだ。

今回は、典型的な日本の方式で上手くいきつつある。

「菅原を確保してから安心してくれ」

「分かってます。しかしあいつ、何で盛岡なんかに来たんですかね」

「お前らの尾行に気づいたからじゃないか？　奴は昔から、勘だけは鋭いんだ。だから俺も、逮捕直前で逃げられた。危機察知能力が高いんだな」

「そういう奴、いますよね」

「俺もそうありたいけど、なかなかそうもいかない」綿谷はコーヒーメーカーのところに行って、自分でコーヒーを用意した。ブラックのまま一口。そのまま窓際に歩み寄って、現場を観察する。夫妻が家を出るタイミングで、二人の刑事が玄関脇と車庫の中に身を隠した。菅原からは、この一連の動きは見えていないはずである。隠れた二人はあくまで待機――いざという時のために容疑者の一番近くにいる、ということだ。

「さて……間髪《かんはつ》容《い》れずにいくか」綿谷はスマートフォンを取り上げ、千葉家の固定電話の番号を呼び出した。通話ボタンを押そうとした瞬間に、向こうからかかってきた。

「奴さんも、そろそろ疲れたんだろう」綿谷は君島に向かって、スマートフォンを振って見せた。

「ああ。千葉さん夫妻は無事に保護した。怪我もないようだ」

「アホぬかせ。俺がそんな乱暴なことするかいな」

「それで、どうする？　もう出てくる気になったか」

「せやな……もうええか。だいたい、他人様《ひとさま》の家に押し入って居座るような、失礼なことをする気はなかったんや。成り行きやな」

「じゃあ、出てこいよ。俺が迎えに行く」ただしすぐに、というわけにはいかない。綿谷一人で菅原を確保するわけにはいかないのだ。実際には二人で玄関まで行き、さらにそこから見えないところで複数の刑事が待機——拳銃を持って待機し、最悪の時は発砲するように準備を進めるだろう。人の配置に五分、と読んだ。

「そうするか……腹が減った」

「飯食ってないのか」

「今、新幹線の中で弁当なんか売ってないやろ」

さりげない一言で、菅原の行動の一端が明らかになった。菅原は元々こちらへ来る予定だったわけではないようだ。尾行されているのに気づき、咄嗟《とっさ》に新幹線に飛び乗ったのだろう。だから食料を調達している暇もなかった。

「そこへ食い物を差し入れてもいいけど、その時間がもったいない。出てこいよ。何か温かいものを用意するから」

「冷え切った弁当やないいんかい」菅原が皮肉っぽく言った。この男は何度か逮捕されているから、勾留中の官弁《かんべん》の侘《わび》しさはよく知っているだろう。

「できるだけ希望に添うようにする。どうする？　俺は十分ぐらいあれば準備できる」

「それやったら、四時四十分にしようか。お茶の一杯ぐらい飲ませてや」

「構わない。じゃあ、四時四十分に玄関から出てきてくれ。出てこないと、こっちがドアを開ける」

「心配するなって。俺もいつまでも、こんなことやってるつもりはないんやから」

「分かった」

壁の時計を見る。四時二十七分。残された時間は十三分だ。電話を切り、池永に状況を報告すると、綿谷はすぐに防弾チョッキを借りて身につけた。君島が緊張した面持ちでそれを手伝う。

「綿谷さん、気をつけて下さいよ」

「俺は柔道四段、剣道二段、空手二段だぞ」

「将棋のアマ三段は足さなくていいんですか？」

「菅原と将棋をさしたことがあるが、奴は辛うじて駒の動かし方が分かるぐらいだった。そんな相手に、アマ三段の威光は通用しない……さて、これでいいか」

スーツの下に防弾チョッキを着こみ、さらにコートの前のボタンを上から下まできちんと留める。かなり窮屈になったが、それでも動けないことはない。下半身の自由は利くから、いざとなったら空手二段の蹴り技で対応しよう。

「よし、行ける」

綿谷は池永、それに捜査一課の幹部と簡単に打ち合わせをした。さほど難しい状況ではあるまい。菅原が素直に出てきさえすれば、一番近くのパトカーまで連れていき、岩手県警の捜査員に引き渡して終了だ。問題は、菅原が外へ出てきたものの、急に「行かない」と言い出した場合、それと玄関から出ることさえ拒否した場合だ。前者では、綿谷がひたすら説得に当たる、後者では一度引いて出直す方針が決められた。

発進。さっさと終わらせよう――無事に菅原を逮捕できれば、自分が六年間背負ってきた重荷を下ろせるのだと、その時気づいた。

4

捜査指揮車から出て、綿谷は千葉家に向かった。左隣は酒屋、右隣は畳屋……千葉家はかなり年季の入った一軒家だった。東日本大震災の時には、かなりのダメージを受けたのではないだろうか。
県警捜査一課の若い刑事――耳の潰れ具合を見ると、この男も本気で柔道をやっていたようだ――と二人で家に向かう。ただし菅原と話すのは綿谷と決めていた。臨時の相棒は背後に控え、何かあったら手を貸してくれることになっている。

「君は、柔道は何段？」綿谷は緊張を解《ほぐ》すために軽い調子で訊ねた。

「自分、初段です」

「その割に耳がしっかり潰れてる」

「あ、これはラグビーで。大学までやってました」

「フォワードか」

「散々スクラムを組んで、潰れました」

「君にタックルを見舞われないように願うよ」

「オス」頼り甲斐《がい》のある低い声で刑事が言った。

さて——綿谷は肩を二度、上下させた。腕時計を確認する。あと一分。菅原を下手に刺激しないように、時間ちょうどにドアをノックしよう。

ふと、顔に冷たいものが当たる。猛烈な風に乗った硬く小さな雪が、銃弾のように襲ってきて、痛みさえ感じるほどだった。防弾チョッキが少しは防寒の援軍になるが、コットンのトレンチコートは頼りない。東京では、これでも暑いぐらいだったのだが。

ドアの前に立つ。鍵は、さきほど千葉夫妻がかけて出てきた。インターフォンがあるのに気づいて、鳴らすべきかどうか迷う。迷っているうちに、同行した刑事が「時間です」と告げた。

綿谷はドアをノックした。ほどなく、玄関の中で誰かが動く気配がする。菅原が出てきたようだとホッとして、綿谷はドアノブに手をかけた。軽く回してみるが、やはり鍵はかかっている。しかしすぐに「ガチャリ」と音がして、ドアノブが大きく回った。ドアが外に向かって開いた——隙間から、菅原が顔を見せる。

「おう」綿谷は軽い調子で言った。

「どうも」菅原の顔は真っ青だった。

それにしても老けたな、と思う。菅原は今年、四十歳になるはずだ。三十代の後半を費やした逃亡生活で、すっかりへたってしまったのだろう。髪は薄くなり、げっそり痩せて、目の下には隈《くま》ができている。

「あらかじめ言っておくが、後ろにもう一人いる」

言われて、菅原がさらに首を突き出した。どうしても体を外に出したくないのかもしれない。あるいはまだ、手錠をかけられる覚悟が固まっていないのか。

「警察官は二人一組で動くのが基本だから。その決まりは、どんな状況でも変わらないし、それ以上の意味はない……まず、拳銃を渡してくれないか」

「いやあ……」菅原が微妙な反応を見せた。

「心配するな。お前に怪我させるつもりはないから。銃を持っていると事故が起きる可能性があるから、渡してもらうだけだ」

「そんなこと言うて、俺を撃つつもりやないんか」

「ほら」綿谷はコートのボタンを全て外して、腰を見せた。「刑事が銃を持つ時はホルスターを使う。何もないだろう？　だいたい俺は、たまたまここにいただけで、今は有休なんだ。有休中の刑事は、銃なんか持たない」

「まあ……じゃあ、出るわ」丸腰になるのが怖いようだ。その感覚は分からないではないが、こちらとしては、一刻も早く銃を確保しないと。

「ゆっくり出てくれ。外は寒い」

「ああ。さすが、岩手やな」

「お前、この六年間どこにいたんだ？　沖縄にでもいたのか」六年間南国の陽気に慣れていたら、この寒さと雪は地獄のように思えるだろう。

「まあ、それは後でゆっくり話すよ。出るで」

綿谷は一歩引いた。菅原は、ドアの隙間をすり抜けるように外へ出てきた。ジーンズに黒いミリタリージャケットという格好——ミリタリージャケットは中綿などが入っていないようで、岩手の寒さを防げるようなものではない。これでは、東京でも寒いだろう。

落ちぶれた感じは否めない。六年前は、菅原は「形から入る」暴力団員だった。常にブラックスーツに黒いシャツ、ネクタイという格好で、靴も綺麗《きれい》に磨き上げていた。藤宮組の若頭補佐が自分で靴を磨くのだろうかといつも疑問に思っていたが、確認したことは一度もない。しかし今は、その辺の安売りの店で適当に揃《そろ》えてきたような服装だった。足元はくたびれた編み上げのブーツ。ソールに穴が空いていても不思議ではない。

「寒いねえ」菅原が自分の腕を抱いた。

「銃は？」

「はいはい、出しますよ」

菅原がミリタリージャケットのポケットに手を突っこんだ。あそこに銃を入れているわけか。このミリタリージャケットが本物なら、銃も入るようにポケットを大きくしてあるのかもしれない。

菅原の右手が銃を引っ張り出した。黒光りする——どうやらマカロフのようだ。

「こいつは、六年前にも使ったものか」

「ああ」

「よく今まで持ってたな。すぐに始末するもんだと思うけど」

「護身用や」

「日本では、どんな理由があっても銃を持つのは許されないぜ」

「分かってるわ」

菅原が銃身を握ったまま右手を挙げた。撃つ気はない、ということか——しかし突然目の色が変わり、銃を持ち直す。

「はめやがったな！」叫ぶと、いきなり発砲する。

「伏せろ！」綿谷は叫んだ。腕に自信はあるが、さすがにこの至近距離で銃を使われたら、制圧する自信はない。それにしても……菅原は、銃を持った刑事が至近距離に控えているのを見てしまったのだろう。銃を持った相手を確保する時は、刑事の方も銃を抜いて対応するのが普通である。もちろん、撃たないに越したことはないが。

綿谷が道路に伏せた瞬間、銃声が二発聞こえた。目の前で菅原が崩れ落ちる。綿谷は反射的に跳ね起き、彼の体を確認した。頭から出血している――これはまずい。どうして頭を狙った、と怒りがこみ上げてくる。いや、たまたまだろう。頭は小さくはない標的だが、狙って簡単に当たるものではない。

「菅原！」声をかけると、菅原がぴくりと身を震わせる。死んではいない。急いで手当すれば何とかなるかもしれない――こうなると、救急車が待機しているのがメリットだ。

「救急車だ！　急いで！」

凍りついていたその場の空気が動き出す。後ろで控えていた刑事が、非常線の方へ駆けていった。途中で「救急車！」と何度も叫ぶ。警戒していた制服警官が、非常線を緩め、救急車に駆け寄った。

「菅原、しっかりしろ！　すぐに病院へ運ぶ」

「じゃん……」震える声で菅原が囁《ささや》いた。

「じゃん？　じゃんって何だ？」

「じゃんがヤバい」

菅原の首ががくりと横に垂れた。まずい——綿谷は手首を握って脈を確認した。強くはないが、脈動は感じられる。

クソッ、早くしてくれ！　気が急《せ》いて立ち上がった瞬間、救急車のサイレンが聞こえてくる。サイレンなんか鳴らしてる場合か！　再度怒りがこみ上げてきた。しかしすぐに、理不尽な怒りだと自覚する。

菅原の頭から流れ出した血が、アスファルトを黒く染めていく。出血は……ずっと続いているわけではないようだ。体が痙攣《けいれん》することもない。綿谷を混乱させているのは、菅原がどこを撃たれたか、正確に分からないことだ。髪が邪魔になって銃創が確認できない。頭の下にコートを敷いてやろうかと思ったが、頭を動かしていいかどうかも分からなかった。

早く来てくれ！

「生きているんだな？」午後七時。盛岡中央署に落ち着いた綿谷は、救急車に同乗した県警の刑事から連絡を受けた。菅原は病院で緊急手術中だが、一命は取り留めそうだという。頭を撃たれて生きていられるものだろうか……菅原が運びこまれたのは、父が入院しているのと同じ病院である。ということは、石沢康平が処置を担当している可能性もある。あいつなら何とかしてくれるかもしれない。

重苦しい雰囲気だった。

立て籠もり、発砲、そして容疑者が被弾。重大事件ということで、盛岡中央署には捜査本部が設置される予定である。綿谷も、菅原が撃たれた瞬間の状況を供述しなければならないということで、署に移動してきた。しかし二時間以上が経つのに、まだ事情聴取が始まる気配はない。

会議室の片隅で電話していた君島が、通話を終えてやって来た。東京の本部に報告していたのだろう。

「どうだった？」

「取り敢えずここに残って、岩手県警の捜査に協力すべし、ということでした。向こうから応援も来ます」

「応援が来ても、何ができるわけじゃないけどな」今回の銃刀法違反事件の捜査は、あくまで岩手県警が行う。

「何か……申し訳ないです」君島が頭を下げた。「綿谷さんには迷惑かけちゃって」

「俺はいいんだよ。別に撃たれたわけじゃないから——俺もちょっと電話してくる」

立ち上がると、まだ防弾チョッキを着たままだと気づいた。鬱陶しいが、脱ぐ時間ももったいないので、そのまま外に出る。

すっかり暗くなり、粉雪が宙を待っている。盛岡中央署は官庁街にある、比較的新しい庁舎だ。すぐ近くには県警本部、岩手県庁、盛岡地裁、地検などがある。すぐ裏手は盛岡城跡公園だ。そこから遠くない地裁の石割桜《いしわりざくら》は、毎年見物に出かけたものだ。観光名所というのは、評判に比べて実際は寂しいものだったりするが、この石割桜は岩手県人として、誰にでも勧められる。植物の強さをすぐ間近で見られる貴重な場所なのだ。盛岡観光に行くという人がいると、真っ先に勧める。ただし桜の花を楽しめるのは、春のほんの数日だ。タイミングを外すと、巨大な岩を割って伸びる桜の幹の荒々しさだけを観賞することになる。

署を出ると、目の前が中央通り、その向かいが県の合同庁舎になる。官庁街だけあって、この時間になると人も車も少ない。その中で、盛岡中央署にだけは、ひっきりなしに車が出入りしていた。パトカーだけでなく、報道陣の車も……地元のメディアにとっても大事件だろう。早速ネットニュースで確認して――とスマートフォンを取り出したが、いざそうするとニュースを見る気がなくなり、ＳＣＵに電話をかけた。待機しているはずの由宇を早く解放してやらないと。自分の仕事は終わったし、彼女が待っている理由はないのだ。

「お疲れ様です」由宇の声はいつもと変わらない。この辺は本当に大したもの——見習わねばならないと思う。彼女は事態がどんなに混乱しようが、自分に危機が迫っていようが、ほとんど態度を変えない。指揮官かくあるべし、だ。指揮官が慌てると、下の人間は動揺してしまう。指揮官がどんと構えて、普段と同じ態度、口調でいる限り、部下は安心できるのだ。

「まだ手術中だが、菅原は一命を取り留めそうだ」

「よかったです。でも、撃たれたの、頭ですよね？　それで平気なんですか？」

「執刀しているのは、俺の高校の同級生かもしれない。脳の血管の専門家で、親父の主治医でもあるんだ。長い間会ってなかったけど、ゴッドハンドかもしれないな——皆、もう引き上げたか？」

「ええ」

「君も帰れよ。どう考えても、今日は捜査に動きはない。菅原が、普通に話ができるようになるかどうかは分からない」

「だったら綿谷さんも引き上げて下さい——とキャップから伝言です。事情聴取は受けましたか？」

「まだだ。現場も混乱している」そう言えば腹も減った。昼間の病院のカレーは、結局半分ほど残してしまったのだ。いつ呼ばれるか分からないから、何か腹に入れておくか。

「それは受けないとまずいですよね」

「ああ。取り敢えず待機している。今日で終わればいいけど、もしかしたら明日も続くかもしれない」

「その際は連絡して下さい。こっちで有休を調整します——すみませんでした」

「どうして謝る？」謝られるようなことはないはずだが。

「綿谷さんにこの件を頼まなければ、嫌な思いをさせることはありませんでした」

「俺は別に平気だよ。菅原には申し訳ないことをしたが」

「向こうが先に発砲したんでしょう？」

「臆病な奴なんだ。周りが警官だらけで、狙われていると思って、反射的に撃っちまったんじゃないかな」

「県警的には、まずい状況かもしれませんね。発砲が正当だったかどうか」

「それは大丈夫だろう」

綿谷も相当慌てていたが、菅原が搬送された後、現場をざっと見るぐらいの余裕はあった。菅原の銃から放たれた銃弾は、指揮車のボディに当たっていた。指揮車は改造されていて、装甲車並みとは言わないがかなり分厚いボディを誇っている。実害はなかったとはいえ、警察官が乗っている車両を狙って発砲してきたので、仕方なく応射した、というシナリオに無理はない。

「少なくとも、綿谷さんには迷惑が及ばないように上手く逃げて下さいよ」

「何かあっても、キャップが何とかしてくれるんじゃないか」

警視庁内、さらには警察庁にまで交友網を広げているらしい結城は、SCUのメンバーが危機に陥った時、思いもよらぬ方向から介入して助けてくれる。かなり危ない――合法か違法かぎりぎりのところだが、結城の裏工作のおかげか、メンバーが処分を受けたことはない。

「それは当てにしないで欲しい、というキャップからの伝言です」

「おいおい」生まれ故郷の街で自由を奪われでもしたら――それこそ、親父に知られたら、どんな風に言われるか分かったものではない。まさか、親父が助命嘆願してくれるとは思えないし。

「一報を聞いて、綿谷さんの方は心配ないと判断したんだと思います。そうじゃなければ、まだここに残って電話作戦を展開してますよ」

「……そうだな。今晩、何か動きがあれば連絡するけど、本当にもう引き上げてくれ。明日の朝には、もう少し状況もはっきりしていると思うから、オンラインでつないで打ち合わせをしてもいい」

「了解です。綿谷さんも、上手く抜け出して休んで下さいよ」

「抜け出せればね――すまん、割りこみだ」

由宇との通話を終え、かかってきた電話に出る。県警捜査一課の管理官、畠中《はたなか》だった。

「綿谷さん、申し訳ないですが、供述調書を作ります」

「飯を食っている時間は……なさそうですね」

「大至急やります。うちで一番タイピングが速い人間を使いますから」

「そいつはありがたい」しかし事情聴取しながらその内容をパソコンに打ちこんでいくので、これから二時間は覚悟しないといけないだろう。九時過ぎに、まだ食事ができる場所があっただろうか。実家に戻れば何かあるかもしれないが、母や姉の手を煩わせるのも申し訳ない。コンビニ飯か、カップ麺か……何だか新人の頃に戻ったような気分だった。

予想通り午後九時に事情聴取を終え、綿谷は東京から来ている君島ともう一人の刑事を誘って映画館通りに出た。この辺が盛岡市の食と遊びの中心地で、遅い時間に食事をしようとなると、だいたいここに来ることになる。

盛岡というと三大麺――冷麺にわんこそば、じゃじゃ麺ということになるのだが、この時間になるとそれを楽しめる店は多くが閉まっている。焼肉屋に行けば冷麺は食べられるとはいえ、九時過ぎに焼肉は、まもなく五十歳になる綿谷にはヘビーだ。結局、特に盛岡とは関係ないラーメン屋に入ることにした。

せめてものねぎらいにとビールを頼み、三人ともラーメン、それに炒飯《チャーハン》と餃子《ギョーザ》を二つずつ注文する。君島は暴対課の上司にたっぷり絞られたようで、元気がない。食べると少しは元気を取り戻したようだが、それでも店を出るまでずっと暗いままだった。

二人は近くのホテルに泊まるので、店の前で別れる。実家まで歩いて帰ると二十分ぐらい……しかも寒い。しかしラーメンで体が内側から温まっているので、何とか耐えられるだろう。それに、電話をかけるべき相手がいた。

石沢はすぐに電話に出た。

「すまん。今話して大丈夫か？」

「ああ」

「そちらへ運びこまれた菅原のことだ。お前が手術してるのかと思ったよ」

「それは若手に任せた。俺は自宅待機中だ」

「こういうの、電話では話せないかもしれないけど、どうなんだ？　頭を撃たれて、生き延びるのか？」

「手術が終わったばかりだから何とも言えない。生きるか死ぬかの話になると、生きてはいられるだろうけど、元通りに回復するかどうかは何とも言えないな」

「そうか」菅原が喋れるようになるまで回復しなければ、警察としては「負け」だ。警視庁も、ずっと追っていた逃亡犯を実質的に取り逃がすことになってしまう。

「病院としては全力を尽くすけど、今のところは何の保証もできないな……ところで、何でお前がこんな話を？　お前には関係ないんじゃないか」

そうか、どういう状況で撃たれ、誰が絡んでいたかは、石沢が知る由もないことだ。

「ちょっとその件に関係していてね」

「東京の刑事さんが？」

「もしかしたら俺は、巻きこまれ体質なのかもしれない。自分ではそのつもりがなくても、変な事件に関係してしまうことがよくある」

「そんなこと、あるのかね？」石沢が首を捻《ひね》る様子が容易に想像できた。

「事件は、病院で言えば急患みたいなものだ。近くにいれば、自分の患者じゃなくても絡まざるを得ないだろう」

「事件を引き寄せる感じか」

「それはあるかもしれない」

「まあ、仕事ならしょうがない。この件、お前に連絡しないといけないか？」

「いや、岩手県警の担当者がきちんと話をする。今は、ちょっとした個人的興味で電話しただけだ。その男、顔見知りなんだよ」

「そうなのか？」

「表に漏らされるとまずいけど、お前だから言うよ。指名手配犯なんだ。俺が関わった捜査で指名手配して、だけど取り逃がした。そのまま六年だよ。ようやく発見できたと思ったら、こんなことになった」

「そうか……そんなこと、あるんだな」

「すまん、変な話だった。申し訳ない」歩きながら、綿谷は頭を下げていた。

「いやいや、仕事の話なら……お互い、きついことがあるよな」

「ああ。夜分にすまなかった。今度、時間を作ってゆっくり呑《の》もう。親父のこと、よろしく頼むぜ」

「心配するな。俺はプロだ」

プロ。今一番聞きたい言葉だったと気づいた。

第二章　応援捜査

1

「うちの仕事から、一時外れてくれ」結城が言った。「明日の有休は延期してくれ」ぐらいの口調だった。

「外れる？」綿谷は、思わず目を細めた。

「一時的な話だ。向こうの希望でもある。レンタル移籍のようなものだ」

「移籍なんですか」

「だから、期限つきで」結城が面倒臭そうに言った。

　菅原が撃たれた翌日の夕方。ようやく新橋《しんばし》にあるＳＣＵの本部に戻った綿谷は、結城のデスクの前で「休め」の姿勢を取っていた。上司に報告する際や指示を受ける際はこれが普通なのだが、ＳＣＵでは珍しい光景だ。結城は「虚礼撤廃」を掲げており、上司にも常に自席で座ったまま話をしていい、というのがルールになっている。実際、五人しかいないから、立ち上がらなくても他のメンバーと話ができる。

「しかし、うちの業務ではないですよ」綿谷は抵抗した。どうも話がおかしい。「今、うちは特に案件を抱えていない」

「だから、一時的に外れてもらうだけだ」結城は「一時的」を強調した。「今、うちは特に案件を抱えていない。ご家族の方は？　お父上の容態はどうなんだ。そちらが大変なら、今回の話はなしにする」

「それは……今は病院でしっかり治療を受けています。家族ができることは何もないんです」

「そうか」

結城が顎を撫でた。こういうケースは滅多にない。ＳＣＵは、誰かがやっている仕事を分捕ってしまうことはあるが、他の部署からヘルプを頼まれるのは稀《まれ》なのだ。

「実は、暴力団対策課と話をしました」

綿谷が打ち明けると、結城が顔を上げる。険しい表情――ではなかった。

「だろうと思った。というか、その話は聞いている」

「キャップ……」

「だから、この話を持ち出したんだ。いくら俺でも、勝手にレンタル移籍の話はしない。とにかく、向こうとはもう話がついている。菅原の周辺捜査をするのに、当時事件を担当していた君の手を借りたいそうだ。君も同じように考えていたんだろう？」

「当時の経験が役に立つかどうかは分かりませんが、気になってはいます。目の前で撃たれたので」

「撃たれた、という表現はどうかな」結城が反論した。「当たった、ぐらいにしておいた方がいいんじゃないか？　応射した警察官は、菅原から一〇メートルほど離れた場所にいた。その位置から頭を狙って撃って、確実に当たるものじゃない。威嚇射撃したのが、間違って当たったということになる――と俺は予想するが」

この件については、綿谷はあまり突っこんで話を聴いていなかった。岩手県警の話だし、自分が口を挟むのも筋が違うと思ったからだ。しかし結城の推論――県警がどう動くかという読みは当たっていると思う。その説明は、大きな批判は受けないだろう。警察の発砲について反発する人は一定数いるものの、今回撃たれた――当たったのは、指名手配されていた元暴力団組員である。しかも先に発砲した。一般市民が負傷したならともかく、世論が大きく揺さぶられるような案件ではないはずだ。

「とにかく、問題なければ明日から暴対課のヘルプに入ってくれ。非常時なので、暴対《ボータイ》も特捜に準じた体制で捜査をするそうだ」

「そこまで大袈裟な話ですか？」

「聞いてないか？　菅原の逃亡生活に、総監が興味を持っているそうだ」

「ああ……総監の暴力団好きは有名ですよね」

「暴力団嫌い、だ」結城がすかさず訂正する。

「失礼しました」

現総監は、福岡県警の本部長時代に、暴力団に対して非常に厳しい措置を取り、封じこめに成功していた。キャリア官僚は、将来的には警察のトップに立つために、どんなことでも指揮できるようにならねばならないのだが、得意な分野、興味のある分野は当然ある。「警備のエキスパート」もいるし、現総監のように「組織暴力対策の専門家」もいるわけだ。

「今の総監は、うちにはあまり興味がないんだよ」結城が急にくだけた口調で言った。

「ああ」綿谷は、結城がどうしてこんな話を持ち出したのか、それで理解した。

SCUは元々、数代前の総監の直接の指示で生まれた組織である。警視庁内の「遊軍」として一定の成果は出してきたが、組織としては極めて小さいので、埋没してしまいがちになる。総監によっては「本当に必要な組織なのか」と疑念を呈する――今の総監がまさにそういうタイプで、結城は、SCUの立場が揺らいでいると感じているのだろう。そんな状況の中で、今回の事件が起きた。SCUが手を貸して事件を解明できれば、存在意義を誇れる――という計算だろう。

非常に政治的な話で、綿谷としては納得し難いが、気になっている事案を調査できるのは悪くない。

菅原を取り逃がしたのは、綿谷の警察官人生最大の失敗だ。逃亡生活の全容を解明し、協力者がいたなら割り出して逮捕する。そして菅原が無事に意識を取り戻し、六年前の事件も含めてきちんと喋ってくれれば、警視庁人生に悔いなし。地元へ戻って新しい仕事に就き、両親の世話をする。

——それが自分の行き着く未来と感じられないのは、どうしてだろう。


明日から気持ちを入れ替えて、暴対課で捜査に当たる——本当はさっさと帰って休んだ方がいいのだが、すぐには帰る気になれなかった。軽く呑んで……と思って八神を誘おうと思ったが、八神はそれなりに忙しい。もう手はかからなくなってきているとはいえ、双子の父親なのだ。一時子育てに専念していた妻も仕事を始めたので、八神が協力しないと家事が回らない。綿谷の感覚では、およそ警察官らしくない感じだが、今はこういうのが普通なのだろう。昭和のやり方はもう古い——綿谷も警察官になったのは平成になってからだから、昭和の警察の実態は知らないのだが。

というわけで、今夜は最上を誘った。最上は独身なので、こういう時は気楽である。行き先は有楽町《ゆうらくちょう》のガード下。警視庁本部に勤務する職員の宴会は、この辺が中心になる。安くて美味《うま》い店が揃っていて、外国人観光客にあまり知られていないのもよかった。

外国からの観光客は、多くの金を落としてくれるのだろうが、店を占拠されてしまうと、こちらが入れなくなる。

今夜向かった店は、昔からあるドイツ料理の店だった。ビヤホールというわけではなく——当然ビールの種類は豊富だが——本格的なドイツ料理を食べさせる店である。SCUのメンバーとも、何度も来たことがあった。

二人とも生ビールを頼み、つまみを適当に……ソーセージは必須だが、実は狙いは、つけ合わせのザワークラウトである。酸味と塩気のバランスがちょうどよく、ビールの肴《さかな》としてはソーセージよりも上等なぐらいだ。

「何か……大変でしたね」最上が同情するように言った。

「正直、親父の方もそんなに安心できる状態じゃない。言葉ははっきりしているけど、体の左側に麻痺が残るかもしれないんだ」綿谷はつい打ち明けた。

「大変ですね。お父さん、何歳でしたっけ？」

「八十」

「お年もお年だし……大丈夫なんですか？」

「俺が向こうへ帰らないといけないかもしれないな」

「え」最上が惚《ほう》けたような声を上げたが、慌てて犬のように首を振ると、真顔で「何言ってるんですか」とつけ加えた。

「いろいろあるんだ。施設に入る話もしたけど、親父は家に帰りたいと……家が大好きなんだよ。親父は転勤が多かった。家を建てたのは定年になってからで、その分愛着が深いみたいなんだ。だから、施設に入ったりするのは抵抗があるんだろうな」

「施設はいろいろ大変だっていう話は聞きますよね」最上が言った。「施設の中の人間関係って、結構複雑で面倒らしいですよ。恋愛沙汰があったり、それで揉《も》めて事件が起きたりするでしょう」

「生きている限り、人間関係のトラブルは絶対にあるんだよな」綿谷は溜息をついた。父は争いを好まない人だから、他の入居者とも上手くやっていけそうだが、「絶対に」という保証はない。趣味の囲碁や将棋も続けていけるかどうか。あまりにもレベルが違う相手しかいないと、飽きてしまうだろう。いや、今はオンライン対戦もあるか……。

「他のご家族は？」

「姉がいるんだけど、住んでるのは久慈なんだよ」

「久慈って、同じ岩手県ですよね」

「ところが、久慈は沿岸部、盛岡は内地で、車で片道二時間ぐらいかかる。姉が介護で通うのも、姉の家に引き取るのも現実的じゃないんだ。姉は旦那さんと一緒に商売をやっていて、フルタイムで働いている。それに、子どもの受験もあるから」

「久慈だと、地震の時に大変だったんじゃないですか？」

「家は、久慈でも内陸の方だから津波の被害こそ受けなかったけど、まあ……大変だったそうだ」

「俺には想像もできないですよ。でも、日本に住んでる限り、いつ地震が来るか分からないから、想像できないなんて言っちゃいけないんですけどね」

「そうだな……千葉に引き取ろうかとも思ったんだけど、それも難しい。だから俺が盛岡に戻るしかないかもしれないんだ」

「本気で言ってるんですか？」最上が、音を立ててビールのジョッキを置いた。かすかな怒りを漂わせている。

「放っておくわけにもいかないからな」

「だけど、警察の仕事は……民間会社と違って、リモートってわけにはいきませんよ」

「それができたら、俺たちは警察組織の最先端を突っ走ることになるけど、無理だろうな」

　コロナ禍を経て、多くの仕事がリモートで可能になった。会議や打ち合わせなどは、わざわざ会社へ行かなくても十分だと、多くの人が気づいてしまっただろう。警察も例外ではない。打ち合わせならオンラインで十分——それは確かなのだが、警察の仕事の多くは「街」と密接に関連している。街を歩き、関係者と話をし、時には尾行や張り込みもある。パソコンの前に座って、容疑者の情報を追っているだけでは、事件は解決できないのだ。もちろん今は、個人の金の動きなど、電話やネットである程度追跡できるが、最終的には相手に会って問い質《ただ》さなければ、捜査は終わらないのだ。

「何だったら、ちょっと考えますけど」

「ああ？」

「VR捜査的な」

「何だよ、それ」

「バーチャルリアリティ技術で、遠隔地にいても現地にいるように捜査ができるシステム——すぐには無理でしょうけど、そういうの、サイバー犯罪対策課が中心になって検討してるんですよ。サイバー警察みたいになるかもしれないけど……サイバー空間の犯罪に対策すると同時に、リアルな事件をバーチャルリアリティを利用して解決する——二つの線があるんですよね」

「さっぱり分からない」綿谷は両手を上げた。こういう話になるとまったくお手上げだ。

「構想段階だから、まだはっきりしたことは何も決まってないんですけど……実は俺も誘われてるんです」

「何だって？」予想もしない方向に話が転がってきた。「それは正式なオファーなのか？」

「いや、まさか」最上が顔の前で手を振った。「非公式ですよ。だからキャップもまだ知らない……いや、あの人は知ってるかもしれませんね。地獄耳なんてレベルじゃないから」

「そうだな。お前はどう考えてる？　異動したいか？」

最上にすれば、願ったり叶《かな》ったりではないだろうか。文系理系と区別すれば最上は理系なのだろうが、実際は「機械系」と言うべきだ。バイクや車などのメカに詳しく、しかも多くの免許持ちで、大型特殊免許まで持っている。「馘《くび》になったら雪国に行って除雪車を運転します」と笑って言っているが……それだけでなく、ITにも強い。様々なソフトを独自に作って、総監表彰を受けたこともある。現在ＳＣＵで使っているスマートフォンのメッセージアプリも、最上製だ。この方がセキュリティ的に強いという理屈だが、インターフェイスが優れている——使い方が分かりやすいので、綿谷は私用でも使いたいぐらいだった。

「まあ、興味はないでもないですけどね」

「手を挙げたら異動できるかもしれない。キャップも気を遣ってくれるんじゃないか？」

「それはそうなんですけど、サイバー犯罪対策課に行ったら、車を使う機会は一気に減りそうですよね。ましてやバイクなんて……」

「問題はそこか？」

「リアルのマシンって、どこか人間的な温かみがあるじゃないですか。パソコンやスマホをいじっていても、何だか虚《むな》しいですよ」

「お前みたいな専門家がそんなこと言うなら、俺はどうしたらいい？」

「どうしたいんですか？」急に真顔になって、最上が訊ねる。「話戻りますけど、まさか、本当に警視庁を辞めるつもりじゃないでしょうね？」

「正直、最近行き詰まっていたのも間違いない。ＳＣＵの仕事は面白いけど、反発を食うこともあるし、永遠にはいられないと思う。かといって、今から古巣の暴力団対策課へ戻ろうとしても席があるかどうか……何年か離れていれば、状況は変わるだろう？古い知識や経験は通用しないかもしれない」

「分かりますけど……」

「定年までと考えると、まだ十五年以上あるんだよな。幸い俺は、体はどこも悪くないし、これからまったく新しい仕事を始めるのもいいかなとは思う。それより何より、実家で親父の介護をしていれば、良心が痛まない」言ってしまってから、自分の器の小ささに嫌気がさした。そう、父を放っておけない……自分にどんな介護ができるか分からないが、取り敢えず一緒に住んでいれば「やっている」という充足感は得られるかもしれない。妻の了解が必要だが……。

歪《ゆが》んだ満足感だ。

「まあ、まだ何も決まってないけどな。退院する頃には、麻痺も消えているかもしれないし。ただ、俺としてはちょっとショックというか……実家へ戻るかもしれないと考えた時に、それほど悩まなかった。そうなっても仕方ないと思った。俺はもう、警視庁の仕事に未練がないのかもしれない」

「そんな……綿谷さんまでそんなこと言うと、今のSCUが崩壊しますよ」

「お前もいなくなるから？　でもお前こそ、若いんだから、いろいろな可能性を追求しないといけないんじゃないか？　一ヶ所に閉じこもって、他の可能性を潰してしまうのはもったいない」

「朝比奈さんも……異動の話が出ているみたいです」

「そうか」

　これは予期できることだった。由宇は去年、警部補の試験に合格している。警視庁初の女性部長を目指す人間として、順調に出世の階段を上がっていることになる。ただし、今は踊り場で止まっている感じだ。

　警部補に昇任すると、本部にいる人間は一度所轄に出て、係長として現場指揮を学ぶのが定番のパターンだ。しかし由宇はそのルートに乗らなかった。本人がSCUの仕事に愛着を持ってしまっているせいだが、いつまでもここにいるわけにはいかないだろう。綿谷も、由宇が女性のトップランナーとして出世を目指すのはいいことだと全面的に賛成している。警察はまだまだ男社会で、女性警察官は全体の一割ほどしかいない。管理職はもっと少なく、女性で警部以上は全体の三パーセント程度だ。女性の社会進出が進む中、警察だけが出遅れた感じなのだ。女性が巻きこまれる事件、起こす犯罪も増えている中、女性警察官が少ないのは致命的——社会の現状に対応できていないことになる。

綿谷も、由宇の作戦立案能力、指揮能力は高く評価していた。SCUが作戦行動に出る時は、だいたい彼女が中心になり、キャップの結城はゴーサインを出すだけだ。それで今までSCUの仕事は上手く回ってきた。由宇が本部か所轄の幹部となり、自分がその下で働くこともあるかもしれない——というのは楽しい想像だった。ただしそのためには、まず自分が定年まで警視庁にいないといけないだろうが。

「SCU解体か」

「いえいえ、もちろん新しい人が来て組織は存続していくんでしょうけど、何だか寂しいですよね。俺、この五人の組み合わせはいいと思うんですよ。他の部署だと経験できないこともできました」

「だな」綿谷はうなずいた。

「もちろん、永遠に同じメンバーでやれるわけもないんですけど、気心が知れたメンバーって、なかなか集まらないじゃないですか。今、こんなに私生活の話ができる部署ってないんじゃないですか？」

「確かにな」それは綿谷も認めざるを得ない。最近はどの部署にいても——警察だけではなく他の官公庁や民間企業でも同じだろうが、同僚の家を訪ねたり、私生活を話し合う機会は減っている。綿谷が若い頃は、そういうことも普通だったのだが……。「俺も、お前さんの歴代の彼女を知ってるぐらいだからな。少なくともここ数年は」

「いやあ、その話は……勘弁して下さい」最上が大きな体を縮めるように肩をすぼめた。

「お前も、気が弱いところがあるからなあ。特に女性に関して、そうなんじゃないか？」

「否定できないっす。そのせいで今、フリーですし。何で皆さん、普通に結婚できるんですかね」

「いざという時には、誰だって一世一代の勝負に出るんだよ。お前の場合はまだ、そういうタイミングにぶつかってないだけだろう」

「こういう話を普通にできるって、いいんですけどねえ。キャップが謎ですけど」

「それは否定できない」うなずいて綿谷も同意した。「そもそも結婚してるかどうかも知らないし。調べればすぐ分かるだろうし、本人に聞けばいいんだけど、あの人、そういうのを拒否しそうだよな」

「変なこと聞いたら、裏技を使って島嶼《とうしょ》部や多摩の奥の方の所轄に異動させられそうです」

「そういう陰湿な人ではないと思うけど……それも分からないな。一度、腹を割って話してみるか」

「そんな勇気、あります？」

「――ない」

2

翌日、綿谷は古巣の暴力団対策課に顔を出した。同期で、今では管理官になっている中崎《なかさき》が出迎えてくれる。彼のデスクの脇に椅子を引いてきて座り、取り敢えずの状況と今後の捜査方針を確認した。

「岩手県警とも連絡を取り合っているんだが、菅原の容態は一進一退というところだな。何とか一命は取り留めたが、話ができるようになるかどうかは保証できないと」

「俺もそう聞いていますよ」綿谷は敬語を使うことにした。中崎は暴対課のメインストリームを歩き、今や警視である。警部である綿谷よりも階級が上だから、同期と言っても、公の場では気軽に話すわけにはいかない。

「本人に話が聴けない以上、周辺捜査で逃亡生活の実態を明らかにするしかない。助けていた人間がいる可能性もある」

「それは否定できないですね。奴がどこにいたかは、分かりましたか？」

「大阪だと思われる。所持品を確認したんだが、大阪の風俗店の名刺が出てきた。大阪が生活圏だったんじゃないかな」

「じゃあ、俺もまずは大阪行きですか」盛岡から帰ったばかりで大阪出張はきついが、これは仕方がない。

「いや、大阪には、昨日のうちに捜査員を派遣している。綿谷は奴の昔の関係者を当たってくれないか？　破門が本当だったかどうか、明らかにしたい」

「組が面倒を見ている説は、当時からありましたからね」

「破門状」は確かに回った。これは他の組に対する宣言で「何かあってもうちには関係ない」という意味である。さらに裏には「煮るなり焼くなり好きにしてくれ」という意味もある。組同士の抗争に絡んで破門状が出るのは、抗争をエスカレートさせないための意思表示とも言われている。要するに、ある人間を差し出すから、組同士の抗争はここで終わりにしよう――ということだ。

「その辺からひっくり返してみてもらえないか？　昔のネタ元が本当のことを言っていたかどうか、その確認から始めたい」

「分かりました」とは言ったものの、これはなかなかハードルが高い仕事だ。自分が調べたことが正しかったかどうか、相手が嘘をついていなかったかどうか、検証することになるのだから。客観的に精査するためには、当事者以外――それこそ別の部の人間がやった方がいいのだが、そこまでは頼めないだろう。それに綿谷自身、自分のヘマではないかという負い目がずっとあった。あの時にもっと厳しく関係者を追及していれば、菅原の行方を追えたのではないか。

そう考えると、後悔が募ってくる。だから今、自分できっちり調べることが罪滅ぼしになるかもしれない。

「ちょっと……」

中崎が立ち上がり、部屋の出入り口に向かって顎をしゃくった。ここでは話しにくいことか、と綿谷は中崎の背中を追った。

廊下に出ると、中崎が肩を上下させて、背中を壁に預けた。両手で顔を擦り、溜息をつく。

「こういう展開は嫌いなんだよ。岩手県警のヘマで、お前の仕事を台無しにした」

「いや、岩手県警だけのミスとは言い切れない。あの瞬間に、俺ができることもあったと思う」綿谷は口調を変えた。階級を超え、中崎がかつての仕事仲間として話したいのだと分かった。「奴が発砲した瞬間に、『撃つな』と指示することもできた」

「そりゃ無理だ。お前、菅原のすぐ近くにいたんだろう？」

「一メートルかな」反射的に「伏せろ！」と言ってしまったが、あれは間違いだったのでは、と今でも悔いている。「伏せろ！」ではなく「撃つな！」の一言で、応射を避け得たのではないか。刑事ではなく人間として、自分の身を守ることを本能的に考えてしまった……それが正しかったとは思えない。

「その状況で冷静に判断できる人間はいないよ。俺はやっぱり、岩手県警の完全なミスだと思うな。そもそも、お前が一メートルの距離にいるのに発砲するのはどうなのよ。もしもお前に当たってたら、今頃もっと大問題になってた」

「結果的に当たってないから」しかし中崎の言う通りだと思う。一〇メートルの距離、それも緊迫した状態で、確実にターゲットに当てられる警察官は多くはない。「それは、俺たちが心配してもしょうがないことだろう」

「俺はお前を心配してたんだ」中崎が真顔で言った。「同僚が死ぬところだったんだぞ。冷静でいられると思うか？　本当は岩手県警にカチコミしたいところだ」

「よせよ」綿谷は顔の前で手を振った。「死んでないんだから。それに、俺がもう少し上手く立ち回れば、奴が発砲することもなかった」

「そもそも、六年前に捕まえていれば」

「蒸し返すねえ」思わず苦笑してしまった。

「俺だって後悔してる。だいたい、そんなに面倒な事件じゃなかったはずなんだ。鉄砲玉が勝手に暴走して、対立する組の幹部を射殺した——すぐに逮捕できれば、暴力団の幹部を二人、この世から排除できたのにな」

「それは俺も後悔してる」綿谷は右手をきつく握り締めた。「だから、この件はきっちり捜査するよ。奴を助けていた人間がいるなら、割り出して逮捕する」

「頼む」中崎はうなずいた。「お前の情報網が必要だ」

「分かった――ああ、それと、『じゃん』と言われて何か思い当たる節《ふし》、あるか？」

「いや。人の名前とかかな？」

「どうだろう……」

「それがどうしたんだ？」

「菅原の野郎が、撃たれた直後に『じゃんがヤバい』って言ったんだ。知り合いが危険な目に遭っている、というように聞こえる」

「そうだな」中崎が顎に手を当てて首を傾げた。「しかしそれは、本人に聴いてみないと分からないだろう。まったくピンとこない」

「そして、本人が意識を取り戻すかどうかは分からない」

「そういうことだ。頼むぜ」中崎が綿谷の肩を叩いた。「何か必要なものがあったら何でも言ってくれ。できる限り協力する」

協力しているのはこちらなのだが。

できる限り協力——と言われたので、綿谷は暴対課の覆面パトカーのクラウンを借りる手配をした。それが済むと、暴対課に陣取って電話作戦を開始する。暴力団対策の現場から離れて結構な歳月が経ってしまったせいか、電話をかけても出ない相手がほとんどだった。あるいは向こうの番号が変わってしまったか。綿谷のスマートフォンには、暴力団関係者の電話番号が百ぐらい入っているのだが、これを全部潰していたら、ひたすら時間だけが経ってしまう。まず、どうしても話したい相手をピックアップして電話をかけたものの、外れ続き……そもそも、逮捕されて服役している人間もいるかもしれない。まず電話番号の分かっている人間の中で、服役していない人間のリストを作るべきだった。

後悔しながら、電話をかけ続ける。電話がつながっても出ない人間には、名前だけを名乗って、連絡を寄越《よこ》すようにメッセージを残した。優先的に話したい人間十人のうち、九人までは直接話せないままだった。

十人目、外山《とやま》組の若頭、富岡《とみおか》が辛うじて摑まった。

「これはこれは」富岡が、今にも笑い出しそうな口調で言った。「珍しい人から電話があるもんだ。あんたはもう、俺たちには興味がなくなったと思ってた」

「興味はある。ただ、警察官は興味だけで仕事するもんじゃないからな。宮仕えだから、自分の意思ではどうしようもないことがある——菅原の件、聞いたか？」

「盛岡？　もちろん。俺はきちんとニュースをチェックしている」

「その件で会えないか？」

「俺には関係ないぜ」

　富岡が予防線を張った。しかし、菅原とまったく無関係とは言えない。外山組は、藤宮組の下部組織で、富岡も藤宮組からの「出向」だった。暴力団組織の間では、時々こういう「人事交流」がある。それで互いの結びつきを強くする、ということだ。

「まあまあ……お茶でも奢《おご》るよ」

「あの店なら、コロナ禍の時に閉店した」

「『相馬亭《そうまてい》』な……でも、同じような店を確保してある。神保町《じんぼうちょう》だ」

「ほう」

「どうする？　あんたを組まで迎えに行ってもいいが」

「連行されるみたいで嫌だから、自分で行く。店の名前だけ教えてくれ」

　情報を伝えて電話を切る。さて、早々に腹の探り合いだ。昔のテクニックはまだ残っているだろうかと、綿谷は少し心配になった。

　いわゆる「神保町」は三つに分かれる。明大通り沿いは楽器店街で、住所は神田駿河《かんだするが》台《だい》、駿河台下交差点の東側でスポーツ用品店が固まっている辺りは神田小川町《おがわまち》になる。

古書店が多い神田神保町は、駿河台下交差点の西側、靖国《やすくに》通り沿いだ。今回綿谷が指定した店は、白山《はくさん》通りと錦華《きんか》通りの間、小さなビルが建ち並ぶ商業地域である。飲食店も結構多い。

近くのコインパーキングにクラウンを停め、店まで歩いていく。何度か来たことのある店で、今はその前に黒いミニヴァンが停まっていた。運転席には若い男。スマートフォンを見ているが、それはやめた方がいいと綿谷は忠告したくなった。富岡の運転手だろうが、ぼうっとスマートフォンを見ていてドアを開けるのが遅れたら、どやされるぐらいでは済まないだろう。もっとも最近は、暴力団でも働き方改革が進んでいるとかいないとかいう話も聞く。

綿谷は、車の脇を通り過ぎる時、運転席の若い男に向かってうなずいてみせた。しかし男はまったく気づく様子もない。この若いのは出世しないな、と綿谷は首を横に振った。

店に入ると、富岡は一番奥のテーブル席に一人で座っていた。黒い革ジャケットにグレーのパンツ。この男は、冬場は革ジャンが定番である。他の幹部と会ったりする時は、さすがにスーツ姿だが。

綿谷はカウンターに寄ってコーヒーを注文し、富岡の前に座った。

「で？　この店は何点だ？」と訊ねる。

「相馬亭を百点とすれば、九十点かな」

「かなり高い評価だな」彼の前にはまだ飲み物がない。コーヒーの味を試していない段階で九十点は、マックスに近い評価だろう。

富岡も、綿谷にとっては古いネタ元だ。会うのはいつも喫茶店。そして会う回数が重なるに連れ、場所は神楽坂《かぐらざか》にある「相馬亭」という古い喫茶店に固定された。ある日富岡は、喫茶店愛を唐突に語り始めた。いわく、店は古い方がいいが、清潔なのは最低条件。煙草《タバコ》が吸えて、テーブルが広めなのも必須だ。そしてソファではなく椅子がいい。「相馬亭」は全ての条件を満たして百点の店だ――。

コーヒーが運ばれてきた。富岡は、喫茶店の雰囲気を大事にする割には飲み物や食べ物にこだわらないタイプだが、ここのコーヒーには感服したようだ。

「美味いな。これで五百円は奇跡だ。都内には、こういう良心的な店がまだある――それを考えただけで、俺は泣けてくるね」

「五百円は懐にも優しいしな」

「あんたは経費で請求するだけだろうが」富岡が鼻で笑った。

「いや、面倒臭いから、お茶代は自腹だ。あんたみたいに酒を呑まない人間を相手にしていると、かえって金がかかる」

「そうか」

緩い雰囲気だが、富岡とのやり取りはいつもこんな風に始まる。気の置けない旧友同士の会話のようなもので、こうやって互いにウォームアップしているわけだ。

今日は、富岡の方から本題に入ってきた。

「あんた、一昨日《おととい》、盛岡にいたそうだな」

「情報が早い――というか、そんな話、どこで聞いた？」

綿谷が現場にいたことは、一切公表されていない。公表する必要はないということで、県警と警視庁の広報部門がすり合わせをした。盛岡市で発生した立て籠もり事件で、警視庁の刑事が犯人の説得にあたっていたことが漏れたら、いろいろ面倒なことになるのは火を見るより明らかである。

「まあまあ……うちにも情報源はある。しかし菅原がねえ。あの馬鹿、どこで何をやってたんだろうか」

「そいつを、俺の方で聴きたいと思ってたんだ」

「さあねえ」富岡が煙草を灰皿に押しつけた。すぐに新しい煙草に火を点《つ》ける。「知ってるか？　うちの組も、事務所の中は全面禁煙になった」

「そいつは初耳だ。組長の方針か？」

「ああ。今の親父は健康志向でね。そのうちジョギングでも始めて、朝飯にスムージーを飲み始めるかもしれない」

「結構なことじゃないか。ついでに、社会的に健全な仕事を始めてくれるとありがたい」

「そうすると、あんたたちは失業だぜ」

「俺は今、別の担当だから、そうなっても困らない」

「担当じゃないのに、菅原の説得をしたのか？」面白そうに、富岡が訊ねる。

「偶然だ」

「とんでもない偶然だな」

「そういうこともあるだろう」綿谷は首を横に振った。禁煙してもう長いが、何だか煙草が吸いたくなってきた。

「奴は死にそうなのか？」

「一命は取り留めた。ただし、話せるようになるかどうかは分からない。だからあんたと会ってるんだ」

「へえ」富岡がすっと目を逸《そ》らす。

「菅原が話せない以上、周辺捜査で奴の逃亡生活の全容を明らかにするしかない」

「おいおい、勘弁してよ」富岡が顔の前で手を振った。煙草の煙がたなびいてくる。

「まるで俺が、奴をかくまってたみたいじゃないか」

「あんたじゃなくても、あんたの知っている人間が、とか」

「それはないな」富岡がすぐに結論を出した。「奴は組を破門された。破門した人間がどうなろうが、知ったこっちゃない。手を貸したら、その人間にも罰が下る」

「表向きは破門して、実際には援助してたんじゃないか？　例の事件では、藤宮組はまったく損してないだろう。対立する組の幹部は始末できたし、菅原一人に罪を押しつけて抗争も避けられた。昔からあるやり口だ」

「そういうことを言うのは勝手だけど、根拠がないな」

綿谷はスマートフォンを取り出した。昔は一々手帳にメモしていたが、最近はスマートフォンで撮影してメモ代わりにしてしまう。今回は、菅原が大阪で通っていたらしい店の名刺を写真に撮ってあった。

「大阪の『愛蝶《あいちょう》』って店、知ってるか？　ミナミのキャバクラだ」

「いや」

「じゃあ、同じくミナミの『ドンナ』は？　こっちはかなり高級なクラブらしい。それこそ、あんたのような人が出入りするレベルじゃないかな」

「俺は酒は呑まない」富岡が肩をすくめる。

「今調査中だけど、菅原がこういう店に出入りしていたことは分かっている。奴が実際に大阪に住んでいたかどうかは不明だが、関係があったのは間違いない」

「だったら、大阪府警にでも調べてもらうんだな。俺は——うちの会社は、大阪の方にはまったく関係がない」

「羽島《はしま》会があるじゃないか。藤宮組とは兄弟関係だよな？」

「トップ同士が盃《さかずき》……って話か？　あれは先代の時で、もう三十年も前の話だよ」

「そういう関係はずっと続くんじゃないか？」

「最近、羽島会さんは元気がないようだ。業績も悪い。府警の締めつけが相当厳しいようだな。だからうちとしても、組んで何かやるメリットはない。年に一度、幹部同士が会合を持つぐらいだ」

「名古屋で？」

「そう、中間地点でね」富岡が薄く笑った。「こっちはもう、面倒だから断りたいんだけどな。ただ、こういう年中行事も、もうあまり続かないだろう。羽島会さんの方がどこまで持つか」

「その羽島会に、菅原の世話を頼んだんじゃないのか」

「ないない」富岡が即座に否定した。「そもそも今の羽島会さんには、逃げてる奴一人の面倒を見る余裕もないと思うよ。何だったら、大阪のお仲間に聞いてみればいい」

「それであんたも、菅原の居場所は知らなかった」

「ああ」

「それは——信じるしかないな」

「あのな、あんたらは仕事だからしょうがないだろうけど、俺らにとって、菅原はもう過去の人間なんだ。死のうが生きようが、一切関係ない」

「冷た過ぎないか？」

「勝手に暴走して、組を危ない目に遭わせた人間だぜ？」富岡が忙《せわ》しなく煙草を吸った。

「これで死んでも、むしろさっぱりする感じかな」

「今回のことも全部、あんたらが仕組んだんじゃないか？　六年かけて、邪魔者も始末した」

「おいおい、綿谷さんよ」富岡が声を上げて笑った。「あんた、担当を離れて感覚が鈍っちまったんじゃねえか？　俺らは面子を大事にするけど、それと同じぐらいコスパも考えてる。面子を立てるためだけに、人手と金をかけると思うか？」

「菅原を始末することは、コスパが悪いと？」

「警察まで巻きこんでこんなことをしたら、大マイナスじゃないか。岩手県警だって、こんなことをされたら本気になるだろう。誰も、あんな寒いところに連れていかれて、取り調べなんか受けたくねえよ。なあ、綿谷さん、あんた、本当に大丈夫か？」

　大丈夫かと問われて、すぐに「大丈夫だ」と答えられない。確かに、暴力団担当刑事としての自分の勘は、鈍っているかもしれない。ＳＣＵに来てから、暴力団関係の事件を捜査する機会はまったくなかったのだ。昔のネタ元とは関係をつないでおいたものの、会ってもシビアな話にはならない。酒やお茶を相棒に世間話をしているだけでは、際どい情報は手に入らないのだ。

　クラウンに戻って、駐車場を出た途端に、スマートフォンが鳴る。仕事用ではなく私用……無視してしまおうかと思ったが、今はプライベートも面倒な時期だ。

　車を路肩に停めて確認すると、姉からだった。嫌な予感が走り、急いで電話に出る。

「父さんに何かあったか？」

「それは大丈夫。私も久慈に戻ったから、その連絡」

「ああ、ありがとう。義兄さんたち、大丈夫か？」

「それは大丈夫だけど、私の仕事が溜《た》まってる。本当に、うちの旦那は数字に弱い人だから……不動産屋が数字に弱くてどうするって感じだけど」

「まあまあ」姉は経済的には盤石だと思う。夫は、三代前から続く不動産屋の社長。東日本大震災という大きな災害はあったものの、日本では不動産屋の仕事は安泰である。ただし、人口減が続く中、この先どうなっていくかは誰にも分からないが。

「母さんはどうしてる？」

「晴美《はるみ》叔母さんが来てくれたのよ」

「わざわざ秋田から？」

「あら、新幹線ならすぐじゃない。叔母さんも一人だから、身軽なのよ」

晴美は母の妹で、昔から姉妹仲はよかったらしい。結婚して秋田市に移り住んだものの、その後離婚——しかしずっと秋田住まいで、お茶の先生として教室を開いている。姉妹は今でも、年に数回は会っているようだ。

「ちょっと忙しかったみたいだけど、仕事を調整して来てくれたのよ——いきなりね」

「叔母さんは、いきなりの人だからな」綿谷は苦笑してしまった。昔から、何の予告もなしに家を訪れては母を驚かせていたものである。そういう時の動機はだいたい「会いたくなったから」。お茶の先生として多くの生徒を抱えている割に、落ち着きがなく、衝動的なところがあるのだ。

「とにかく、しばらくいてくれるそうだから、私も一度家に戻ることにしたのよ」

「叔母さん、何歳だっけ？」

「ええと、七十三？　でも、どう見ても六十代前半ぐらいにしか見えないけど」

「好きなことやってると、老けないのかね」

「それを言ったら、私なんか老ける一方よ」姉が愚痴をこぼした。

「いや、姉さんは若いって」

「弟にそんなこと言われても、全然嬉《うれ》しくないわね。それよりあなた、大丈夫なの？

あんな変なことに巻きこまれて」

詳しくは話さなかったが、姉は姉で情報を収集したのだろう。ずっと地元にいる人には、それなりの情報網がある。

「もう通常の仕事に戻ってるよ」

「落ち着いたら連絡してよね。晴美叔母さんも交えて、今後のことを相談しないと」

「分かった」

「じゃあね」姉はさっさと電話を切ってしまったが、最後に溜息を漏らした。基本的にタフな人なのだが、さすがに今回の一件はきつかったのだろう。家族の病気は、いきなりやってくる。心構えができない分、ショックは大きいし対処も難しいのだ。

しかもまだ、始まったばかり。これから決断しなければならないことは多く、しかも重い。


藤宮組への「刺激」は避ける方針にした。代わりに、業界――暴力団を「業界」と呼んでいいかどうかは分からないが――の事情通である富島《とみしま》に会うことにした。

富島は菱沼《ひしぬま》会系岩屋《いわや》組の幹部で、いわゆるインテリヤクザである。ギリギリ違法になるかならないかのところで商売をして、警察の網に引っかかるようなことはない。そういう人間は、情報を餌にして生きているから、他の組の事情にも詳しいのだ。

根城は歌舞伎町《かぶきちょう》にある古いバー――富島が経営している――で、夜はここへ行けばだいたい会える。綿谷は電話をかけずに、直接店へ向かった。

いつも通り、富島は店にいた。黒に近いグレーのスーツに、薄いグレーのシャツ、ノーネクタイというのいつもの格好である。常にこの服装をしており、富島にとっては制服のようなものだろう。

「おやおや、いきなりで」富島が薄い笑みを浮かべた。同世代なのだが、自分よりは若く見える、と綿谷はいつも思っていた。

「アポを取らないと会えない相手でもないだろう、あんたは」

「あのお嬢ちゃんは？」

由宇のことだ——綿谷はつい苦笑した。自分のネタ元であるこの男を、捜査の勉強として由宇に引き合わせたことがあるのだが、富島は彼女に対して妙な好奇心を見せた。大事なネタ元とはいえ、相手は暴力団員。あれは失敗だったと悔いていた。

「そもそもお嬢ちゃんという言い方は、現代ではＮＧなんだぜ」

「そうかい？」

「訴えられたら確実に負けるな」

「俺を訴える？　しっかり弁護士がついてるのに？」

「おたくらの弁護士は、名誉毀損の裁判とかには弱いんじゃないかな。とにかく今は、ちょっとしたことがコンプラ違反で問題になる時代だ」

「俺たちは、そういうものの埒外《らちがい》にいるかと思ってたけどな」

「一度、普通の社会で荒波に揉まれるべきだ」

富島が爆笑した。綿谷はバーテンを呼び、ウーロン茶を頼んだ。

「まだ仕事してるのか？　酒ぐらい呑んでも問題ないだろう」

「あんたの懐を潤す気はない」この店は富島が実質的に経営しており、売り上げは彼の懐に入る。同時に、組とは直接関係ない人間と会うための「アジト」でもあるのだ。

「それにあんたも、ここではウーロン茶しか飲まないじゃないか」

綿谷は、富島の前に置かれたショットグラスを見た。いかにも芳醇《ほうじゅん》な香りのウイスキーが入っているように見えるのだが、中身はいつもウーロン茶である。すぐに綿谷のウーロン茶もやってきた。綿谷は顔の高さにグラスを掲げた。富島もそれに動きを合わせる——グラスを合わせない乾杯。

「ウーロン茶を飲んで酒豪の振りをしてる俺たちは何なんだろうね」富島が言った。

「俺はあんたに合わせてるだけだ」

「それで——菅原のことだな？」

「察しが早いことで」綿谷は肩をすくめた。

「あんた、何で岩手の事件に嚙《か》んでるんだ」

「実はあの現場にいた。菅原を説得していたんだ」

「何と、まあ」富島が大袈裟に目を見開いた。「あんた、何でまた、岩手くんだりでそんなことしてたんだ？」

「野暮用で盛岡にいてね。たまたま菅原が俺の縄張りに入ってきた。で、顔見知りだから、俺が説得することになった」

「顔見知りっていうか、あんたの獲物だろう」

「まあな」それは認めざるを得ない。「とにかく、奴は立て籠もっていた家から出てきてすぐ、周りを警官に囲まれてるのに気づいて、動揺して発砲したんだ」

「それで警官の方が応射して撃たれた、か——あんた、よく無事だったな」

「たぶん、俺から五〇センチぐらいのところを弾丸が飛んでいった」

「怖いねえ」富島が肩をすくめる。「俺だったら失禁してるな」

「実際には、何が起きてるか、まったく分からなかった。後で状況を整理して初めて、何が起こったか理解した」

「撃たれるってのはそういうことだろうな。あんたが狙われたわけじゃないけど。それで——菅原の潜伏期間についてか？」

「ああ。結局、奴がどこに隠れていたかはまだ分かっていない。本人が喋れない状況だから、俺たちが何とか調べるしかないんだ」

「えらいことだな」真剣な表情で富島がうなずいた。

「まったくだ。取り敢えず、大阪には足があったようだ。住んでいたかどうかは分からないが、向こうの店に出入りしていたのは間違いないと思う」

「店の名前は？」

「『愛蝶』っていうキャバクラと、『ドンナ』っていう高級クラブの名前は割れてる。ただし菅原は、高級クラブに出入りできるような格好はしていなかった。昔の羽振りのよさからすると、三ランクぐらい落ちた感じだよ」

「破門されて身を隠していたら、そうなるだろう」富島が重々しい口調で言った。

「そもそも、その破門が本当だったかどうか」綿谷は疑義を呈した。

「ダミーか？　そういう話は、破門された奴がいると必ず出てくるよな」

「実際は？」

「どうかねえ」富島がグラスを干した。カウンターの奥にいるバーテンに向かってグラスを振ると、バーテンがすぐに飛んで来た。

「あんた、一晩にどれぐらいウーロン茶を飲むんだ？」

「さあな。カウントしたこともない。ただ、夜に眠れなくなることもある」

「そりゃ飲み過ぎだよ」

「まあ……正直、菅原の一件は、うちには何の関係もなかった。もちろん、業界内ではいろいろ噂《うわさ》も出たけど、それは本当に、無責任な噂に過ぎない。大事になったわけじゃないし、調査するまでもなかったよ。警察とは見方が違う」

「だろうな。だけど、業界の噂を調べるのは、あんたの方が得意だろう」

「俺は、そういう噂……無責任な噂をあれこれ喋るのは嫌いなんだぜ」

「あんたは、情報を食って生きてるんだと思ってたよ」綿谷は皮肉をぶつけた。

「まあ、そう考えるのはあんたの自由だが」

「ちょっとアンテナを伸ばしてみてくれないか」綿谷は財布を取り出し、千円札をテーブルに置いた。ウーロン茶一杯千円というのが、ここでのやり取りの暗黙の了解である。それが情報料なのか、純粋にウーロン茶の代金なのかは分からない。

「おっと、値上げしたんだ」富島がひょうひょうとした口調で言った。

「ああ？」

「世の中、値上げの波が来てるんだぜ。原価も仕入れ価格も上がってるんだから、こういうところでも値上げは自然だよ」

「いくら？」

「二千円」

「いきなり二倍かよ」綿谷は文句を言いながら、もう一枚千円札を取り出した。

「厳しいご時世だからな。こんなに株価が上がってるのに、どうして俺たちには恩恵がないんだろう」

「さあな」綿谷は立ち上がった。「何か分かったら連絡してくれ」

「ああ。お嬢ちゃんにもよろしくな」

「お嬢ちゃんは禁止だ」

富島がまた肩をすくめた。このインテリヤクザは、まだ令和の時代にアップデートできていない。

3

週明け、綿谷は焦りを感じるばかりだった。頼りにしている富島からも連絡はなし。せっかく応援に入ったのに、何の役にも立っていない。

準特捜本部体制なので、一日一回、夜に全体会議が開かれている。刑事たちがその日一日の動きを報告し、情報を共有するのだ。しかし今日も、綿谷は報告すべき情報をまったく持っていない。実にだらしない限りだ。

とはいえ全体としては、周辺捜査はじりじりと進んでいる。大阪へ出張していた刑事たちのうち二人が帰ってきて、向こうでの菅原の動きを報告した。暴対課で最長身と評判の、井本《いもと》という若い刑事。立ち上がった瞬間、綿谷は折り畳み式の梯子《はしご》が伸びる様を想像した。一九〇センチぐらいあるのではないか？　最上も一八〇センチあるが、それをはるかに上回るのは間違いない。

「『愛蝶』と『ドンナ』ですが、菅原が通うようになったのはこの一年ほどです。どちらの店にも月に二回ペースで顔を出していて、馴染みになっていた店員もいました。金遣いはそれほど荒くなく、静かに呑んで静かに帰る——常に現金払いで、ツケはまったくなかったそうです。上客と言っていいと思います」

「連れは？」管理官の中崎が質問を飛ばした。

「いえ、常に一人でした。ちなみに同伴出勤もありませんでした。店のキャストと、外でまで付き合う気はなかったようです。ただし、ついてくれた女の子には毎回必ずチップを弾んでいたそうで、評判は良かったですね」

「チップね……」中崎がつまらなそうに言った。会議がダレているせいか、いつの間にか体が斜めに傾いでいる。

「チップは常に一万円でした」井本が右手の人差し指を立てる。

それを聞いて、中崎が姿勢を立て直した。背広の襟を撫でつけてから、テーブルに両手を置いて身を乗り出す。昔から、金の話になると乗ってくる男なのだ。

「『愛蝶』と『ドンナ』は、いくらぐらいかかる店だ？」

「『愛蝶』は一時間のセット料金が一万円ですから、キャバクラの中では高い方ですかね。『ドンナ』はミナミでも高級な店で、座っただけで二万円はかかります」

「月に何万も呑み屋に突っこんでいたわけか」中崎が首を捻る。「妙だな。奴はそんなに金持ちだったのか？」

中崎の疑問はもっともだ。菅原に金があったとは思えない。盛岡での所持品は……財布には現金一万五千二百円。無記名ＰＡＳＭＯが一枚あって、残高は二千円強だった。クレジットカードや銀行のカードの類《たぐい》はなし。スマホも持っていなかったので、そちらで電子マネーの類も使えなかった。

「綿谷警部、組関係の方はどうですか」中崎が話を振ってきた。

綿谷は立ち上がり、背広のボタンを留めた。一つ深呼吸して、話し始める——異常に緊張しているのを意識した。こんな風に、捜査会議で立って報告するなど、いつ以来だろう。綿谷も順調に出世の階段を上がってきた方で、警部補になった三十代後半からは、報告を受ける立場になっていた。

「残念ですが、今のところ組幹部は全て、菅原との関係を否定しています。破門は本当で、破門してからはまったく会っていないと。もちろん口裏合わせをしている可能性もありますが、証言に揺らぎがないので信用してもいいと思います」

「……分かりました」中崎が刑事たちの顔を見回した。「組関係者以外で、誰か援助していた人間がいた可能性がある。その辺について情報はないか？」

返事なし。中崎がふっと息を吐き、首を横に振る。捜査会議の雰囲気が一気に固く、冷たくなった。中崎は決して怒りを見せず、怒鳴らず、ただ冷たい態度を見せるだけで部下にプレッシャーをかける。昔からこういうタイプの指揮官はいたが、令和の時代でもそのやり方は十分通用するようだ。これで刑事たちは気合いを入れ直すだろう。

しかし俺はどうだ。

まだ報告が続いている中、マナーモードにしたスマートフォンが震動した。会議中は出られない――いや、相手は富島だった。これは逃すわけにはいかない。

綿谷は立ち上がって一礼し、中崎にスマートフォンを振ってみせた。中崎がうなずき返したので、そのまま会議室を出る。廊下は寒々としていたが、ここで電話に出るしかなかった。

「あんたのお好みの展開にはならないね」富島が開口一番言った。

「つまり、破門は本当だったと？」

「あの事件の直前、菅原は組の中でヤバい立場に追いこまれてたんだよ。詳しいことは言えないが、女絡みで兄貴分の組員に恥をかかせた」

「初耳だな」

「下半身の問題は、俺たちにとっては門外不出だからな。仲間内で冗談にするならいいけど、外には絶対に知られたくない。特に恥をかかされたような時はな」

「菅原は何をやらかしたんだ？」

「そいつは言いたくないねえ」富島は本当に嫌そうだった。

「わざわざ電話してきたのは、話したいからじゃねえのか。何だったら、今度あんたの店に行った時に、ウーロン茶を三杯飲んでもいい。それとも同僚を連れていって、店のウーロン茶を全部飲み干そうか？」

「あんたは極端なんだよ」富島が声を上げて笑った。「まあ、俺たちの業界だけじゃなくて、どこでも聞く話だけど、菅原が寝た相手が、たまたま兄貴分の女だったんだ。知っててわざとやったわけじゃないけど、兄貴分にすれば、恥をかかされたことになる」

「すると何か、あんたらは女の子をホテルに連れこむ時に、いちいち誰と付き合ってるか確認するのか」

「まさか……まあ、その辺はどの業界でも同じようなものだろう。ただし菅原が失敗したのは、その女に執着してつきまとうようになったからなんだ。それが兄貴分の組員にバレて、追いこまれた。当時対立していた組の幹部を襲うように、徐々に誘導されたらしいぜ。きっちりやれば、全て水に流して、将来も取り立ててやる——いや、それは俺の想像だけど、おだてたりすかしたりして、あの犯行に追いこんだのが真相だろうよ。ただし、追いこんだ奴を、教唆《きょうさ》で立件はできないだろうな」

「証拠も残っていないし、あんたらはその辺、事態を調整するのが上手い。仮に録音が残っていても、それを聴いただけでは教唆とは判断できないだろうな。ちなみに、その兄貴分っていうのは誰だ？」綿谷の頭の中には、数人の幹部組員の顔が浮かんでいた。

「それは勘弁してくれ。俺もその本人に直接確認したわけじゃない。信頼できる筋から聞いてはいるけど……そういう状況だから、名前は明かしたくない」

「分かった」

「とにかく、奴ははめられたというか追いこまれた。そして用事が終わればポイ捨てで破門だよ」

「しかし、反撃しようとは思わなかった」

「奴が何を考えたかは分からないけど、無理だろう。どんなに正論を吐いても、どうしようもない。警察に駆けこむわけにもいかないだろうしな。あいつが鉄砲玉になったのは間違いないんだから。逮捕、実刑は免れない」

「ああ」

「とにかく、奴と藤宮組の関係は間違いなく切れている。仲がよかった組員もいただろうが、破門した人間に手を貸したら、そいつも破門だ。そんな危険を冒す奴はいない」

「そうだな」

電話を切り、今の情報を早速捜査会議で報告する。

「つまり、組の中には、援助するような人間は間違いなくいなかった、と」中崎が念押しする。

「そのようです」

「今の話、殺人の教唆で立件するのは難しいかもしれないが、藤宮組の幹部には再度正式に事情聴取しよう。これで揺さぶりをかける。綿谷警部、ありがとうございました」

頭を下げられ、反射的に礼を返したが、気分は晴れない。これぐらいしか役に立っていないと考えると、本当にがっかりしてしまう。


会議が終わると、呑みに行かないかと中崎に誘われた。しかし一瞬考えた末に断る。何だか疲れている……それに綿谷の場合、家に帰るだけでも時間がかかるのだ。今、午後七時。これから呑んで帰ったら、自宅のドアを開ける頃には深夜になってしまう。

綿谷の自宅は、JR我孫子駅から手賀沼《てがぬま》の方へ歩いて十分ほどの場所にある。基本的に静かな街で、それが救いでもあった。家を建ててから十年、通勤にはすっかり慣れているが、それでも最近は疲れを感じることがある。警視庁本部に通うには、我孫子駅から常磐《じょうばん》線経由で東京メトロ千代田線の直通電車に乗れば、霞ケ関《かすみがせき》まで乗り換えなしで行けるのだが、家を出てから警視庁の正面玄関に着くまで、一時間以上。SCUの本部がある新橋までも、上野東京ラインで一本だが、警視庁本部へ行くよりも、もう少し時間がかかる。通勤時間が長いと読書が捗《はかど》るのは本当で、以前は往復で、薄い文庫本一冊を読み上げてしまったぐらいだった。ただし最近は目が疲れるし、本を読まずに居眠りしてしまうこともある。そういう疲れた勤め人にだけはなりたくないと思っていたのだが、これはしょうがないだろう。こちらはどんどん歳を重ねているのだ。

最近は自分の体を労《いたわ》るように気をつけていた。肉体的な衰えは感じてはいないが、「五十歳」という響きが嫌だ。六十歳を迎える時には、精神的にもっとダメージを受けるかもしれない。

しかし、腹も減った……家に帰れば飯の用意はあるのだが、それまで持つだろうか。とはいえ、警視庁の近くには軽く食事が摂れるような店もない。隣の合同庁舎にあるカフェも、この時間にはもう閉まっているのではないだろうか。

庁舎を出て、仕方なく地下鉄の出入り口を目指して歩き始める。その瞬間、スマートフォンが鳴った。コートの前を開け、背広の胸ポケットに入れたスマートフォン——私用の方だ——を取り出す。石沢だった。父のことかと緊張しながら電話に出る。

「今、話せるか？」

「ああ、親父のことか？」

「親父さんは元気だ。順調に回復している。来週明けには、リハビリ専門の病院に一時転院してもらうよ」

「やっぱり、リハビリは必要か……」家族にとってきつい状況だが、一番悔しいのは父だろう。現役時代は病気知らず、何度もフルマラソンを走るぐらいタフな人だったし、退職してからも病院の世話になることはほとんどなかった。

「これは、お袋さんのためでもあるんだぞ」忠告するように石沢が言った。

「そうなのか？」

「今、お袋さん一人で自宅で受け入れたら、世話し切れないだろう。公的支援に頼る手はあるが、二十四時間じゃないからな」

「そんなに悪いのか？」

「そこまで悪くないけど、介護する方も年齢がいっていると、それこそ老老介護になって、お互いにへばってしまう」

自分が何とかしなければ、という意識は強くなってくる。しかし今の自分に何ができるか……この捜査を放り出して警視庁を退職し、故郷に帰るのは、現段階では現実的ではない。介護休暇を取ることもできるのだが、それは一時凌《しの》ぎに過ぎない。

「まあ、あまり心配するな。今はいろいろな方法があるから、何とかなる。それより、菅原さんの方なんだけどな」

「無事か？」

「意識を取り戻すかもしれない。そういう反応があったんだ」

「喋れるのか？」綿谷は思わずスマートフォンを握り締めた。菅原が意識を取り戻しさえすれば、この捜査はぐっと楽になる。本人が逃亡生活の全容を語れば、協力者も逮捕できるかもしれない。事件そのものの真相――襲うような状況に追いこまれた――を供述すれば、六年前の事件はまったく別の様相を見せ始めるかもしれない。

「まだ何とも言えない。ただ、明るい見こみはあるということだ」

「この件は、岩手県警には？」

「もちろん話した。ただ、お前も知りたがるだろうと思ってさ」

「助かる――近いうちにまたそっちへ戻るから、呑む時は俺の奢りだな」

「それは、警視庁に奢ってもらうということか？」

「いやいや、自腹で」

「残念だな。警視庁に奢ってもらえたら、孫子《まごこ》の代まで自慢できるのに」

「大袈裟だよ」笑って礼を言い、電話を切った。まだ本部に残っている中崎に早速電話をかけて、報告する。

「よし、運が向いてきた」中崎が珍しく興奮した。

「確実に話せるようになる保証はないから、あまり期待しないでくれ」綿谷は釘《くぎ》を刺した。

「分かった。うちもまた、人を出した方がいいな。奴が話せるようになったら、すぐに事情聴取したい」

「いつ話せるかは分からないぜ。新幹線で二時間半なんだから、話せるようになった時点で行かせればいいじゃないか」

「それが夜だったら、翌日回しになる。新幹線なら早いけど、車だったら何時間かかる？」

「六時間半だな」綿谷はすぐに言い切った。「一度、帰省する時に車を使ったことがある。二度と車では行かないと決めたよ」

「な？　だったら最初から捜査員を派遣して、待機させておいた方がいい」

「ただ待機か？」

「岩手県警の廊下で、雑巾がけでもさせるさ」豪快に笑って中崎が電話を切ってしまった。この男が言うと、あながち冗談とは思えない。

自分は何もしていないのに、事態は動いていく。綿谷としては、中崎に合わせて興奮している場合ではなかった。取り残されてしまう……。

我孫子駅南口のランドマークは、地下一階地上十二階建ての公共複合施設・けやきプラザと、大型のショッピングセンターであるアビイクオーレだ。北口にもスーパーがあり、それがここに家を買うのを選んだ最終的な理由だった。買い物に便利なのが一番、というのが妻の公美《さとみ》の言い分である。

駅の南口へ出ると小さなロータリーがあり、周辺はささやかな商店街になっている。

そこにマンションなどの集合住宅も混じっているが、旧水戸街道を渡るとすぐに、一戸建ての住宅が建ち並ぶようになる。駅前があまり賑《にぎ》やかにならないのは、この街に住む人が、買い物などの時は柏《かしわ》や松戸《まつど》へ行ってしまうからだ。妻も、この街は買い物に便利と言っていたのに、よく隣町の柏まで車を飛ばしていく。

午後九時前。さすがに腹が減った……駅前には牛丼屋やファストフードの店もあるが、わざわざ食べていく気にもなれない。仕方なく、自動販売機でホットココアを買った。こんな甘ったるいものは好きではないのだが、甘さで空腹が少しは解消される。家に帰り着くまでのエネルギー源にもなるだろう。

早足で歩きながら、急いでココアを飲む。残念ながらさほど熱くなく、体が温まるまではいかなかった。この辺は、東京に比べて二度か三度は気温が低いようだ、と綿谷は冬になると毎日実感している。手賀沼が近くにあるせいだろうか。

この街は、区画整理があまりきちんと行われていないので、最短距離で家まで帰れない。逆に言えば、帰宅ルートは何本もある。どこが一番時間がかからないか、引っ越してきた時に時間を測ってみたことがあるのだが、どこを通っても同じようだった。敢えて言えば、古墳を利用して作った公園の脇を通るコースが多少近いのだが、冬は何故《なぜ》か常に強い風が吹くので敬遠していた。ただし今日は、さっさと帰りたいのでこのルートを選ぶ。

途中の自販機の空き缶入れに缶を捨て、コートのポケットに両手を突っこんだまま早足で歩く。寒さが身に染みるようになってきたのも、歳を取った証拠だろうか。

その気配に気づかなかったのも加齢のせいかもしれないと、綿谷は後で後悔することになる。

「そのまま歩け」低い声。

鼓動が跳ね上がったが、背後を取られた時に、急に動くと危ない。相手が凶器を持っている際はなおさら——そして今回の相手は凶器を持っている。刃物か、銃か。腰のところに固い感触があり、凶器が押しつけられているのが分かった。

「馬鹿なことはするな」綿谷も低い声で応じた。「住宅地の中だぞ。騒ぎを起こせば、すぐに警察が来る」

「騒がなければいい。答えてもらえれば、それで済む」

「金じゃないのか」綿谷は混乱した。最初に頭に浮かんだのは路上強盗である。実際、三ヶ月ほど前に、この近くで路上強盗事件が発生したのだ。その時は六十歳の男性が襲われ、頭を一撃されて現金五万円入りの財布が奪われた。

「金じゃない」相手は男——低く落ち着いた声で、若さは感じられなかった。距離はおそらく五〇センチほど。「俺が欲しいのは情報だ」

「俺が誰だか分かってやってるのか」

「警視庁、ＳＣＵの綿谷警部」

ということは、俺はしばらく前からこの男に監視されていたことになる。こういうことが起きないように、刑事は自分の身元を隠し、顔写真などが流出しないように気をつけているのだが……警戒が甘かったのかと悔いた。

「それで？」

「盛岡で、菅原と何を話した？」

「あんた、藤宮組の人間か？」違うだろう。暴力団員というのは異常に用心深く、警察官を襲うような危険は冒さない。

「それは言えない」

「じゃあ、菅原に興味を持つような人間は誰なんだ？」

「俺のことはいい。菅原は何を言っていた？　何を話した？」

「捜査の秘密を喋れるわけがない」

「何を喋った」

早くも会話は行き詰まってきた。この分ではほどなく埒が明かなくなり、力のぶつかり合いになる。相手が銃を持っていないことを綿谷は祈った。ナイフぐらいなら制圧できる。綿谷は歩きながら、両手を拳に握っては開く動作を繰り返した。両手が冷えないようにしておかないと……。

「誰か、人の名前を出さなかったか」

「いや」綿谷は否定したが、そうすると頭の中で疑念が膨らんでくるのだった。「じゃんがヤバい」という言葉は何だったのか。「じゃん」が人名である可能性もある。日本人の名前っぽくはないが。

「本当か？　誰かの名前を言ってなかったか」

「言ってない。だいたい俺は、菅原とはほとんどまともに話していない。単に、立て籠もっていた家から出るように説得しただけだ」

「その時に、名前は出なかったのか」

「特定の人間の名前は出てない。藤宮組の関係者の名前もない――なあ、あんた、藤宮組の人間か？　誰か、上の人間に言われてきたのか？　だったら無駄だと伝えろ。俺は菅原から何も聞いていないし、聞いたとしても、警察官として話せない」

「痛い目に遭ってもか？」

「それは嫌だな」

言った直後、綿谷は二歩だけダッシュして前に出た。腰に当たっていた凶器の感触がなくなったのを感じ、身を翻す。その場で回転するのではなく、少し左へずれて――それで、右手か右足で攻撃する余裕ができる。

しかし綿谷は、必殺の一撃を与えることができなかった。頭に強い衝撃。一発でめまいが襲い、鋭い痛みが走り抜ける。そして二発目。綿谷は光を失った。

4

「パパ？　大丈夫？」

どこか遠くから声が聞こえてくる。自分をパパと呼ぶ人間——しかも女性は、妻の公美しかいない。目を開ける。いや、開けようとしたが、目の前が爆発するような強い光に襲われて、すぐに目を閉じた。今度は慎重に、ゆっくり目を開ける。何とか光に慣れて、今度は周囲を見回すことができた。周囲と言っても、天井の他には公美の顔しか見えないが。

「大丈夫？　痛くない？」

「痛いな」頭が。しかしこれは、頭の中ではなく外傷の痛みだとすぐに分かった。それなら大したことはない。体を起こそうとしたが、すぐに止められた。

「無理しないで。寝てないと駄目って、お医者さんが」

「ここ、病院か？」

「柏の病院」

「大したことはないよな？」念押しするように確認する。

「頭を少し怪我しただけ。念のために、朝になったらMRIで検査をするそうよ」

「朝になったらって、今何時だ？」

「午前二時。びっくりしたわよ、急に警察から電話がかかってきて」

「みっともない話だ」

綿谷は両肘を使って上体を起こそうとした。公美が慌ててベッドを操作する。ゆっくりとベッドの上半分が起き始めたので、綿谷は背中を押しつけたままにした。ベッドの動きに合わせて、ゆっくり呼吸を整える。

ようやく天井と公美以外のものが見えるようになった。最上と由宇が病室の片隅にいた。由宇が壁から背中を引き剝がし、ゆっくりとベッドの方にやって来る。最上は困ったような表情を浮かべつつ、目を瞬《しばたた》かせていた。眠気を追いはらっているのだな、とすぐに分かる。何しろ午前二時なのだ。

「相手はメダリストか世界ランカーですか」由宇が切り出した。

「ああ？」

「綿谷さんを倒すなんて、そのレベルじゃないと無理でしょう」

「油断した」綿谷は正直に認めた。

「相手は？」

「分からない。男。身長は一七八センチぐらい。年齢は……何とも言えないな。マスクにサングラス姿だった。キャップも被《かぶ》っていたと思う」

「夜にサングラスですか」

「あれじゃろくに周囲の様子も見えないだろうけど、顔は隠せる」

何とか当時の状況を思い出そうとしたが、男の顔だけは空白のままだ。ほんの一瞬のことだし、こちらが焦っていたせいもある。そもそも、しっかり男の姿を捉えたかどうかさえ、自信がなくなってきた。

「すまん、今の段階でははっきりしたことは言えない。記憶が混乱している」

「頭、大丈夫ですか？」由宇が心配そうに訊ねた。

「普通に話せるから大丈夫だとは思うけど……少し落ち着いて思い出したい」

「じゃあ、所轄の人には、今日は事情聴取は無理だと言っておきますね」

「それじゃ悪いよ」

「曖昧なことを言って、裏を取ってみたら全然違っていた——じゃ困ります」由宇が右手の人差し指を立てた。「明日の朝、精密検査をやった上で事情聴取という風に、所轄は説得します。そもそも現場は住宅街でしょう？　防犯カメラのチェックをした方がよほど早いですよ」

「ああ……それで、何で君が？」

「ええと——呑んでて」居心地悪そうに、由宇が体を揺らした。アルコールが入っているようには見えないが。「総合支援課の柿谷晶《かきやあきら》、知ってますよね？　同期なんですけど」

「ああ」訳ありの人間で、あちこちと摩擦を起こしているが、優秀なのは間違いない。優秀であるが故に、警視庁で一番難しい仕事——総合支援課に引っ張られたのだ。

「二人で呑んでて、お開きにしようかっていうタイミングで、キャップから連絡が入ったんです」

「それが何時？」

「十時ジャストです」

　襲われてすぐに近所の人が気づき、一一〇番通報したとしたら、二十分後には現場はパトカーで埋め尽くされるだろう。何も奪われていなければ、身元を示すものはいくらでも持っているから、すぐに自分が何者かは判明したはずだ。所轄から自宅と警視庁に連絡が入り、そこから由宇のところへ情報が入るまで四十分ぐらいと考えたら、自然である。

「最上は？」

「自分、残業してまして」

「何かあったか？」綿谷が離れている間に、ＳＣＵが案件を抱えこんだのかもしれない。

「ちょっとＫＴＭの調子が悪くて、調整してました。原因不明で整備を始めると、いつの間にか時間が経っちゃうんですよね」出動用の大型オートバイも、新橋の本部の地下駐車場に置いてある。

「最上君、夕方からそんなことを始めたから、居残ってるかもしれないなって思って……電話したら当たりでした」

「遅くまですまない」頭を下げようとしたが上手くいかない。麻痺しているわけではないが、首から上と下の動きが上手く連携してくれない感じだった。

「いえいえ。念のため、明日の事情聴取の際もつき添いますよ」

「別に、一人で大丈夫だ」

「そうもいかないです。キャップもそうしろと……千葉県警を信用してないわけじゃないですけど、綿谷さんが変なことを口走ったら困りますから」

「俺は何も言わないよ」そもそも記憶が確かかどうかも分からないのだから。明日の朝にはもう少しはっきり思い出せるかどうか……あるいはそもそも、相手の顔をはっきり見ていないのか。「それはともかく、もう引き上げろよ。こんな時間じゃ引き上げられないかもしれないけど」

「あ、その辺で寝ますから大丈夫です」由宇が平然とした口調で言った。「ロビーからランクルの中——どっちを取るかは、これから最上君とじゃんけんの三本勝負で決めます」

「馬鹿言うな。二月にランクルの中で寝たら風邪ひいちまうよ——うちへ泊まればいいい」

「え」予想外の提案だったのか、由宇の顔が強張《こわば》った。

「いいよな？」綿谷は公美に確認した。

「私は平気ですけど……」と言いつつ、公美も少し戸惑っている。

「部屋も布団も余ってるから。短時間でも、せめて布団で寝れば疲れは取れるんじゃないか？　明日の朝ここへ来るにしても、余裕があるだろう」

「はあ……」由宇は明らかに迷っている。

「そうしろよ、最上」綿谷は、まだ壁に背中を預けている最上に声をかけた。

「自分は、朝比奈さんの判断に従いますよ」

「じゃあ……申し訳ないけど、いいですか？」由宇が遠慮勝ちに言った。

「全然大丈夫だ。昔は、同僚や先輩の家で呑んで、そのまま泊まっちまうこともよくあったから……昔の話を始めると、いよいよ爺《じい》さんになった感じがするな」

「それはまだ早いですよ」由宇が釘を刺した。「奥さん、図々しくてすみません」

「いえいえ、大丈夫ですよ。子どもたちの友だちが、よく泊まりに来ますから」

「奥さん、車ですか？」

「いえ、タクシーで……」

「じゃあ、うちの車で家までお送りします」由宇が申し出た。

「公美、明日の朝、何か食べさせてやってくれよ」

「とんでもないです。どうぞお構いなく」由宇が早口で言った。

「そうもいかねえよ。ちゃんと朝飯を食わないと、一日が始まらないんだから。公美、頼んだぜ」

「はいはい」

公美はだいぶ落ち着いたようだった。綿谷自身も……妻と、長く一緒に仕事をしている仲間が近くにいるだけで、こんなに気持ちが落ち着くとは。

ありがたい話だ、と考えているうちに、眠りに落ちていた。


朝九時からＭＲＩの検査が行われた。結果が出るのは午後……しかし異常はないだろうと綿谷は踏んでいた。傷は痛むが、経験したことのない頭痛などはないのだ。他も異常なし。殴られたものの、無意識のうちに受け身を取るなどして、自分の身を守ったのかもしれない。相手も、自分を殺す気はなかったはずだ。そのつもりなら、確実に止《とど》めを刺すだけの余裕はあったのだから。

ＭＲＩの検査は三十分ほどで終わり、それから朝食だと言われる。それを聞いて急に猛烈な空腹を覚えた。昨日の昼以来、腹に入れたものはココアだけだ。

内臓に異常はないということなのか、病院食は普通のものだった。サラダにオムレツ、ソーセージに食パン一枚。それに牛乳とヨーグルトがついている。ビジネスホテルの朝食の、ボリュームがないバージョンという感じだった。そして食パンは当然焼かれていない……何だか小学校時代の給食を思い出す。

　腹が減っているので、冷えた侘しい朝食をすぐに食べ切ってしまった。これでコーヒーがあれば最高なのだが……と思った瞬間、引き戸がノックされる。「はい」と答えると戸が開き、コーヒーの香りとともに由宇が入って来た。

「一応、確認しましたけど、コーヒーは大丈夫だっていう話でした」

「助かる」綿谷はコンビニのコーヒーカップを受け取った。鼻先に持っていくと、香ばしい香りが鼻腔《びこう》を刺激する。

　由宇は椅子を引いて座った。自分用にもコーヒーを持って来ている。

「最上は？」

「ＳＣＵに戻りました。二人がかりで所轄に対処する必要はないだろうっていうキャップの判断で」

「そりゃそうだ。しかし、申し訳なかったな。こんなところで泊まりなんて」

「何言ってるんですか、大豪邸じゃないですか」大袈裟に言って、由宇が目を見開く。

「どうしてあんなにたくさん部屋があるんですか？」

「一応、客間みたいな部屋はキープしておくっていうかさ……田舎の家だと、だいたいあんな感じだろう」

「でも、すごいですよ」

「それだけ警視庁から遠い、地価が安いところだと思ってくれ。よく眠れたか？」

「不思議なことに、自分の家で寝るよりよく眠れました。下宿させてもらっていいですか」

「警視庁まで遠いぞ」

「――ですよね。あ、息子さんたちにもお会いしました。びっくりさせちゃって、すみませんでした」

「そりゃそうだ」綿谷は思わず笑った。「見ず知らずの女性と、やたら体のでかい奴がいきなり家にいたら、たまげるよ」

「息子さんたち、綿谷さんと違って……今時《いまどき》っていう感じですよね」

「線が細いだろう？　今は、ああいう感じの子が多いみたいだな」

無駄話をしながらコーヒーを飲んでいるうちに、由宇のスマートフォンが鳴った。画面を確認し、すぐに何かメッセージを打ち返す。

「所轄の人たちが来ました。これから事情聴取です」

「了解」

「困ったら泣きついて下さい。五秒で相手を制圧します」

「そういうのは君の仕事じゃない。俺の役目だ」

「そうでした」

コーヒーを飲み干したところで、所轄の刑事が入ってきた。一人は四十歳ぐらいの女性刑事、もう一人はまだ二十代に見える若い男である。女性の方が椅子を引いて座り、サイドテーブルにスマートフォンを置いた。男はその背後に控えて手帳を広げる。

「我孫子署の谷田貝《やたがい》です」女性が名刺を差し出した。「谷田貝真衣子《まいこ》」。強行犯係の係長、警部補である。

「すみませんね、ご面倒をおかけして」綿谷は、ここでは下手に出ることにした。被害者ではあるのだが、地元の所轄に手間をかけさせているのは間違いないのだから。

「いえいえ、災難でした。体調はどうですか？」

「頭の精密検査の結果待ちですけど、話はできますよ……うちの朝比奈が立ち会いますけど、構いませんね？」

「ええ、それはもちろん……そちらでも事情をお知りになりたいでしょうから。ＳＣＵの警部補さんですか？」

「うちの実質上のキャップです」

「お若いのにすごいですね」

その言い方はどうなのだろう……「女性なのにすごい」は当然ＮＧとして、「若い」

のに「すごい」も、今時は許されないかもしれない。だったら年下の連中をどう褒めればいいだろう？　コミュニケーションが実に難しい時代になった。

「では、始めます。昨夜、朝比奈さんから概略は聞いていますから、その確認から始めます」

「お願いします」

真衣子の事情聴取はポイントを押さえていて、こちらにストレスを与えない。こういう時は、どうしても思い出せない、分からないことが出てくるものだが、そういう時は飛ばして次の質問に進む。まずある程度全体像を摑み、その後で細部を詰めていくタイプのようだ。疑問に思ったことがあると、満足のいく回答を得られるまで何度も質問を繰り返す刑事もいるが、そういうパターンの取り調べは長くなりがちで、被害者などに負担を与えてしまう。

真衣子の凄《すご》さは、記憶力にあるかもしれない。自分ではメモを取らない。スマートフォンの録音を聞き返しもせず、背後でメモを取っている若手刑事に確認もしない。それなのに、全体の流れを摑んだ後で、綿谷が答えられなかったことを再度ぶつけてくるのだった。

事情聴取は一時間以上に及び、あっという間に昼の時間が近づいてくる。遅い朝飯を食べたのに、また腹が減ってきて、綿谷は驚いた。

「——これで綿谷さんの事情聴取は一応終わります。後で清書したものをお見せしますから、確認して下さい」真衣子がてきぱきと話を進めた。「今日は、これからどうなるんですか？」

「まだ説明を受けてないんですけど、脳に異常がなければ退院できると思いますよ。他に怪我もないし」

「頭の傷は？」

「医療用ステープラーで処置してあります。抜鉤《ばっこう》する時は、また病院に来ないといけないでしょうけどね」

「イケメン台無しですね」

「生まれて初めてイケメンと言われましたよ」綿谷は真衣子と笑いを交換しあった。

「ところで、周囲の防犯カメラの方はどうですか？」

「いくつか確認できています。今、解析中です」

「三ヶ月ぐらい前に、路上強盗がありましたよね？　あれとは関係あるんでしょうか」

「手口が違います。あの強盗は、いきなり背後から襲いかかっていますから。声もかけていません」

「そうですか……」

「防犯カメラの解析が終わったら、そちらを見てもらうことになると思います。お分かりでしょうが、見やすいように画像処理をしなければならないので、少し時間をいただきます……警視庁さんと違って、千葉県警は規模が小さいので、何をやるにしても時間がかかります」

「藤宮組について調べて下さい。それは警視庁と協力して、になると思いますが……今のところ、私に話を聴きたいと考えているのは藤宮組の連中ぐらいだと思います」

「盛岡の関係——菅原絡みですね?」

「六年前の殺人事件に関して、新たな情報も出てきているんです。それで都合が悪くなる人間もいるかもしれない」

「ただ……マル暴が警察官を襲うとは思えませんよね。連中、そんなリスクは冒さないでしょう」

「私も同じことを考えていました」綿谷はうなずいた。「ただ、例のないようなマイナス——連中が損をするようなことがあれば、無茶をするかもしれない」

「現段階では、あらゆる可能性を視野に入れて捜査します」真衣子が立ち上がった。

「お疲れ様でした。午後、またお会いすると思いますが、ゆっくり休んで下さい」

「お気遣い、ありがとうございます」

二人が出ていくと、思わず溜息をついてしまった。まったく、疲れた……被害者として事情聴取を受けるなど、生まれて初めてである。

「後は、診断結果を待つしかないですね」由宇が言った。

「そうだな。何でもなければ、取り敢えず今日は家に帰るよ」

「今週はもう、家で静養していたらどうですか？」

「今日、まだ火曜だろう？」綿谷は左手を持ち上げてスマートウォッチを見た。これは無事だった。

「午前中キャップと話したんですけど、今週一杯は休んでもいいんじゃないかって言ってました」

「しかし、暴対の方が……」

「それも昨夜、キャップが連絡を入れています。暴対は了解してますから、時間が空いたら綿谷さんからも電話して下さい」

「今頃、火の玉になって、俺のために捜査してくれているといいんだが」

「この件は、千葉県警の担当でしょう……ちょっと出てきます。キャップに午前中の件を報告しますけど、コーヒーもう一杯、いりますか？」

「あればありがたい」

　由宇はなかなか帰ってこなかった。キャップへの報告が長引いているのかもしれないし、コーヒーの買い出しに時間がかかっているのかもしれない。昨今、大きな病院にはコンビニが併設されていることも多く、淹れたてのコーヒーも買えるはずだが、この病院にはコンビニはないのかもしれない。

　三十分……ちょうど昼飯の時間になってしまった。ざるうどん――深い器に入っているから正確には「ざる」ではないが――に麻婆豆腐《マーボー》という不思議な組み合わせの昼食である。コーヒーを待たずに食べてしまうか、と思った矢先に由宇が帰ってきた。コンビニの袋をぶら下げている。

「すみません、奥さんと話してました」

「ええ？」

「綿谷さん、重傷じゃないですし、面会時間にならないと奥さんとは会えないそうです。私は警察ということで特別に――午前中の様子をお伝えしました」

「そいつは助かった」

「二時――面会時間に来られるそうです。それまでに、私もここでご飯食べちゃおうと思って」

「おいおい」綿谷は思わず、軽く非難した。「個室だけど、ここで飯なんか食っていいのかね」

「五分で済ませます」由宇が右手をパッと広げてみせた。「バレなければ、違法行為は存在しません」

　そして実際に、由宇は五分で食事を終えてしまった。コンビニのサンドウィッチ二つ。

カロリー的には十分なはずだが、あまりにも慌ただしい……しかし由宇の食べ方には、ガサツなところがない。急いで食べていても、どこか優雅だ。彼女の実家は、愛知県にあるイタリアンレストランの名店なのだが、そういう影響もあるのだろうか。

綿谷は、わざとゆっくり食事を進めた。ざるうどんなど、三口ぐらいで器を空にできそうなのだが……一本一本、丁寧に吸い上げる。こういうところのうどんだからぐずぐずだろうと思っていたのに、案外腰がある。胃が悪くて入院している人が食べたら、消化に悪そうだ。本格的な讃岐《さぬき》うどんの店を百点とすれば、七十点はあげていい。しかし麻婆豆腐は何とも……色合いは赤が強く、いかにも辛そうに見えるのだが、食べてみると、辛味ははるか遠くに薄《うつす》らと感じるぐらいだった。ということはこの料理は、とろみと薄い塩味がついた豆腐の煮物ということになる。

しかし、食事の中途半端さをコーヒーが補完してくれた。普段はあまり気にせず、適当に飲んでいるだけなのだが、自分にはコーヒーが絶対必要なものだということを強く意識する。

「キャップ、何か言ってたか？」

「キャップの話はすぐ済みました。家で休むように、です」

「それだけ？」できるだけ早く、暴対の捜査に合流しようと思っていたのに。

「無理しないようにということです。頭ですから、念のために」

「まあ……ここで逆らっても無駄だろうな」

「私はただのメッセンジャーですけど、この件ではキャップの意見に賛成です」

「君たち二人がかりじゃ、どうしようもないよ」綿谷は肩をすくめた。「無抵抗でいる」

ふと、最上から聞いた由宇の異動の話を確認しようかと思った。本人はどう思っているのだろう……いや、もしかしたらまだ、由宇自身には伝えられていないかもしれない。人事は、本人ではなく、周りの人間の方が先に知っていたりするものだ。

二時、公美が姿を見せたのと同じタイミングで、綿谷は診察室に呼ばれた。わざわざ呼ばれるということは、悪い知らせではないかと心配になったが、医師はＭＲＩの画像を見せて説明したいということだった。

「結論から言うと、脳に異常はありません。脳震盪《のうしんとう》もなし。怪我は、あまり気にしないで下さい。一週間後に抜鉤しますから、それで治療は終わりです。ええと、来院の時間を決めておきましょうか」

それで予約が決まる。最後に、基本的に安静にしていること、何か異常があったらすぐに病院に来るようにと指示される。綿谷は素直に、医師の言葉に耳を傾けた。

診察室を出て、外で待っていた由宇に向かってＯＫサインを出す。

「帰るけど、所轄の調書を確認しないといけない。ここへ持ってきてもらうより、俺が寄った方が早いと思うけど、どうかな」

ただし我孫子署は国道六号線沿い、最寄駅は天王台《てんのうだい》だ。綿谷が入院している柏の病院からは結構遠い。最上がいたら、ランクルで送ってもらうところだが……。

「体が大丈夫なら、いいと思いますよ。その方が早く帰れるでしょう」

「我孫子署刑事課の谷田貝係長に連絡を取って、そう伝えてくれないか？　俺は退院の準備をする」とは言っても、荷物をまとめて、公美が持ってきてくれた服に着替えるだけだ。被害らしい被害は、昨日着ていたスーツのズボンに大きな鉤裂《かぎざ》きができてしまったことぐらいだ。あれは、修理できないだろう。結構気に入っていたのだが、仕方がない。

タクシーを使って一度署に寄り、調書を確認する。過不足なし……短い時間にきちんとまとめてくれていた。ついでに捜査の状況を聞いたが、午前中から特に進展はない。防犯カメラの映像もまだ確認できないという。そのまま見せてもらってもいい――綿谷も防犯カメラの映像は何十回となく見ている――のだが、より鮮明な映像と画像で確認して欲しいというのが向こうの言い分だった。こちらは被害者の立場だし、地元の所轄に余計な仕事を増やしてしまったという負い目もあるから、強いことは言えない。

由宇は我孫子署にまでつき添ってくれたが、ここで解放することにした。申し訳ないことをした……一日どころか、昨日の夜からの彼女の時間をすっかり奪ってしまった。それでも由宇は嫌な顔を見せず、公美に朝食のお礼さえ言っている。

「ごめんなさいね、簡単なもので」

「とんでもないです。美味しかったです。久しぶりの家庭の味で身に染みました」

「今度、また食べに来て下さいね。もっとちゃんとしたものを作りますから」

「ありがとうございます」由宇が頭を下げた。

「ところで朝比奈、『じゃん』っていう言葉に何か思い当たる節はないか？」綿谷はふいに思い出して訊ねた。

「人の名前ですか？」

「いや、分からない」菅原から聞いた経緯を説明した。

「その件、所轄には話しませんでしたよね？」由宇が怪訝そうな表情を浮かべた。

「この段階で、所轄に知っておいてもらうべきことでもないと思う。岩手県警は興味を持つかもしれないけど」

「言っておいた方がよかったんじゃないですか？　向こうは何でも知りたがるでしょう。今からでも——」

「いや、いい。少し考えてみる。それで、向こうが知っておいた方がいいと思えば、追加で供述するよ」

「そういうこと、被害者側で判断しない方がいいんですけどねえ」由宇が首を傾げる。

「でも、『じゃん』って何ですかね。何とでも取れるような言葉ですけど」

「まったく見当がつかない」

　呼んでいたタクシーが二台来て、由宇とは別れた。タクシーの中で公美と二人になると、急に疲れを覚える。

「いいお嬢さんね」

「優秀なんだ。将来、警視庁で初の女性部長になる可能性がある」

「そんなにすごい人なの？」

「俺たちはサポートするしかないけど、期待はしてる。警視庁を根本から変える可能性もあるんじゃないかな」

「すごい人に卵焼きなんか食べさせちゃったけど、大丈夫だったかしら」

「そうだなあ……実家がイタリアンレストランなんだ」

「それじゃ、ますますまずいわ」公美が渋い表情を浮かべる。

「いや、君の卵焼きは美味いから。迷惑かけてすまなかった」

「……どうしたの？」

「こんな目に遭って、しかも夜中に後輩を二人も家に泊めて」

「でも、命に別状はなかったんだから、いいわ」公美が溜息を漏らす。「それに、たまに家にお客さんが来ると、それはそれで楽しいから」

「昭和のおっさんだったら、ありがとうも言わないだろうけど、今回は本当に申し訳なかった。何かで返すよ」

「返すんだったら、あのお二人に……夜中に来て、朝までいてくれたんだから」

「そうだな」

「仕事に戻る時に、何か持って行ってあげて。適当に見繕うから」

「ああ。そういうのは君じゃないと駄目だろうな。俺には決定的にセンスがない」

「それは間違いないわね」

軽い笑い。しかしまったく気持ちは楽にならない。むしろ、体調が元に戻るに連れ、憂鬱になる一方だった。

どうしてあんな不意打ちに引っかかってしまったのだろう。そして相手の意図は？　藤宮組の手先ではないかという疑念は、今も頭の片隅にある。菅原が捕まって真相を話せば、まずい立場に追いこまれる人間がいることが分かったのだ。暴力団の世界の基本は面子と建前。六年前の事件は、まさにそれを体現するようなものであり、封印されていた真実が噴き出しそうになれば、抑えようとする人間が出てくるのは間違いない。

藤宮組か……自宅は安全だろうか。襲撃者が俺を尾行していたのは間違いなく、自宅などの個人情報も丸裸になっているだろう。あんなことをやった後に自宅を襲撃するのはまずあるまいと楽天的に考えようとしたが、不安は消えない。

まったく、ずいぶん弱気になったものだ。

第三章　脅　し

1

退院した日とその翌日は休んだが、綿谷は木曜日から普通に出勤することにした。午前中に一度我孫子署に顔を出して情報を収集し、それから……しかしその計画は、朝から打ち砕かれた。

母親から、要領を得ない電話がかかってきたのである。しかし、話を聞いていくと脅迫めいた電話があったのだと分かり、綿谷はにわかに緊張した。母は、警察官だった父に散々言われて、怪しい電話などをずっと警戒している。

「何か、怖いのよ」

「家の電話？　ナンバーディスプレイは確認したか？」

「公衆電話からだと思う。お父さんが入院している病院は大丈夫かって、変なことを言ってたの。どういうことかしら？」

「ただの悪戯《いたずら》だと思う」母親を安心させるためには、そう言わざるを得なかったが、そうは思えない。「最近、変な人間も多いからさ。他に何か、おかしなことはない？　知らない人が急に訪ねて来たりとか、差出人の分からない手紙が来たりとか」

「そういうことはないけど」母はまだ不安そうだった。

「だったら心配いらないよ。やっぱりただの悪戯だと思う。親父は岩手県内では有名人だから、入院したこともいつの間にか知られているんじゃないかな。でも、悪戯以上のことはないから。実際に人に危害を加えると逮捕される——それぐらいのことは、ちょっと考えれば誰でも分かるから」

「そうかねえ」

「いいから、親父のこと、よろしく頼むよ。俺も近々、またそっちへ帰るから」

電話を切ると、公美が心配そうに近づいてきた。

「大丈夫？」

「大丈夫だけど、ちょっと心配ではあるんだ」

綿谷はダイニングテーブルについて、スマートフォンをいじった。我孫子署には午前九時に行く約束だから、もう家を出ないといけない。しかし、この件は先送りにできない……勝手に動いていいことではないのだが、正規のルートで何とかしようと思うと時間がかかる。結城に相談すれば、独自の政治力で何とかしてくれるかもしれないが、キャップの手を煩わせたくなかった。先日盛岡に行った時に挨拶を交わした盛岡中央署の刑事課長・角谷《すみたに》に電話をかけ、事情を説明する。自分が襲われたことを話すと、急に真剣な口調になった。

「そちらの捜査はどこまで進んでいるんですか？」

「まだ何も分かっていない状態で……これから所轄へ行って話をします。何か分かれば、非公式に連絡しますよ」

「了解です。ご自宅や病院に人を張りつけるのは物理的に無理があるけど、何とか警戒を厚くしましょう」

「申し訳ない」

二十四時間の警備は、政治家が対象でもない限り、あり得ない。それ以外の場合は、誰かが対象を監視しているという前提で、できるだけ警察官の姿を相手に見せるぐらいしか方法がない。定期的にパトカーが巡回するとか、一日に何度も制服警官が訪ねていくとか。それでも所轄には負担になるし、その恩を何かの形で返すのも難しいのだが、母親の安全には代えられない。

電話を切り、一息ついた。しかし……この件はＳＣＵの仲間たちには話さないといけないだろう。自分は狙われている。相手は家族までターゲットにしている可能性が高い。

何かあってからヘルプを要請しても遅いのだ。情報は共有して、いざという時に備えないと。

公美にも事情を説明し、家でも警戒するように念押ししてから、綿谷は家を出た。車を運転するのはまだ不安があったので、我孫子署まではバスを乗り継ぐ。しかし、頭が鬱陶しい。

傷口周辺は髪を剃《そ》って処理しているので、額の左側にだけ、頭皮と傷口が見えている。こういう傷に不快感を覚える人もいるだろうし、傷口を保護する必要もあって、公美がニットキャップを買ってきてくれた。それで傷口は完全に隠れるのだが、スーツを着てニットキャップを被っていると、非常に変な人に見えるのが困りものだった。

しばらく洗髪が禁じられており、髪は熱い蒸しタオルで拭くしかないので、ずっと不快だった。抜鉤すれば頭を洗えるということなので、その日が待ち遠しくてならない。ただし、来週半ば以降になりそうだ。

こんなことを考えている場合ではない……。

我孫子署へ寄り、防犯カメラの映像、画像を確認した。民家で使われているもののせいか、それほど高性能ではないようで、解像度が低い。映像も、そこから切り出した静止画像も粒子が粗く、問題の男の顔をはっきり見ることはできなかった。

「こいつではないかと思われるんですけどね」

谷田貝真衣子は自信なげだった。真衣子が「容疑者候補」として示してくれた男は、黒いダウンジャケットか中綿入りの分厚いジャケットを着て、下は黒か濃紺のジーンズ姿だった。そして黒のキャップを被っている。全身黒ずくめ……靴が見える写真はないが、靴も黒で揃えてきたのかもしれない。自宅近くのあの場所は街灯の灯《あか》りが乏しいから、黒ずくめの格好をしていれば、すっかり闇に溶けこめるはずだ。

顔は——まったく見えない。マスクにサングラスで、顔のほとんどが隠れてしまっている。コロナ禍のマイナス効果か、と綿谷は時々考えることがあった。マスクをしていても、誰も不自然には思わない。悪さを企む人間は、自然に顔の半分を隠せるようになったわけだ。

キャップ——そう、一瞬相手の姿を見ただけの綿谷は、特徴を何も捉えられなかったと思っていたのだが、一つだけ記憶の底に残っているものを何とか見つけ出していた。キャップ……黒いキャップに、何かロゴのようなものが見えた。思い出せれば、一つの手がかりにはなる。

それを告げると、真衣子は納得したようにうなずいた。

「個人を特定できるような情報ではないですけど、このキャップだけが手がかりですね」

「決定的な手がかりではないですよ」綿谷は釘を刺した。「渋谷のスクランブル交差点に一時間立っていたら、この手のキャップを被っている人間を、百人は見かけるはずだ」

「確かに……それと、手に持っているものはどうでしょう」

「バールですかね」こんなものを銃だと思いこんでいたのか。だが、これで打ちのめされて、危うく死ぬところだったのだ。実際、強盗などが使う凶器として、バールはそれほど珍しいものではない。すぐに手に入るし、隠して持ち運ぶのも簡単だ。

問題の男は、右手にバールを持っていた。別の写真を見て気づいたのだが、小さなリュックを背負っている。バールの長さは三〇センチぐらいだと思うが、それがちょうど入るぐらいの大きさだ。リュックに入れてしまえば、バールを持っていることも分からないだろう。

「俺を襲った直後のようですね。取り敢えず現場を離れることに集中していて、バールをリュックにしまい忘れたとか」

「でしょうね。残念ながら、逆方向――襲撃の前の映像は見つかっていないんです」真衣子が肩をすくめた。

「すまない。もっと記憶がはっきりしていれば」綿谷は頭を下げた。

「それで――どうですか？　プロですか？」

「素人ではないでしょう」それを言うのは苦しくもあった。仮にプロであっても、逆襲できなかったのが悔しくてならない。あの後、夜はあまり眠れないのだが、それは傷の痛みのせいではなく、自分の失敗を悔いているからだった。この俺が、あんなにあっさりやられるとは……。

「綿谷さんをあんなに簡単に殴り倒すんですから、相手は相当な腕じゃないですか？綿谷さん、諸々《もろもろ》合わせて十一段なんでしょう。柔道四段、剣道二段、空手二段……あと、何ですか？」

「将棋でアマ三段」

「それは関係ないですかね……」真衣子が苦笑する。「でも、それだけ格闘技に精通している綿谷さんを——不意打ちだから、しょうがないですかね」

「それを言い訳にはしたくないですけどね。修行が足りませんでした」まったくだらしない。ＳＣＵに異動してからも、時間を見つけては近所の所轄に「出稽古」に出かけている。しかし、いつまでも同じ力をキープし続けていくのは難しい。そして歳も取った……加齢による影響を、綿谷は恐れている。五十になるからと言って何が変わるわけではないと強気に構えているのだが、実際にはいろいろなところが衰えているのかもしれない。視力、反射神経、筋力……バランスが崩れて、いざという時の対処能力が低下している可能性がある。

「あまり手がかりになりませんね。すみません」

「いえいえ……こっちも申し訳ないんですが、藤宮組の捜査も、あまり上手くいっていないんです」真衣子が渋い表情を見せた。

「奴らも警察には慣れていますから」綿谷はうなずいた。「百戦錬磨ですよ。素直にはいかないでしょう」

「藤宮組だと思いますか？」

問われて、綿谷は一瞬黙りこんだ。今のところ、それ以外に怪しい相手は思いつかない。最近、仕事でも私生活でも、誰かに恨みを買った記憶はないのだ。菅原絡みで藤宮組――それしか考えられない。とはいえ、積極的に藤宮組の犯行だと言えるだけの材料もないのだが。

「何とも言えません。ただ、この事件は終わっていない可能性がある」

「それはもちろん、犯人は捕まっていないので――」

「犯人がまだ動いている可能性があります」

真衣子が目を見開いた。それから急にデスクに身を乗り出し、声をひそめる。

「何かあったんですか」

「今朝、うちの実家――盛岡なんですけど、そっちにまで怪しい電話がありました。脅迫と取れないこともない内容です」

「どんな内容ですか？」

母から聞いた話を伝え、「年寄りですから、必要以上に心配しているのかもしれませ
ん」とつけ加えた。

「今、ご実家には？」

「両親が二人暮らしですが、父親は脳梗塞で入院中なんです」

「それは心配ですね」深刻な表情で真衣子がうなずく。

「親父が元気ならあまり心配いらないんですがね。元警察官なんで」

「綿谷さんも二世ですか？　私もです」

「芸能人やスポーツ選手ならともかく、警察官の二世は、そんなにメリットもないけど」

「若い頃に、先輩に受け入れられやすいことぐらいですかね。ただしそれも、親が嫌われていなければ、ですが」

「私の場合、岩手と東京ですから、メリットはなかったですね……一応、現地の所轄に知り合いがいるので、個人的に警戒を頼みました。あまり褒められた話じゃないですが、どうしようもないので」

「分かります」真衣子がうなずく。「関連していると思いますか？」

「犯人は、俺の個人情報を丸裸にしている感じがする。実家まで割り出しているんだから。そういう意味では関連しているでしょうし、心配です」

「分かりました。念のため、うちもご実家の方へ話を聴きにいくかもしれません」

「そうですね……母親には連絡しておきますよ。父親の病気のこともあって弱気になっているので、警察が訪ねて行ってもドアを開けないかもしれない」

「私の名前を伝えてもらって構いません。というか、出張が決まったら綿谷さんに連絡しますから、それからご実家に電話していただけますか？」

「了解です」綿谷は今の情報を頭の中にメモした。「ただし母親は、午後には家にいない可能性が高いです。病院に見舞いに行ってますから」

「仲がいいご夫婦なんですね」真衣子が微笑《ほほえ》む。

「どうですかねえ。昭和の時代の夫婦ですから、子どもから見れば素っ気ない関係に見えますよ」

ただし夫婦の心の通い合いは、他の人間にはなかなか分からない。たとえ子どもから見ても、だ。しかしあんなに落ちこみ、不安そうな母親を見るのは初めてで、両親の深い関係を垣間《かいま》見《み》ることができた。

そんな中で、もしかしたら自分のせいで、母にさらに心配をかけているかもしれない。申し訳ないという思いしかなかった。最近、こんなことばかり考えている——。

我孫子署を辞して、ＪＲ天王台駅へ向かう。歩いて十五分ほど——体が鈍ってしまった感覚があるので、少しでも下半身に負担をかけようと、早足で歩いた。自分の白い息が顔の周りにまとわりつく。駅にたどり着いた時には、かすかな疲れを感じていた。……ジョギングでも始めようかと、本気で思った。

天王台駅を使ったことはほとんどない。そして、いつもの通勤よりも少しだけ時間がかかると考えただけで、また疲れを意識した。

疲れ、疲れ……こんなこと、これまではほとんど気にしたことがなかった。人間は、十歳刻みで体に変化が現れるとよく聞く。そういう意味でも、五十歳というのは一つの節目だろう。人生半分は過ぎているのだし。

文庫本を持ってきていたのだが、ページを開いた途端に、字を追うのが面倒になってしまった。少し寝ていくか……だらしないと思いながら、体調の悪さは簡単に乗り超えられない。

電車の中で中途半端に寝てしまったせいか、口の中が気持ち悪い。しかも今日は、二月にしては気温が上がっており、怪我を隠すためのキャップが鬱陶しくてならなかった。しかし、何も被っていないと、傷を見た人がぎょっとするだろう。

新橋駅前に着いた時には、もう昼近くになっていた。このまま昼食を食べてからSCU本部に顔を出そうかと思ったのだが、それだと遅くなってしまう。まず皆に会っておくことにして、コーヒーだけを買って本部の入る雑居ビルに向かった。

最上と八神がいなかった。綿谷を見た由宇が、露骨に溜息をついて「早くないですか？」と訊ねた。

「復帰は来週からで良かったんですよ」

「今日は、所轄に呼ばれていたんだ。そのついでに来た」

「我孫子市からここまで来るのは『ついで』とは言わないでしょう」由宇が真顔で指摘する。

「まあまあ」

綿谷は自分のデスクにコーヒーを置いてから、結城に挨拶した。怪我の状態を説明しようとした瞬間、「自己判断で具合は？」と言われた。

「今は八割ぐらいでしょうか」

「だったら、いつもの二割減でやってくれ。君にはやることがある」

「何か特命ですか？」

「いや」短く言って、結城がようやくパソコンから顔を上げた。「君の件を調べている」

「まさか」

「仲間がやられて、黙って見ているわけにはいかないだろう。それが刑事の絆《きずな》だ」

「キャップ、本気でそんなこと言ってますか？」

「何か？」

「……いえ」結城は、こういう熱血な台詞《せりふ》には縁がないタイプだと思っていた。

「というわけで、極秘に捜査に入った」

「千葉県警の事件ですよ？」

「極秘だ」

　ＳＣＵは、自由な判断でどんな事件にも介入していいことになっている。それが、警視庁内で嫌われている原因なのだが、さすがにこのやり方は東京以外では通用しないだろう。他県警の管内で勝手に捜査を始めたら、大問題になりかねない。

「そもそも、千葉には行っていない。都内でできる捜査をしている」

「現場に行かないで捜査ができますか？」

「容疑者は千葉の人間だと思うか？」結城が指摘した。

「いや、それは……」

「容疑者はどこにいるか分からない。東京かもしれない——だから取り敢えず、菅原の事件をひっくり返すことから始めた。君が誰かの尻尾を踏んでいる可能性が高いからな」

「それは否定できませんけどね……」

「最上と八神は、暴力団関係者に当たっている。君は朝比奈と話して、情報を整理してくれ。それをやっておかないと、話が混乱してしまう」

「分かりました」

綿谷は自席に戻り、斜め前に座る由宇に声をかけた。狭い部屋なので、今の二人のやり取りは全部、由宇の耳に入っていたはずである。

「先にお昼にしませんか？　お腹空《なかす》きました」由宇が呑気《のんき》な口調で言った。

「いいけど……」

「何か食事制限でもあるんですか？」

「いや、何を食べても大丈夫だ」

二人は連れ立ってSCUを出た。ふいに気になって、綿谷は「キャップを誘った方がよかったかな」と言った。

「今まで何度も誘いましたけど、キャップは一緒にご飯に行かないじゃないですか」由宇が淡々と言った。「そこの喫茶店で一緒になることはありますけどね。キャップ、いつもあそこで朝ご飯、食べてるんですよ」

「らしいな。まったく、私生活が謎の人だ」

「あまり関わり合いにならない方が……仕事の関係だけにとどめておいた方がいいですよ」

二人は、何度も通って馴染みになっている居酒屋に入った。昼には千円以下でランチを提供するので、この辺りのサラリーマンですぐに一杯になる。今日はぎりぎり十二時前だったので、何とか二人がけのテーブルにつけた。二人ともサバ味噌《みそ》の定食を頼む。ここのサバ味噌は濃い田舎味噌を使い、濃厚な味わいに仕上がっているのが特徴だ。由宇曰《いわ》く、米泥棒。結城を除いたSCUの仲間とはよく来るのだが、全員が毎回、ほぼサバ味噌を頼んでいる。

注文をしているうちに、店内はあっという間に満員になった。こうなると際どい話はできず、二人は世間話に終始した。サバ味噌が重い……退院してもあまり食欲が出ず、軽い食事で済ませていたのだ。

「奥さんの卵焼き、美味しかったですね」由宇が嬉しそうに言った。

「そうか？　本人はあんなもので申し訳なかったって言ってたよ」

「いえいえ、家庭の味の究極って感じです」

「あそこに行き着くまで、無数の試行錯誤があったんだ」

岩手出身の綿谷が、砂糖入りの甘い卵焼きを好んだのに対して、東京生まれの公美は出汁《だし》の味が強い卵焼きに馴染んでいた。二人で好みをすり合わせ、どちらも納得できる味の卵焼きが出来上がったのは、結婚して十年も経ってからだっただろうか。

そういう話をすると、由宇が感心したようにうなずいた。

「夫婦に歴史あり、ですねえ」

「どんな夫婦でも同じだよ。その件で、君に話しておかなくちゃいけないことがあった」

「何ですか?」

「うちの夫婦じゃなくて、実家の方なんだけど」

「聞いてます」由宇がさらりと言った。

「ああ?」

「聞いてますから、ここでは話さないで下さい」

「君らの前では秘密はないのか?」

「君らというか、キャップがですけど」

「あの人は……」綿谷は首を横に振った。「絶対に敵に回したくないな」

「右に同じです。あるいは弱点を摑んでおきますか?」

「弱点を探していることに気づかれた時点で、俺たちは終わりだよ」


SCUに戻ると、結城の姿はなかった。一人で食事に出たか、また「政治」で警視庁本部に行っているか。何となくホッとしながら、二人で打ち合わせを始める。とはいえ、由宇は千葉の事件の捜査状況を、既にすっかり把握していた。

「俺がつけ加えることはないな」綿谷は呆れて言った。「これもキャップから?」

「ええ」

「いったいどこでこんな情報を取ってくるのかな」

「警察庁経由だと思いますけど、あまり詮索したくはないですね」

「今朝、俺が我孫子署で話した情報まで入っている」ほんの数時間前の話なのに。

「まあ、いいじゃないですか……それで、ご実家の方ですけど、脅迫電話があったんですよね？」

「ああ」

「岩手県警から情報が入っています」

「まいったな……」綿谷は頭を撫でた。医療用のステープラーで留められているせいか、皮膚が突っ張るような感覚がある。「隠し事はできないな」

「キャップ、ちょっと困ってました」

「というと？」

「本当は真っ先に、ＳＣＵに知らせてもらいたかったんじゃないですかね。でも、盛岡中央署に直接電話したのは、早く警戒体制を作るためには正解ですよね」

「別にキャップを無視したわけじゃないよ。この情報を知っても、ＳＣＵが動けるわけじゃないし、盛岡中央署には、たまたま話せる人間がいた」

「気にしないで下さい。キャップも、岩手県警の人と電話で話していました。警戒は十分だと思います」

「ああ」

「心配だとは思いますけど、犯人を早く逮捕するのが、一番の安全策ですよ」

「分かってる」

だが、二人であれこれ話してもアイディアは浮かばない。由宇は、六年前の殺しの真相についても、疑念を抱いていた。

「富島さんの情報でしょう？　私、あの人はどうも信用できないんですよ」

「人間としてはクズかもしれないけど、ネタ元としてはいい。俺は今まで、変な情報を摑まされたことはないぞ」

「そうですか……でも今のところ、誰も藤宮組の当時の内情を摑んでいません。千葉県警も、うちも」

「結局、俺が動くしかないと思う」

「ネタ元と付き合うコツを拝聴できますか？」

「生かさず殺さず。適当に締め上げて、適当に緩めて、情報源との関係をキープしておく。気長にやらないといけないし、マル暴のメンタルが分かっていないと、上手くいかないんだ」

「捜査一課の仕事なんかは、一期一会っていう感じですもんねえ」

確かに。捜査一課は基本的に、発生した凶悪事件に対処する。初めて見る被害者、関係者、容疑者。まさに一期一会だ。一方で暴力団捜査は、とにかくロングスパンの戦いになる。捜査二課の仕事と似ているだろうか。捜査二課も、闇経済などに詳しい人間との関係を築き、経済事件の端緒を摑む。そして時には、ネタ元を逮捕することになるのも同じだ。今回俺は、ネタ元として使っていた菅原を逮捕できず、こんなことになったわけだ……。

「上手いこと言うな」

「お褒めいただいて恐縮ですけど、結局今のところは、藤宮組の関係者を絞るぐらいしか手はないですよね。菅原事件の実態が明らかになると困るわけでしょう？　菅原が鉄砲玉になるよう仕向けた人間、教唆で立件できますよね」

「理屈ではな」綿谷は首を捻った。「ただ、現実にはかなり難しい。それでも、圧力をかければ何とかなるかもしれないし、俺を襲った実行犯を割り出せば、菅原を追及できる可能性があるんじゃないかな」

「――ですね」同意したものの、由宇の言葉には力がなかった。

そこへ八神が帰ってきた。何だか疲れた様子で、首をぐるぐると回す。

「お疲れかい？」

「マル暴の刑事にならなくてよかったと、つくづく思いますよ」

「顔かい？」

八神は童顔で、四十歳を過ぎたのに、二十代前半の顔——ラフな格好をすると、大学生に見えないこともない。日本では「若くあること」「若く見えること」の価値が高いようだが、八神にすれば冗談じゃない、だろう。若く見えることで親しみやすい雰囲気が出て、普通の聞き込みや事情聴取では相手を安心させて情報を引き出せるのだが、八神自身は年齢なりの貫禄が出てこないことを悩んでいた。若く見せる服装や髪型を工夫するのに比べて、貫禄を出す方がずっと難しい。

「どうも舐められてるみたいで、疲れますよ」

「最上がいても駄目か」最上は体が大きいから、それだけで威圧感があるのだ。

「最上も慣れてないですからね。綿谷さん、やっぱりすごいですよ」

「経験が長いだけだ——それで、最上は？　一緒じゃなかったのか？」

「サイバー犯罪対策課に行きました。何かやることがあるようで」

まさか、異動の話を受けるつもりじゃないだろうな、と心配になった。由宇と最上が抜けたら、ＳＣＵは様変わりしてしまうだろう。今は五人で、何とかバランスが取れている感じなのだ。いずれは自分も抜ける——いや、警視庁を辞めて帰郷する可能性もある。

「とにかく、藤宮組への事情聴取、やり方を考えよう。俺もフル回転で行く」

「怪我は大丈夫なんですか？」八神が自分の額を指差した。

「刀傷があった方が、少しは迫力があっていいだろう。凶器は刀じゃなくてバールだけど」

八神の顔が暗くなった。由宇も「バール」と聞いて嫌そうな表情を浮かべている。

「よく無事でしたね」八神が震える声で言った。「死んでいてもおかしくないですよ」

「そこは瞬時のバックステップで、致命傷になるのを防いだんだ」嘘だ。単に向こうが仕損じただけ――しかし今は、強気に出ないと凹《へこ》んでしまいそうなのだ。

2

綿谷は「一人で富島に会いに行く」と言い張ったのだが、由宇が同行を申し出た。それも強硬に。

「富島を嫌いじゃないのかよ」

「嫌いですよ」由宇があっさり言った。「だけど、それとこれとは別です。八割のパワーしか出てない綿谷さんを、一人にはできませんよ」

「俺のお守《も》りは、君の仕事じゃないと思うけど」

「いえ、これも給料のうちです」

というわけで、いつもの歌舞伎町のバーで富島と向かい合った。由宇が一緒だが、富島は平然としている。さすがに、変な下心を見せたらまずいと自粛しているのだろう。

「これ、どうぞ」

由宇が、紙袋からワインのボトルを取り出してテーブルに置いた。

「あんたがワイン好きなのは聞いてたけど、どうした?」

「うちの実家で最近仕入れたワインです。評判がいいので、賄賂としてお持ちしました」

途端に富島が笑いだす。「露骨なことを言うねえ」と言ったが、すぐに首を捻った。

「公務員がもらうから賄賂であって、逆の場合はどうなる?」

「何とでも」由宇が肩をすくめる。

富島がカウンターに目をやると、バーテンがすぐに飛んで来て、ワインのボトルを持っていった。そしてすぐに、綿谷と由宇の前にグラスを置く。中身は当然ウーロン茶。

「格闘技の達人のあんたが、そんな風にやられるとはね」富島が綿谷の頭を見た。

「まったく面目ない。この悔しさを晴らすには、犯人を逮捕するしかないな」

「あんたが自分で捜査してるのか? そんなのありかね」富島が目を見開く。「自分が被害者なのに?」

「千葉県警のお手伝いだよ」

「ふうん」富島がウーロン茶を啜《すす》った。

「あんたが情報をくれてから、俺は襲われた」

「おいおい、俺は絡んでねえよ」富島が苦笑する。「何であんたを襲わないといけないんだ」

「俺が想像もできないメリットがあるんじゃないか」

「ない」富島が断言した。

「じゃあ、誰が俺を襲ったんだろう？　藤宮組の連中が、調べられたら困ると思ったのでは？」

「そんな危ないことするわけないだろう」呆れたとでも言いたげに、富島が首を横に振る。「寝た子を起こす意味はない」

「だけど、追いこまれた――そんな風に想像すると、何をするか分からないのが人間だから」

「いやいや……」

「菅原を追いこんだのは誰なんですか」由宇がいきなり、きつい口調で質問をぶつけた。

「俺が知っていると思うか？」富島が面白そうに由宇に訊ねる。

「菅原が追いこまれたのは、兄貴分の女に手を出したから――そこまで話が分かっていれば、その兄貴分が誰だったのかも、当然ご存じではないですか？　そういう話を聞けば、さらに突っこんで確認するのが、人間の性《さが》でしょう」

「そう思いこまれてもねえ」

「消去法でゲームをやってもいいですよ。藤宮組で、菅原の兄貴分と言える人間は、限られているはずです。綿谷さん、名前は全員分かりますよね」

「ああ」

「それを紙に書きますから、一人ずつ潰していきましょうか」

「そんなことをする義理は、俺にはないぜ」

「綿谷さんを守るためです。仲間が襲われたら、警察は全力で行きますよ。普段どんなに深い付き合いをしていても、関係ありません。万が一友だちであっても、事件に関係していたら徹底して調べます」

「分かった、分かった」面倒臭そうに富島が言って、綿谷に視線を向ける。「しかし、暴対も腕が落ちたな。何でこの情報を、他の刑事さんがキャッチできないのかね」

「どういうことですか」由宇が鋭く迫る。

「菅原の件は、業界内ではそこそこ有名だった。今回菅原が出てきてあんなことになったから、その噂が一斉に流れ始めたんだよ。当然、警察の方には引っかかってると思ったけど」

「いえ、まだキャッチできてません」

「ふうん……本当に警察は大丈夫かね」

「大丈夫じゃない方が、富島さんたちは助かるんですよね」

「参ったね」富島が苦笑した。「お嬢ちゃん、あんた、肝が据わってる」

由宇が手帳を取り出し、何か書きつけた。富島は急に不安になったようで、体をモゾモゾと動かす。由宇が手帳を広げ、富島に示した。

「二月二十九日、星一つです」

「そりゃあ、見れば分かるけど」

「成人女性に対してお嬢ちゃんという言い方は、明らかなハラスメントです。今後、そういう発言がある度に、マーキングします。五個貯まったら、制裁です」

「ということは、今後も俺に会う気はあるわけだ。嬉しいねえ」

「今のはセクハラ認定で、星をもう一つ付けます。富島さん、令和の時代にまったくアップデートできてないですね」

富島が、不満げに綿谷の顔を見た。綿谷としては、何も言うことはない。ただ「それで菅原の兄貴分というのは？」と訊ねただけだった。

ビルの外に出ると、歌舞伎町の熱気にやられる。まだまだ寒い日が続いているのに、ここだけは夏になったような……実際に暑いわけではないのだが、湿気が高く、ネオンサインが派手な光を発しているせいか、気温も上がっているような印象がある。

「飯田和清《いいだかずきよ》ですか」由宇が自分の手帳をもう一度見た。「何者か……綿谷さんはご存じですよね」

「藤宮組の若頭で、まさに菅原の兄貴分だ。菅原が若い頃から、ずっと面倒を見ていたはずだ——今、四十五歳ぐらいじゃなかったかな」

「会えますかね」

「ちょっと調べてみないと分からない。俺は直接、面識がないんだ。飯田は、別の刑事の担当だったから」

「担当の刑事に筋を通さないとまずいですか？」

「いや……」担当が誰かは、聞けばすぐに分かるだろう。しかし、目的を聞かれたら答えにくい。本当のことを言えば「それはこっちの仕事だ」と怒られそうだし、嘘をつく気にもなれない。自分の古巣に嘘をつくのは、自分で自分を傷つけるようなものだ。「まあ、俺が何とかするよ。こっちがどんな風に動いているか、あまり外に知られたくないんだ」

「分かりました。付き合いますけど……」

「明日、考えよう。朝は取り敢えずＳＣＵに行くから、その時に相談しようぜ。俺はこのまま帰る」

「ですよね……いきなり復帰してきて、こんな時間まで仕事はまずいです」

「いや、実家の方が心配だから、連絡を入れないと」

「ああ……そうですね」由宇がうなずく。「でも何かあれば、地元の警察から連絡が入ると思いますよ」

「母親を安心させるためにも、電話しないと。それと、姉貴とも話さないと……脅迫されたことは、姉貴には話してないんだ。母親が教えたんだと思うけど、昼間何度も電話があってね」

「それを無視ですか？」由宇が非難するように訊ねた。

「ああ」

「お姉さんと仲悪いんですか？」

「そういうわけじゃないけど、姉貴っていうのは、いつまで経っても頭が上がらない面倒臭い存在なんだ」

「そんなものですか？」由宇が首を捻る。

「そうなんだよ」

「じゃあ……駅で解散します？」

「そうだな」新宿から山手線《やまのて》で日暮里《にっぽり》に出よう。そこで常磐線に乗り換えだ。

日暮里で常磐線を待つ間、実家に電話をした。母親は、朝に比べれば落ち着いた様子だった。

「警察の人が、何回も訪ねて来たわよ」

「そうしてもらうように頼んだんだ。二十四時間警戒するわけにはいかないけど、一日に何度も警官が来れば安心だよ。パトカーも回ってくるけど、それは気にしないでいいから」

「心配だけどねえ」

「それと、こっちの警察——我孫子署の人が訪ねて行くかもしれない。その際は、俺が連絡するから、会って話をしてやってくれないか？」

「いいけど、あなたのこと？」

母が心配そうに訊ねたので、綿谷は簡単に襲撃された事情を説明した。

「それで、俺の件の捜査をしている人たちが、そっちに電話があったことも気にしている。詳しく話を聴きたがっているんだ。わざわざ千葉から行くんだから、ちゃんと相手してやってくれよ——父さんは？」

「大丈夫。もう、リハビリも始めてるのよ。歩くには松葉杖《まつばづえ》が必要だけど、ゆっくりだったら歩けないこともない」

「じゃあ、左側も完全に麻痺してるわけじゃないんだな」

「そうね」ようやく母親の声が和らいだ。「手の方が厳しいかもしれないわ。左手で駒が持てないって文句を言ってたから」

「まさか、病室に将棋盤と駒を持ちこんだのか？」

「そう」

呆れる……が、父ならやりかねない。石沢に勝負を挑んでコテンパンにしているとか。父にとってはストレス解消、かつリハビリになると思うが、やられる方にしたら、たまったものではないだろう。

母親を慰めて電話を切ったところで、ちょうど電車が来た。後は姉に電話をしないと……こちらの方がよほど大変だ。


我孫子駅の南口に出ると、ロータリーに車が停まっていた。運転席には公美。わざわざ迎えにきてくれた——申し訳ないと思うが、正直ありがたい。三日前に襲われたのと同じ道順を歩いて、夜に帰宅するのは気が進まなかった。しかし念のために運転を交代して、自分でハンドルを握る。もしも誰かが車で襲撃してきたら、自分で何とか対処したい。

結局、家に帰るまで姉に電話はできなかった。帰宅した時点で午後九時。電話するのに遅い時間ではないが、まだ食事も摂っていない。ただ、面倒なことは先に済ませてしまおうと、綿谷はまず姉に電話した。話しながら家の中を歩き回り、戸締りを確認していく。窓の施錠も。警備会社と契約しているが、鍵がかかっていなかったら、何にもならない。

姉の文句に耐えるだけの時間だった。母親から電話があった時、すぐに言ってくれないのは不親切ではないか、自分は母親の近くにいるし、いつでも行ける。母親から電話がなかったら、何も知らないままだった——一々謝り、反論しない。それで姉の怒りは収まったようだった。誰かを怒らせた時にはこれに限るな、と思う。

ようやく食事にありついた。今日は肉豆腐に温野菜のサラダ。サラダは既に「温かい」とは言えなくなっていたが、根菜中心でボリュームがあり、これはこれで美味い。急いで食べたが、食べ終えた時には、どうして急いでいたのか忘れてしまっていた。早く食べて時間を作っても、今晩はもうすることもないのに。

何とか今日一日を乗り切ろう、と綿谷は気合いを入れた。金曜日——何もなければ明日から二日間は休みでゆっくりできる。もちろん、捜査に進展があれば、休みは吹っ飛んでしまうが。

綿谷が一番遠くに住んでいるのだが、今朝は最初の出勤になった。結城がいつもモーニングセットを食べているという喫茶店の店内を窓から覗いてみたが、彼の姿はない。SCUで自分用にコーヒーを淹れていると、最上が出勤してきた。綿谷を見て、驚いたような表情を浮かべる。

「綿谷さん、こんな早く来て平気なんですか？　怪我は？」

「もちろん。このキャップが邪魔なだけだ」綿谷はニットキャップに触れた。

「そういうキャップを被ってると、若く見えますよ」

「そいつはどうも。定番にするかな」

綿谷は、コーヒーを注いだカップを、最上に渡してやった。

「あ、すみません」

「昨日、サイバー犯罪対策課へ行ってたんだって？　お前、まさか——」

「いやいや、違います」最上が慌てた様子で否定した。「映像の処理ですよ。千葉県警——我孫子署が入手した防犯カメラの映像、ありますよね？　犯人らしき人間が映っているやつ」

「ああ」急に不穏な予感が膨れ上がる。「お前、それを手に入れたのか？」

「ええ」

「まさか、千葉県警のシステムをハッキングしたんじゃないだろうな」

「いやいや」最上がコーヒーを吹き出しそうになった。「さすがに、そんなことしませんよ。結城さんが入手したんです。あ、もちろんハッキングじゃなくて、何らかのルートを使って頼みこんだみたいですけど」

「そうか」さすがにハッキングはないか。そもそも身内の話なのだし。「その映像がどうした？」

「あれ、解像度が低くて顔がはっきり分からないでしょう？　サイバー犯罪対策課で、映像や画像の解像度を上げるソフトを開発しているんです。まだベータ版ですけど、昨日、それで写真を処理しました」

「ベータ版っていうことは、正規に使うやつじゃないだろう。お前、そんなものを使えるのか」あるいは知り合いに頭を下げて、無理矢理処理してもらったとか。

「あ、そのソフトの開発、自分も嚙んでたんですよ」最上がさらりと言った。

「マジか」

「ボランティアです。最近、画像処理系のソフトに興味があるんですよね。今回のやつは、言ってしまえば、ぼやけた昔の写真をカラー化して解像度を上げて、リアルに人の顔が分かるようにする——そんな感じです。生成ＡＩを応用してるのが新しいところで、画像処理はまったく新しいフェーズに入るかもしれませんね」

「……すまん。それで何か分かった時点で、教えてくれればいいよ。どういう仕組みで動いているか、教えてもらってもさっぱり分からない」

　自分のＩＴ知識の乏しさを悲しく思うと同時に、最上が羨ましくなる。最上のＩＴに関する知識は全て独学で、工業高校に在籍していた頃から、自分でプログラムを組んでいたという。そういう特技があれば、サイバー犯罪対策課へ異動しても重宝されるだろう。問題は、本人にその気があるかどうかだ。

　さて、こっちはこっちの仕事だ。綿谷はスマートフォンの電話帳を確認して、何人かに電話をかけた。暴力団幹部といえば、いかにも夜型の感じがするが、実際にはそんなことはない。違法な金儲けをするためには知恵を絞るだけでなく、人にも会わねばならず、そのために案外早起きだったりする。やっているのは悪事なのだが、働き方は昭和の猛烈サラリーマンのようだと言われている。

　何人かと話しているうちに、意外な事実が判明した。飯田和清は入院しているという。何の病気かまでは分からないが。

　病院へ突撃だな、と決めた。そこへ由宇が出勤してきたので相談する。昨夜の続きで、由宇は了承してくれたが、心配そうでもあった。

「一緒に行きますよ」

「いや、今日は最上と動く」

「何ですか？」最上が不安そうな顔になる。

「サイバー犯罪対策課の件で忙しくないなら、ちょいとボディガードをやってくれねえか」

「いいですけど、綿谷さんにボディガードなんか必要ですか？」

「前髪がなくなってると、パワーが落ちる。今回初めて分かったよ」

「何の話ですか……ま、運転手ですね」

「頼む」

「綿谷さん、私は仲間はずれですか」由宇が割って入る。本気で怒っている様子だった。

「私は昨夜から噛んでたんですけど。飯田の情報も聞き出したでしょう」

「君はいつまでも学ばないねえ」綿谷はついからかった。「大将が前線に出てはいけない。後方で構えて指示を飛ばすのが役目じゃないか。いい加減、覚えろよ」

「人手をかけて、一気に動いた方がいいんじゃないですか」

「心配するな。相手は動けないから」

3

急いでSCUを出たのには、いくつか理由があった。飯田が入院している立川《たちかわ》の病院まで行くのに時間がかかること。さらに、午後になると、組の若い連中が病院に詰めて警戒するかもしれないと思ったからだ。そういう連中は、刑事が来たと知ると、騒ぎを起こす可能性がある。

しばらく暴対の現場を離れていたので、飯田に関する情報が薄い。何の病気かも、依然としてはっきりしなかった。入院しているぐらいだから、軽い病気ではないだろうが。それに、菅原が敵対組織の幹部を襲撃するきっかけになった愛人も、今どうなっているかは分からない。

暴力団組員も結婚はするし、愛人を持つこともある。羽振りのいい組員は、愛人に高級クラブなどを持たせて儲けさせ、その上がりを吸い取ったりする。六年前、飯田の愛人の情報は、綿谷の耳に入っていなかった。今考えると、飯田にとっては「隠したい相手」だったのかもしれない。それこそ人妻だったとか。

立川の病院まで、SCUから車で一時間。到着した時には、既に午前十一時になっていた。ナースステーションで飯田の病室を確認し、部屋の前に立つ。個室だった。

「面会謝絶じゃないですね」最上が小声で言った。

「ああ」

「病状をしっかり確認してからの方がいいんじゃないですか？　それによって対応を決めた方が」

「病院側から、話すのを止められなかったんだから重篤じゃないってことだ」決めつけて、綿谷はドアをノックした。野太い声で「はい」と返事があったので、ドアを引き開ける。

飯田はベッドに腰かけていた。顔色は悪くない。トレーナーの上下という格好だが、左袖から出た手首に刺青《いれずみ》があるのを綿谷はすぐに見つけた。

飯田が険しい表情を浮かべる。内輪の人間――組の人間でないことはすぐに分かったようだが、誰かまでは判然としないのだろう。綿谷も、顔は知っていたが直接話したことは一度もない。

「どちらさん？」脅しつけるように飯田が言った。

「警視庁。綿谷です」

綿谷はバッジを示した。すぐ後ろに控える最上も同じようにして名乗る。飯田が疲れたような表情を浮かべて、首を横に振った。

「おいおい、勘弁してくれよ。余計な邪魔が入らないように、わざわざ遠くの病院に入院したのに」

「お仲間みたいなもんだ」綿谷はキャップを取って頭の傷を見せた。

「あんたの方が重傷じゃないか」飯田が皮肉っぽく言った。

「そっちは？　何で入院してる？　政治家の責任逃れみたいなものか」

飯田が声を上げて笑ったが、すぐにどこかに痛みが走ったのか、渋い表情を浮かべる。背中に腕を回して、そっとさすった。

「腰か？」綿谷は折り畳み式の椅子を引いて座った。最上はドアのところで壁に背中を預けて立っている。個室とはいえそれほど広い部屋ではないので、この位置にいれば、何かあってもすぐに対処できる。

「ヘルニアだよ。手術して、一週間もかからないで退院できるっていう話だったのに、ちょいと長引いてる。もう十日だ」

「まさか、手術ミスとか？」

「そういうわけじゃない。念のための経過観察だとさ。まあ、ちょうどいい骨休めだよ。明日には退院予定だけどな」

「俺の怪我のことなんだけどさ」綿谷はキャップを被り直した。鬱陶しいだけかと思っていたら、これがないと落ち着かなくなっている。傷口がガードされている感じがするのだ。「襲われたんだ。脅迫されて、その後いきなりがつんと来た」

「刑事さんを脅すなんてのは、よほど肝が据わってるか、馬鹿野郎か、どっちかだな。どっちなんだ？」

「馬鹿ではないな。俺を脅す理由があったんだと思う」

「刑事さんが脅されちゃ駄目だろう。あんた、何か弱みでもあるのか」

「余計な情報を握っていると思われているのかもしれない」

「それは？」飯田が首を傾げる。

「菅原大治」

飯田の口元が、一瞬だけ痙攣するように動いた。普通の人だったら気づかなかったかもしれないが……綿谷ははっきりと確認した。

「あんたにとっても、鬱陶しい名前だろう。あの事件、もう六年前だけどな」

「あの馬鹿野郎が——後先考えずに突っ走りやがって、危ないところだった。うちはあの抗争を、何とか穏便に終わらせようとしていたんだ。やつが暴走したせいで、危うく全面戦争だぜ？　そうなったら、あんたらも大変だったんじゃねえか」

「そうだな」綿谷は認めた。「最近、都内では戦争はない。市民に影響が出るようなことは避けたい——幸い、今は静かだな」

「うちも、素人さんに迷惑をかけるようなことはしたくないからね。あの時は必死だったよ」

「菅原を破門して」

「ああ」

「奴はその後、どうした？」

「知らんね」飯田があっさり言い切った。「今回、いきなり盛岡に現れたんだろう？　正直奴のことなんか忘れていたけど、たまげたぜ」

「盛岡の現場には俺もいたんだ」

「あんたが追跡していた？」

「いや、たまたま。俺の一メートル先で、奴が撃たれた」

「ひでえ話だな」本当に同情するように飯田が言った。藤宮組の若頭といえば、どっしり構えて多少のことでは動揺しないだろうし、人に同情もしなさそうだが……元々軽い人間なのか、あるいは本当に話し相手に飢えているのか。「さすがの俺も、そこまでヤバい目に遭ったことはない」

「その件は、岩手県警が捜査している」

「あ、そう。それで、あんたは補充捜査？　奴がこの六年間、何をしていたか、調べているとか？」

「そんな感じだ。ただし、俺が襲われた件も自分で調べている。俺を襲った人間は、盛岡で菅原が俺に何を話したか、知りたがっていた。ちょっと変な感じだよな」

「何が？」飯田がとぼけた表情を浮かべる。

「誰が菅原に関心を持つ？　奴はおたくの組から破門されて、透明な存在になっていた」

「透明な存在、ね」飯田が軽く笑った。「あんた、上手いこと言うな」

「六年前、奴を指名手配したのは俺だ。あの事件自体は、典型的なヒットマンの犯行で、捜査は難しくなかった。簡単過ぎて、俺は大事なことを見逃していたようだ――どうして奴があんなことをやったのか」

「鉄砲玉になれば、英雄になれるとでも思ったんだろう。今時、そんなのは流行《はや》らないんだが」飯田がまた笑う。本気で菅原を馬鹿にしているようだった。

「あんた、菅原をずいぶん可愛《かわい》がってたそうじゃないか」

「ああ」飯田が認めた。「今時、うちの業界は志望者が少ないんだ。だから、飛びこんできた人間は、優しく育ててやらないといけない。昔みたいに、雑巾がけから始めて……なんてことはない。ずいぶんいい思いをさせてやったよ。それで早いうちに若頭補佐に取り上げて、将来の夢を見させてやったのに、奴の忠誠心は間違った方向へ育っていったみたいだ」

「女は？」

「ああ？」

「奴は、あんたの女に手を出したんじゃないか」

「ああ……」飯田がとぼけたように言った。「そんなこともあったな」

あっさり認めたので、拍子抜けした。飯田は疑わしげな表情を浮かべて、綿谷の次の言葉を待っている。

「あんたにすれば、自分の女に手を出すような子分は許し難かったんじゃないか？　面子を潰されたわけだから」

「なるほど」飯田が急に大きくうなずいた。すると手術の傷にでも響くのか、また顔をしかめる。

「分かったよ。あんた、俺が面子を潰されて、その腹いせに菅原を鉄砲玉に仕立て上げたと思ってるんだな？　冗談じゃない」

「否定できる材料は？」

「調べてもらえば分かるけど、あれは女が悪い。とんでもない奴だった」

「というと？」

「お恥ずかしい事情なんで、あまり話したくないね」飯田の顔が強張る。

「いやいや、俺とあんたの仲じゃないか」

「初対面だぜ」

「そうか？　そんな気はしないが」

「元々、日系ブラジル人とつるんでた女だったんだ」飯田が打ち明けた。

「日本人？」

「本人はな。銀座のクラブにいて、かなりの上玉《じょうだま》だった。ただし、本性は――俺の金に手をつけやがった」

「身の程知らずというか、馬鹿なんじゃないか？」綿谷は呆れて肩をすくめた。「あんたが何者か、分かってなかったのか」

「ああ」うなずいて飯田が認めた。「わざわざ言うこともないからな……俺は正体を明かしていなかった。そのうち家に入れるようになったんだが、俺も甘かったよ。女の正体を見抜けなかったわけだから。金も時計もやられて、被害総額を計算したら、二千万ぐらいだぜ？　今頃俺のロレックスは、ブラジルで誰かの腕にはまってる」

「その女はブラジルに行ったのか？」

「六年前、コロナ禍の前に、上手くトンズラしやがった。コロナのせいで、こっちは追いかけるにも追いかけられない——ヤクザは諦めも肝心なんだよ。金をかけてブラジルまで探しに行っても、元が取れるかどうか分からねえしな。それにブラジルなんかでケジメをつけようとしたら、面倒に巻きこまれる。中南米は危ないからな」

この話は裏が取れる。取れるが、こういうことがあったからと言って、飯田が自分の女を奪った菅原を許したかどうかは分からない。

「正直、菅原にはケジメをつけさせてやろうかと思った。ところが女が消えて、俺は金や時計がなくなっているのに気づいて……奴もやられてた。額は、俺に比べればずっと少なかったけどな。それで俺たちは、大笑いしたよ。あんな女に引っかかるなんて、俺たちもまだまだ修行が足りないってな。それで和解だ。その場は組の人間が見てるから、好きに裏を取ればいい。そして奴はその直後、二〇一八年の夏にあの事件を起こして姿を消した。あんたは、俺が菅原をそそのかしたと思っているかもしれないが、それはない。何だったら菅原に聞いてみろ」

「まだ意識が戻らない」

「じゃあ、話せるようになったら、その時に」飯田がうなずく。「あのな、あんたが書こうとしてるシナリオは想像できるよ。いかにも暴力団担当の刑事が考えそうな筋書きだ。でも、実際はそんなことはない。そこまで複雑なことをする意味はないだろうが」

「誰かが菅原を援助していた。そうでなければ、六年間も逃げ続けることはできない」

「だとしても、うちじゃないね」飯田があっさり否定した。

「じゃあ、誰だ？」

「さあ」飯田が肩をすくめる。「奴には奴のコネクションがあるんじゃねえか。俺らが知らない人間関係があってもおかしくはないだろう」

「何か副業は？」

「俺が知っている限りではない——おい、もういいかい？　俺は一応、入院加療中なんだぜ」

「明日、退院の時に迎えに来てやろうか？　それとも、親分の出所の時みたいに、黒塗りのベンツが迎えに来るのか？」

「今はアルファードだよ。ああいう背の高いミニバンじゃないと、腰がきつい。うちの親父も、ミニバンになって喜んでいる。黒塗りのベンツのセダンってのは、何だったのかね」

「おたくの水谷《みずたに》社長、何歳になった？」藤宮組は表向きは会社組織になっており、組長の水谷は社長の座に就いている。

「七十四」

「普通の会社で、その年齢まで社長に居座っていたら、老害って言われるな」

「うちの業界では、そういうことは親父には絶対に言えないんだよ」飯田が苦笑した。

「代替わりできない組織は、だいたい短命に終わる」

「こんなところで、あんたとビジネス書に載せるような話をする気はないね——うちにとって、菅原はもういないも同然の存在だけど、何か分かったら知らせるよ」

「俺に対して、そんな義理はないだろう。今日初めて話したんだし」

「まあ……俺も奴のことはちょっと気になってはいた。いったい何をしてたのか、そもそもどうしてあんなことをやったのか、知りたいと思う。ただ、奴は警察の手の中にあるからな。あんたらが調べるしかないだろう。その役に立つなら、多少は便宜を図るよ」

「ああ」

「じゃあ、そろそろ解放してくれないか？　最近、昼寝が一番の楽しみでね」

永遠に寝ていてもらってもいい、と綿谷は思った。この男は、少しは俺の役に立つかもしれないが、社会にとって絶対必要な存在ではない。

「綿谷さん、さすがですね」病院を出ると、最上が心底感心したように言った。

「何が」

「初対面のマル暴に、あんなに簡単に話をさせるなんて」

「マル対は、だいたいあんなもんだよ。奴らも、よほどのことがなければ、警察とはいい関係を保ちたいと思ってる。だから基本的に愛想がいいんだ。特に奴は、今暇でしょうがないだろうからな。話し相手ができてラッキーとでも思ったんだろう」

メガーヌに乗りこむと、最上が急に声を低くした。

「今の話、信用できると思いますか？」

「俺はそう思うけど、念のために裏は取ろう。その女が本当にブラジルにいるかどうかは、確かめられるはずだ。後は、他の組員に話を聴いて確認するぐらいだな」

「了解です……でも、マイナスの確認ですよね」

その通り——飯田が六年前の事件に関与「していた」ことを証明するための捜査ならやりがいがある。しかし関与「していない」のを確認する捜査は疲れるだけだろう。とはいえ、潰しておかねば先へ進めない。

最上が車のエンジンをかけた。発進しようとしたタイミングで、彼のスマートフォンが鳴る。

「おっと……ちょっと待って下さい」最上が背広のポケットからスマートフォンを取り

出して確認する。「サイバー犯罪対策課です。映像の処理が終わったそうです」

「今、見られるか?」

「見られますけど、スマホの画面だと小さいですよ」

「いいから見せてくれ。戻ったら改めて確認しよう」

「その前に、全員に共有しますから」

最上がスマートフォンを操作すると、ほどなく綿谷のスマートフォンも鳴った。メッセージを開いて、まず画像を確認する。

我孫子署で見た映像の一つだが、より鮮明になっている。防犯カメラの映像から切り出したものではなく、いい条件の下、高性能なカメラで撮影したようにクリアだった。

「すげえな。こんなに鮮明になるのか」

「昔の白黒フィルムをカラー化したりする技術があるんですけど、それの応用みたいなものです。ぼやけた輪郭でも、本来の画像に近い最適解を、自動的に探すみたいな」

「なるほどねえ」何のことか分からないが、綿谷はうなずいておいた。「しかし、やっぱり見覚えはないな」

「マル暴ですかねえ……関係者に回して確認してもらうのがいいと思います。千葉県警の許可が必要ですけどね」

「向こうの捜査に協力しているということなら、千葉県警も嫌とは言わないだろう。その辺はキャップが調整してくれるはずだ」

続いて動画を見てみる。こちらは分かりにくい……鮮明にはなっているものの、画面が小さいせいで、問題の人物の顔ははっきりとは見えなかった。パソコンの大きなモニターなら、もう少しよく分かるだろうか。

「せっかくやってもらったけど、何とも言えないな。すまん」綿谷は詫びた。

「でも、一つの手がかりにはなると思いますよ――このまま本部に戻りますか?」

「ああ。一度情報を整理して立て直そう」

「戻ってから飯にします?」

こいつは何かと食事の心配ばかりしていると苦笑したが、既に午後〇時になっている。

「立川で、どこか美味い飯屋、知ってるか?」

「いや、この辺の食事情は分からないですね」

「だったら新橋へ戻ろう。向こうなら何でもありだ」飯田が入院している病院は、立川の市街地から少し離れた場所にあり、周辺は基本的に住宅街である。これからＪＲ立川駅の方へ戻って店を探して……となると、時間が無駄になってしまう。

「新橋は勤め人のオアシスですからねえ」

「ＳＣＵの本部を新橋に置いたのは、最高の選択だったな。腹が減ったから、急いでくれ」

「サイレン、鳴らしますか？」

「まさか——でも、制限速度内のマックスで戻ろう」

綿谷は少し寝ていくつもりだった。大した怪我ではないと思っていたのだが、体力が落ちているのを実感する。週末はゆっくり休み、週明けから本格的に再起動だな、と目を瞑《つぶ》った瞬間、スマートフォンが鳴った。無視するわけにもいかず出ると、中崎だった。

「仕事に出てるんだって？」非難するような口調だった。

「すまん。連絡しなくて」

「SCUから全部、報告が入ってる。だけど、大丈夫なのかよ」

「今、リハビリみたいな感じだ。怪我は大したことはないけど、体が鈍ってる。いずれ、そっちへ復帰するよ」

「無理はしないでくれよ」

「捜査の具合はどうなんだ？」

「それがどうもな……」中崎は歯切れが悪い。

「こっちで少し情報がある。菅原が誰かにけしかけられたという説は、弱いかもしれない」

「ああ？」

綿谷は事情を説明した。この件は、暴対課に丸投げしてしまった方が早い。暴対課で一斉にかかった方が、捜査は早く進むだろう。

「これからSCUに戻る。戻ったら詳しい報告書を作って、お前に上げるよ」

「ちょっと引っ掻《か》き回された感じだな」中崎は不満そうだった。

「俺もそう思う」結果的に、富島の情報を確認するために、遠回りしてしまったことになる。あの男が事情通なのは間違いないが、全ての情報が正しいとは限らないだろう。どんなに鋭い人間でも、嘘の情報を摑まされることはあるだろうし、非難はせずに今後も同じように付き合おうと決めた。「申し訳なかった」

「いや、あの時点ではろくに情報がなかったんだから、仕方ないよ」

「大阪の方、どうだった？　菅原の足取りは分かったか？」

「少なくともこの一年、奴が大阪にいた確率は高い」

「店の関係でそう判断した？」

「ああ」中崎が認めた。「あの二つの店以外にも、ミナミで出入りしている店が何軒かあった。それだけ頻繁に通っていたなら、大阪に住んでいたと考えるのが普通だろう。京都や神戸ではないはずだ」

　関西の地理が今ひとつ分からないのだが……京都や神戸に住んで大阪に遊びに行くのは、埼玉や神奈川の人間が東京へ遊びに来るのと同じ感覚だろうか。だとしたら、そんなに遠いとは思えないが。

「ただし奴は、相当用心していたようだ。常連になれば、店で会員証とか作るじゃないか。何回か通うとお得になります、みたいなもの」

「それを作ってなかったんだな」

「ご明答。それでいつも現金払い。足がつかないように気をつけていたのは間違いない」

「常に一人？」

「いや、そこがポイントなんだが、他の人間と一緒の時が何度かあったようだ。特に『ドンナ』の方」

「奴が誰かを接待してた？」

「そういうわけじゃない。最初、その別の人間に連れてこられて、ドンナに通うようになったらしい。紹介してもらった感じかな」

「何者だ？」

「それがはっきりしないんだ。菅原によくついていた女の子が店を辞めちまっててな。今、追跡中なんだよ」

そういうことなら俺が行く——と言いかけて言葉を呑んだ。何でもかんでも自分でやろうと思ってしまうのは、ミスを自覚しているからだ。挽回《ばんかい》するためなら、何でもやってやる——しかし、そういうスタンドプレーがよくないのは、長年の経験で分かっていた。

「まあ、奴の連れは必ず探し出す。時間の問題だ。お前は少しゆっくりしてればいいよ」

「悪いな。役に立たなくて」

「そっちの捜査の様子は、千葉県警から聞いてる。リアルタイムとは言わないけど、情報は入ってきてる」

「迷惑かけて申し訳ない限りだよ」

「まあまあ……怪我が治ったら、またうちを手伝ってくれ」中崎が言った。「それに、そろそろ暴対へ戻ってきてもいいんじゃないか？　ＳＣＵの仕事が楽しいかどうかは知らないけど、お前の本籍はこっちだろう」

「まあ……考えておくよ」

　管理官に異動のことを相談しても、すぐに実現できるものではない。しかし、中崎が自分のことを考えてくれているのは嬉しかった。同期の絆はまだ切れていない。

　突然、ＳＣＵが変革の時期に来ているのだと自覚した。今のメンバーは全員、ここが長くなっている。警察は定期的に異動があるのが常識だから、ずっと同じメンバーで仕事を続けていくのは現実的ではない。

　キャップはその辺を、どう考えているのだろう。いずれ話す機会を作ろうと綿谷は決めた。このメンバーが――SCUという組織がどうなっていくか見極めるのは、ナンバーツーたる自分の責任ではないだろうか。

SCUに戻り、ビルの地下駐車場にメガーヌを戻して、最上と昼食を摂った。新橋は勤め人の昼食天国――それは間違いないのだが、午後一時半というのは中途半端な時間だ。まだランチタイムは終わっていないが、売り切れてしまっている料理も結構ある。店を探して歩く時間がもったいなく、結局SCUのすぐ隣の喫茶店に入った。結城が毎朝モーニングセットを食べているという店だが、今はいない。二人ともカレーを数分でかきこみ、SCUに戻った。

八神がパソコンに向かっている。彼が使っているのは、通常支給されるノートパソコンではなく、小型のデスクトップだ。パソコン本体はごく小さいものだが、モニターは二七インチで、デスクのかなりの部分を占拠してしまっている。しかしこれは、「目」がいい八神が写真や映像を細かく確認するための特別の装置なのだ。

「ああ」八神が綿谷を見た。「お疲れ様です。ずいぶん動き回ってるけど、大丈夫ですか」

「何とかな」もう傷の痛みはほとんどない。ただし、頭の皮膚が引き攣《つ》るような不快感は残っていた。

「今、防犯カメラの映像を見てます」

「どうだ？」綿谷は自席に座った。八神の席は隣なので、モニターを覗きこむこともできる。やはり、スマートフォンの画面とはまったく違う。

「気になるポイントがいくつかありましたよ。千葉県警ではもう気づいているかもしれませんけど」

「というと？」

八神が手帳を手に取った。目を瞬かせてからメモしておいた項目を読み上げる。

「手袋をしてますね。それも、冬山登山とかスキーの時とかに使う、本格的なものです。ブランド名は『オーバーラント』――知ってます？」

「いや」

「スイスの、本格的なスキーや登山グッズのブランドです。ここ、分かります？」

八神が、モニターを指差した。綿谷は立ち上がって、彼の背中越しに画面を見た。八神が指差しているのは、映像を停止した画面だった。バールを握った手首……確かに分厚く固そうな手袋をはめているが、ほぼ真っ黒でブランド名などは見えない。

「ブランド名は分からないな」

「いやいや、ここですよ」八神が、手袋の小指側を指差した。「切り出した画像がこれですけどね」

別の画面に切り替える。手袋は黒いのだが、小指側は少し色が変わっている——濃いグレーだ。そこに文字のようなものが……見える気はする。

「ここにブランド名が書いてありました。調べたら、黒地にグレーとかの色使いで、あまり目立たずにブランド名を入れるのが特徴みたいですね。そして、そこそこ高い。この手袋、日本で買うと二万五千円します」

「何だよ、それ」綿谷は目を見開いた。「たかが手袋だろう」

「最新の発熱素材を使って、南極でもエベレストの頂上でも快適に過ごせる、と謳《うた》ってます。相当高機能なのは間違いないですね。あと、キャップ。これもオーバーラントのものですよ」

また別の画像を見せられた。こちらも黒いキャップで、やはり濃いグレーの文字でブランド名が入っているのが分かった。綿谷もどこかで見た覚えはあるのだが、ブランド名はとうとう思い出せなかった。

「元画像だと、ここまで見えなかったんじゃないですかねえ」最上がさらりと言った。

「軽く自慢するな」八神がからかう。

「まあまあ……でも、そんな感じでしょう？　少しは役に立ちましたかね」

「これは、所轄や各課で標準装備にすべきだね」

「まだバグ取りが残ってますから、もう少しかかりますよ」

「待つ価値はある──この件、千葉県警に伝えますね」八神が綿谷に話を振った。「綿谷さん、話しますか?」

「いや、お前が発見したんだから、お前が話せよ。その方が間違いがないだろう」

「それと、朗報です」

「まだいい知らせがあるのか?」

「はい」八神が童顔に笑みを浮かべた。「実はこのブランド、日本に正式に入り始めたのは去年なんです。代理店は割り出しましたから、そこに聴けば、購入者が分かる可能性はあります」

「なるほど……でも、人気のブランドだと、追跡も大変だろう」

「手袋とキャップの両方を買った人、みたいな絞りこみで行けるんじゃないですかね。実店舗の方は時間がかかる──無理かもしれないけど、ネット通販でも売っていますから、そっちの追跡は可能ですよ」

「こっちで手配してもいいけど……それも千葉県警の仕事だな」

「ええ。連絡します。綿谷さん、でかい画面で見ますか?」

「いや、俺が見ても無駄だろう。お前が見つけられないものは、俺には絶対に分からないよ」

八神には独特な「目」がある。視力が極端にいいわけではないのだが、現場や写真を一瞥《いちべつ》しただけで、他の人間が見逃していたものを見つけ出す。刑事としては誰もが羨む能力で、鑑識に行けば伝説の捜査員になれるかもしれない。ただ本人は、鑑識の仕事はあまり好んでいないようだが。

一応、大きな画面で写真と動画を見てみることにした。八神は立ち上がり、応接セットのソファに座って、手帳を広げながら電話をかけ始めた。

映像も画像も、オリジナルに比べてはるかに鮮明になっているが、それでも隠れた顔はどうしようもない。マスクをかけてキャップを被り、うつむきがちに歩いていれば、民家の玄関先などに仕かけられた防犯カメラには、顔ははっきりとは映らないものだ。

「あと、推定のデータですけどね」最上が言った。「身長一七六センチプラスマイナス二センチ、体重は七一キロ前後です」

「身長はともかく、体重まで割り出せるのか？」

「ええ。これもＡＩのおかげですけどね。見た目の体型による体重の平均的なデータがあって、それと比較しているんです」

「服を着てるのに？」

「そういうのも含めてのデータですよ」

「まいったね。生身《なまみ》の刑事が不要になる日も近いかもしれないな」

ＡＩの発達によって、ホワイトカラーの何割かが失業する——何年も前からそう言われてきたが、最上の話を聞いていると、あながち大袈裟でもないと思えてくる。一方最上のように開発能力を持っている人間は、この先も生き延びていけるだろう。

「千葉県警、まだこの情報に気づいてませんでした」通話を終えた八神が戻ってきたので、綿谷は席を譲った。

「じゃあ、感謝されただろう」

「まあ、怪訝そうでもありましたけど」八神が笑った。「取り敢えず、手袋とキャップの手配はするそうです」

「これで捜査は進むかもしれないな」

「ふざけた野郎は、早く逮捕しないと、ですね」

最上が真剣な表情でうなずいた。まったくその通り……しかし綿谷は、自分が先頭に立って犯人を追えていないことが、もどかしくてならなかった。

自分はやはり、衰えてしまったのだろうか？

4

週末は、連絡で潰れた。主に実家、そして姉。実家の方にはその後、脅迫めいた電話などはないようで、母親も少しは気持ちが落ち着いてきたようだった。まったく可哀想《かわいそう》なことをした……警察官の夫を長く支え続けてきたといっても、本人の度胸が据わっているわけではない。綿谷の感覚では、母はどちらかというと臆病で用心深い人だ。年齢を重ねて、さらに不安になることも多いだろう。それに今は、父の病気の件で精神的に追いこまれているはずだ。

日曜の夜、家族で夕飯を食べている時に、綿谷は次男の健二郎《けんじろう》に、来年の大学受験の話を切り出した。

「志望校、もう絞りこんだのか？」

「いや、そういうのはもっと後になってからだよ。秋の模試ぐらいで、だいたい自分の限界が見えてくるから、それで判断する」健二郎は冷静なタイプで、絶対に大言壮語しない。自分の力もきちんと見極められるだろう。

「岩手大学とか、どうだ？　お前の成績なら狙えるだろう」

「いやいや……それって、じいちゃんの介護をしろってこと？」健二郎が勘鋭く言った。

「ヤングケアラーになっちゃうよ」

「ケアラーというか連絡係かな。何かあったら俺が行くけど、身近に家族がいれば、相談もしやすいだろう」

「いやあ……そういうのは考えてもいなかったな」まったく乗り気にならない様子で、健二郎が首を横に振る。

「俺が向こうへ引っ越したらどうする？」

「あなた……」公美が釘を刺した。この件は夫婦で話し合ったのだが、公美はイエスとは言わなかった。というより、嫌がった。彼女は彼女で、この街のコミュニティにつながりがある。それに、自分の両親も心配だという。公美の両親も、やはり七十代の後半になっているのだ。福岡で兄夫婦と同居しているのだが、娘として年老いた両親の面倒を見なければ申し訳ないという、罪悪感もあるようだ。

「それって、何？」長男の海斗《かいと》が食いついてきた。「父さん、仕事はどうするの？　向こうで介護に専念とか？」

「選ばなければ、盛岡でも仕事は見つかるよ」

「でも、一家揃って引っ越しになったら、大変だよね？　それに、健二郎の大学受験を前に転校は、ヤバいんじゃない？」

「影響ないってことはないよな」健二郎が同調した。

二人とも綿谷の血を継がなかったのか、運動神経はさっぱりである。しかし二人とも頭がよく、海斗に続いて健二郎もかなりいい大学に進むだろう。子どもたちの可能性を広げるためにも、後押ししてやりたい。

「まあ、最悪、俺が一人で帰ればいいんだけど」綿谷は言った。

「母さんは、それでいいわけ？」海斗が責めるように言った。

「まだ何も分からないのよ。お義父《とう》さん、どれぐらい麻痺が残るか、まだ分からないし」

「じゃあ、そんなに急いで決めなくてもいいんじゃない？」健二郎が冷静に指摘した。

「父さん、焦ってる？　頭打ってから調子が良くないみたいだけど」

「検査では分からない悪影響が出てるかもしれないな」綿谷は頭をそっと触った。本当にそんなことになったら大変だが。

「まあ、どうしてもっていうなら、俺たちは何とかするけどな」海斗が健二郎に同意をもとめた。

「そうそう。大検を経て大学受験をする人もいるんだから、環境はあまり関係ないんじゃないかな。だけど俺も、大学は東京を考えてるけど」

「その辺も含めて、相談するよ。勝手に話は進めないから」何だか息子たちに説得されてしまったようだ。俺もそういう年齢になったということだろうか。老いては子に従え——老い、というワードが頭に浮かんだ瞬間、嫌な気分になる。

　早めに寝室に入ったところで、公美に忠告された。

「あまり焦らないでね」

「焦ってはいないけど……いや、焦ってるかな」父は週明け、転院の予定だ。そこで一週間から十日、リハビリをしてみて、様子を見ることになっている。自宅で生活できると判断されれば、退院してリハビリのために通院するようになる。それが難しければ、そのまま入院を続けてリハビリ続行。どうなるかは、まだ分からないという。これが現代医学の限界か。リハビリをしながら、今後どうするか、母の希望も確認しておかなくてはいけない。

「お義父さんが転院する時、向こうに行かなくていい？」

「姉貴が何とかしてくれる――つき添ってくれる。旦那さんも手伝ってくれることになっているから、俺は手を貸さなくて大丈夫だと思う」

「怪我もあるし、無理しない方がいいわね」

「早く抜鉤して、頭をゆっくり洗いたいよ」

「そうよね……でも、海斗たちをあまり混乱させないで」

「そんなつもりはないけど。真面目に話しただけだよ」

「あの子たち、優しいから、一家で盛岡に引っ越すって言ったら、絶対に嫌とは言わないわよ。でも、本音を隠して、ダメージを受けるかもしれない」

「――分かった。あいつらとも常に情報を共有して、勝手には決めないことにする。でも、ありがたい話ではあるよ」

「どうして？」

「あの年齢だったら、家族のことに興味がなくて、こっちの話を全然聞かないってのが普通じゃないかな」

「そうね。でも、今の子たちは優しいから」

「そうか……」

「とにかく、一人で抱えこまないで。私も、あなたの考えに全面的に賛成できるかどうかは分からないけど、反対する時は対案を出すようにするから」

「頼りにしてるよ。最近、自分の判断が正しいかどうか、自信がない」

「変なこと、言わないで」公美が不安そうな表情を浮かべる。

「暇になったら、脳ドックでも受けてみるかな。脳が萎縮してたらヤバい」

「男性の更年期かもしれないわよ」

「え？」

「女性だけじゃなくて、男性にも更年期障害はあるから。疲れがちになったり、判断力が鈍ったり」

「それって、治るのかね」言われて急に不安になってきた。

「治療はできると思うわ。でも、あなたはそんな感じはしないわね。いろいろあって、弱気になっているだけじゃない？」

「そうかもしれない」綿谷はうなずいた。

しかし、男性更年期とは考えもしなかった――意識になかった。だが最近、事あるごとに年齢を強く意識する。これから定年までの十五年間、どんな風に過ごしていくかを考えると、また不安になった。

本当に、いっそ盛岡に戻って、新しい仕事を始めるのがいいかもしれない。この歳になって新しい仕事にチャレンジするのは大変だろうが、気分を変えるのは、更年期障害対策としても有効ではないだろうか。

月曜日、ＳＣＵの自席にカバンを下ろした瞬間、固定電話が鳴った。受話器を取り上げると、我孫子署の谷田貝真衣子だった。

「ああ、綿谷さん。八神さんはいらっしゃいますか？」

「いや、まだですけど、伝言があれば受けますよ」

「オーバーラントのことなんですけど」

「それなら、俺も聞いています。話は分かりますよ」

「輸入代理店にチェックしてもらったら、手袋とキャップを同時にオンラインで購入した人が、一人だけいたんです」

「誰ですか？」受話器を握る手に力が入る。

「それが、中国人らしいんです。張敏《ヂャンミン》……張本人の『張』に敏感の『敏』でヂャンミン」

「詳しい個人情報は？」

「住所と携帯の番号、それにクレジットカードの番号は分かってますよ」

「いい情報じゃないですか」綿谷は受話器を握る手に力が入るのを感じた。週末が挟まっていたのに、よくこんな情報が手に入ったものだ。

「それで、取り敢えず家に行ってしまおうかと思っています」

「住所はどこですか？」

「都内なんですよ。江戸川区」

「ご一緒しましょう」綿谷はつい言ってしまった。本当は、ＳＣＵにはこの事情聴取、あるいは家宅捜索に手を貸す権限はない。現場でただ見守るだけになるかもしれないが、それでも手がかり——容疑者のすぐ近くにいたいという気持ちは抑えられなかった。

電話を切ったところで、出勤してきたメンバーの視線が自分に突き刺さっていることに気づく。綿谷は「容疑者——俺の件の容疑者に関する情報が入りました」と声を上げた。「これから、千葉県警が事情聴取に向かいます。キャップ、うちも——」

「行ってくれ」結城が即座に指示した。「最上も同行だ。綿谷が暴れたら、制圧して構わない」

「俺が？」最上は自分の鼻を指差した。「俺が綿谷さんを制圧？　無理言わないで下さい」

「警棒の使用を許可する」

「勘弁して下さい――現場には行きますけど」

「だったら俺も付き合いますよ」八神が渋々と言った。「二人がかりなら何とかなるかもしれない。でも綿谷さん、暴れないで下さいよ」

「何言ってるんだよ。俺は、警視庁一の穏健派と言われてるんだぜ」綿谷は不平を漏らした。

「それは別世界の警視庁の話じゃないか」珍しく結城が軽口を叩く。「急いでくれ。ただし、先着しても手は出さないように。主役は千葉県警だ」

「もちろんです」

　朝のコーヒーも飲んでいないが、仕方がない。現場は、千葉からも遠くないのだ。こちらが事情聴取しないとしても、先着しておきたい。堂々と千葉県警のチームを出迎えて「お疲れ様です」と深く一礼――そんなことに何の意味があるかは分からなかったが。

　出かけようとした瞬間、ふいにあることに気づいてつぶやく。

「張敏――菅原が『じゃんがヤバい』と言っていた」

　由宇がこちらを見て顔をしかめる。

「もしかして。張敏の『じゃん』、ですか？　菅原とどんなつながりが？」

「分からない」綿谷は首を横に振った。「分からないけど、奴を叩く理由はできたな」

もしつながっていたら——この件は、綿谷が考えていたよりもずっと複雑になる。

ＦＦレイアウトのメガーヌも車内はそこそこ広いが、今回は指揮車のランドクルーザーを使うことにした。現場で待機から作戦行動に移ることになったら、ランドクルーザーの方が便利だ。

我孫子署の面々とは、ほぼ同着になった。正確には、綿谷たちの方が三分ほど早かったのだが、それは誤差のようなものである。

張敏の家は、ごく普通のマンションだった。五階建て。定礎を確認すると、平成二十年だった。セキュリティとしてはオートロックがある。自動ドアの横に警備会社のシールが貼ってあるので、ロビーは監視カメラで見守られているはずだ。

出入り口の脇のスペースに、ワンボックスカーが停まっている。「富永《とみなが》内装」の名前と電話番号が、ボディの横にペイントされていた。どこかの部屋が工事中なのだろう。

谷田貝真衣子は、三人の部下と一緒だった。挨拶を交わし、それぞれのスタッフを紹介する。

「怪我、だいぶよくなったんじゃないですか」

「まあまあ……歳を取ってきたので、治りは遅いみたいですよ」

「二〇二号室です。行きますか？」真衣子がすぐに切り出した。

「お願いします」綿谷は頭を下げた。「うちはあくまでオブザーバーなので。何かあったらお手伝いします」

真衣子が軽く一礼し、オートロックのドアの手前にあるインターフォンに向かった。ボタンを押す軽い電子音に続いて、呼び出し音。真衣子が身を屈め、インターフォンの反応に集中した。ほどなく、妙に甲高い声が聞こえてくる——日本語だが、発音のニュアンスから日本人が話しているのではないように聞こえた。張敏？　張敏が中国出身ということは分かっている。

「はい？」真衣子も甲高い声で聞き返し、インターフォンに耳を近づけた。どうも埒が明かないようで、管理人室にずかずかと歩いていく。綿谷も追いかけて彼女の背後で話を聞いた。

管理人を摑まえた真衣子は、バッジを見せて「二〇二号室の張敏さんのことですが」と切り出した。

「二〇二号室は、そういう人ではありませんよ」窓口から顔を突き出した管理人は、怪訝そうな表情を浮かべた。「中国の方か誰か？」

「そうです」

「違うけどなあ……それに、今は空き家ですよ。一週間前に引っ越しされて、今は原状回復の工事中です」

「もしかしたら、工事に入っているのが富永内装さん？」

「ええ」

振り返った真衣子が、露骨に舌打ちした。やられた――逃げられたと悟ったのだ。綿谷も一気に暗い気分になった。週明け、いきなり全力で走り始められると期待していたのに、突然壁にぶつかった感じである。

管理人は、あまり詳しく事情を知らなかった。二〇二号室を契約していたのは、本沼《もとぬま》紗奈《さな》。電話番号などのデータは管理人の手元にあったが、年齢や他の連絡先などは分からない。不動産会社に確認すれば分かるかもしれないが、綿谷は少し焦りを感じた。張敏は、犯行の前後に部屋を引き払って逃走した可能性がある。本沼紗奈というのは愛人か、あるいは張敏が単に名前を借りた相手か。

真衣子が強引に頼んで、原状回復中――要するに大掃除だろう――の部屋を見せてもらうことになった。三人の部下のうち一人を部屋に連れていき、残る二人は不動産屋へ向かうように指示する。不動産屋は単に仲介しているだけで、部屋にはオーナーがいるという話だから、そこまで割り出すようにと命じた。

クリーニングに入っていたのは、アフリカ系の長身の男性が一人、それに日本人男性が二人だった。先ほどインターフォンに応答したのは、このアフリカ系の男性だろう。

最近、都内の工事現場などでも、外国人労働者の姿をよく見かけるようになった。

日本人の工事担当者と話をしたが、要領を得なかった。というより何も知らない。それはそうだろう。彼らは単に内装の原状回復を請け負っただけで、前に住んでいたのがどんな人間か、知る由もない。

念のために部屋の中を見せてもらった。全体にクリーニング中なので、本来の部屋の様子はあまりよく分からない。１ＬＤＫで五〇平方メートル超の部屋……二人で住むにも十分だろう。

以前の生活の匂いを感じさせるものは何もない。何か大きなトラブルはないかと工事担当者に聴いてみたが、壁も床も綺麗で、傷も少ないということだった。普通に暮らしているだけで、壁や床には何かと傷がつくものだが、ここは単に寝に帰るだけの場所だったのかもしれない。

部屋を引き上げ、我孫子署の二人をランドクルーザーに誘う。元々八人乗りなのを、サードシートを外して様々な電子機器を搭載しているので、乗れるのは五人だ。だが最上が遠慮して外に出て、寒風に身を晒しながら背筋を伸ばして立つ。警戒しているつもりかもしれないが、そこまでする必要はない……綿谷は運転席のドアを開けて「風邪ひくからロビーにいろよ」と言ったが、最上は「大丈夫です」の一言で拒絶した。何も意地を張ることもないのに。

真衣子は、誰かと電話で話していた。すぐに通話を終えると、「クソッ」と悪態をつく。

「張敏は、四日前――先週の木曜日に、成田から北京《ペキン》へ向けて出国しています」

「それ以上は追えない――でしょうね」綿谷は舌打ちした。

「残念ながら。これから、国内の足取りを追うことになります」

「ああ……犯人確定ですね」助手席に座る八神があっさり言った。

「写真か？」

「ええ」

八神が二枚の写真を綿谷に渡した。一枚は、防犯カメラの映像から切り出したもの。もう一枚は明らかに免許証の写真だった。

「何でこんな写真があるんですか？」綿谷は真衣子に訊ねた。

「念のためにチェックしたら出てきました。張敏は、日本で免許を取得したようです」

「外国人が日本で一から免許を取るのは、結構大変でしょうが」

「仕事のために頑張ったんでしょうね」真衣子があっさり言った。

綿谷は二枚の写真を見比べた。この写真から何をもって八神が張敏を犯人と断定したのか……間違い探しをするようで、苛《いら》ついてくる。いや、間違い探しではなく、共通点探しか。

「顎か」

「ご明察です」

顎というか、顎のイボ……。目立つか目立たないかギリギリの大きさ。防犯カメラからの画像を単独で見ているとはっきりしないのだが、正面から撮影した免許証の写真ではよく分かる。この二枚を見比べてみると、顎の右側にイボ——おそらく直径一センチほどだろう——があるのが確認できるのだ。顔の輪郭などもよく似ている。

「この二枚の写真、最上に渡せば何とかしてくれるかな？」

「そうですね。画像の照合システムの研究中だって言ってましたから」

これも刑事の仕事を奪いかねないシステムだ。狙いは、見当たり捜査のＩＴ化なのだが……見当たり捜査は、盗犯担当の刑事たちが得意にする手法である。街頭や電車の中などに指名手配犯がいないか、ひたすらチェックしていく。ベテランの盗犯担当刑事の頭の中には、三桁に及ぶ犯罪者の顔写真がインプットされているという。それを覚えるだけでも大変だが、街ゆく人と照らし合わせて見つけ出すのはもっと難しい。こういうのは鍛えてできるものではなく、ある意味才能に左右されるものだろう。八神は得意そうではあるが……これをＩＴで解決しようというシステム作りに、最上も関わっている。該当の防犯カメラで捉えた映像の中に、指名手配犯、常習窃盗犯などがいないかどうか、画像データベースと瞬時に照会して割り出すというものだ。

最上いわく、原理的にはもう完成しているが、実際の運用が難しいという。仮に捕まえるべき相手を発見したとしても、近くに警察官がいるとは限らないから、即座に逮捕には繋《つな》がらないというのだ。それでも、システムの開発は進められている。

まあ、人を減らすことで成績を上げたいと考える偉い人がいるのも、事実だ。

綿谷は外に出て、最上に写真を渡し、相談した。最上は軽い調子で「できますよ」と請け負ってくれた。

「じゃあ、後でこの写真を鑑定に回してくれ。それより、ロビーにいろよ。風邪ひくぜ？」

「今日、最高気温十五度の予想ですよ？　もう春じゃないですか」実際最上は、ステンカラーコートの前を開けている。時折強い風が吹いてコートの裾をはためかせても、寒がる様子は見せない。

「じゃあ、もうちょっと待ってくれ」

「取り敢えず、ＳＳＢＣ（捜査支援分析センター）に鑑定を頼んでおきます」

「これはＳＳＢＣの担当なんだ」

「ええ……混みますから、後でキャップに裏から手を回してもらって、急かした方がいいかもしれませんね」

「何だか申し訳ないが」

「いやいや、コネはあるなら使った方がいいでしょう」

同じ写真がまだ何枚かあったのか、車内では八神が真衣子たちに張敏の特徴を説明していた。

「張敏を国際手配するには、まだ証拠が足りませんね」八神が指摘した。

「そこはもう少し詰めますから」真衣子が強張った表情で答える。「それと、この本沼紗奈を追いましょう。日本人ですから、摑まえやすいはずです」

「張敏と一緒に中国に渡っている可能性もありますよ」八神が言った。

「それも含めて調べましょう」真衣子が部下の若い刑事に指示する。若い刑事は電話をかけるために、外へ飛び出していった。

「どうも怪しいな」綿谷は首を傾げた。「日本人と中国人。愛人関係でも何でもいいけど、俺を襲うような奴と付き合っている日本人女性は何者だろう」

「どうですかね……張敏は、中国人のギャングかもしれませんね。いろいろなギャンググループが日本にも入りこんでいるでしょう」真衣子が言った。

そうして、闇サイトで実行犯を集めて強盗事件などを起こす。まったく厄介な連中だ。

「女は、日本人の水先案内人かもしれませんね」綿谷は言った「金で籠絡されたか、あるいはヤクか。純粋に、愛人として手伝いをしていただけかもしれない」

「一刻も早く、本沼紗奈を捕まえることですね。絞れば、何か出てくるでしょう。気になるのは、張敏ですね。わざわざ日本で免許を取ったということは、日本に長くいるつもりだったのは間違いないでしょう」

「そうですね」綿谷は同意した。「もしかしたら、まっとうなビジネスをやろうとしていたのかもしれない。そのためには、自分で免許と車を持っていた方が便利ですよね」

「車を持っていたかどうかは何とも言えませんが……このマンション、中に駐車場がありますよね」

「本沼紗奈の名前で駐車場を借りていなかったかどうか、確認しましょう。ここでなくても、近隣の駐車場を借りていなかったか」

借りているとしたらマンションの駐車場だろうと綿谷は読んでいた。最近は車に乗る人が減ってきて、マンションでは駐車場が埋まらないこともある。公共交通機関がない場所なら車のニーズもあるだろうが、このマンションは都営新宿線の船堀駅から歩いて五分という好立地だ。車を使うよりも、地下鉄に乗る方が何かと便利だろう。車が必要な時には、レンタカーを借りればいい。

レンタカーか。

「この近くのレンタカー屋をチェックしましょう。もしかしたら張敏は、犯行のために車を借りていたかもしれない」

「確かに」

「じゃあ、我々はそれをやりますよ」

「お手伝いは……オブザーバーとしてご意見いただくぐらいなら問題ないですが」真衣子が遠慮がちに反論した。

「こういう状況ですから、やらせて下さい。黙っていれば分かりませんから」

「八神さん、綿谷さんって、いつもこんなに強引な人なんですか？」真衣子が八神に質問をぶつける。

「ＳＣＵの武闘派ですので」八神がしれっと答える。

「八神……」綿谷は小声で警告した。

「すみません」八神がさっと頭を下げた。「でも、綿谷が今回の件で辛《つら》い思いをしているのは確かです。プライドの問題ですよ。それを取り戻すためにも、綿谷に——我々に手伝わせてくれませんか」

真衣子は折れた。彼女も刑事のプライドはよく知っているはずだ。

「じゃあ、ここで起きたことは黙っているようにしましょう」

「助かります」綿谷は頭を下げた。「何かでお返ししますよ」

「気にしないで下さい。刑事はお互い様ですよ。それは日本全国どこでも同じでしょう」

まるで、日本という国の中に、刑事たちだけで作る別の国があるような言い方だ。しかしそれは、あながち間違いでもない。出張などで地方へ行き、地元の刑事に身分を明かすと、向こうは途端に協力的な態度になるのだ。同じような苦労を重ね、同じように考え、同じ正義感に基づいて動いている同士――刑事だけが従わなければならないルールがあって、それに従う人間は、何も言わなくても分かり合えるとでもいうように。

それから四人は、今後の捜査の動きを検討した。まったくストレスなく、まるでSCU本部で打ち合わせをしているような感じ。綿谷は久しぶりに力がみなぎってくるのを感じていた。

第四章　盛岡再び

1

午後になると、本沼紗奈に関する情報が集まってきた。紗奈は、このマンションの管理人や不動産会社には引っ越し先を告げていなかったが、郵便局に転居の手続きをしていた。それによると、引っ越し先は、同じ江戸川区内でも路線が違う東京メトロ東西線の葛西《かさい》駅近く。どうしてわざわざこんな近くに引っ越したのか……証拠隠滅、と綿谷は考えた。

こちらは刑事が合計七人。紗奈を引っ張る、あるいは監視に入るにも十分な人数である。

まず、引っ越し先のマンションを訪ねたが、不在だった。このまま監視することにして、順番に休憩を取る。綿谷は、若い刑事たちに先に休憩を取らせ、自分で監視を買って出た。我孫子署の方も、トップの真衣子が残る。

二人で、我孫子署の覆面パトカーに陣取り、マンションの出入り口を監視する。張り込みを始めた途端に真衣子のスマートフォンが鳴った。確認した真衣子が、「よし」と短く力強い声を上げる。

「本沼紗奈の写真が手に入りましたよ。送信します」

「免許証ですか?」

「ええ。都内で免許を取得したようですね」

送られてきたデータを確認する。住所は前のマンションのものだった。

二十九歳。免許証の写真は、その年齢よりもかなり年上に見えた。長い髪、うりざね型の顔。目は切れ長で唇は小さめ。目立たない地味な感じで、見当たり捜査が得意な刑事でも、顔を覚えるのに苦労するかもしれない。

「印象が薄いですね」真衣子も同じ感想を持ったようだった。

「これはねえ……まあ、マンションに帰ってくれば分かるでしょう」

「問題は何をしているかですね。夜の商売だったら、摑まえるのが面倒ですよ」

「確かに」ちらりとスマートウォッチを見ると、間もなく午後二時である。夜の店に勤める人間が出勤するのはもう少し遅い時間だろうが、出勤前にどこかへ行っている可能性はある。美容院とか、ジムとか。そのまま店に行ってしまったら、深夜まで摑まらないだろう。昼間どこかに勤めているとしても、これまた夜にならないと会えないわけだ。綿谷は長期戦を覚悟した。

「何か、すまないですよ」綿谷は謝った。「こんなことで時間を無駄にしてしまって」

「いえ、もしかしたらでかい事件につながるかもしれませんよ」真衣子は前向きだった。

「中国人が噛んでいるとなると、背後に大きな犯罪組織があるかもしれない」

「そいつを暴くきっかけになると？」

「大きな話だったら、所轄レベルではなく本部の警備が持っていくかもしれませんけど、端緒を摑めれば、それはそれでいいでしょう。うちの得点にはなります」

「中国人の犯罪組織ですか……」

　警視庁だったら、国際犯罪対策課の仕事だ。外国人による犯罪は増える一方で、このセクションは今や警視庁の花形と言っていい。一方、国際テロ組織の絡みなら、公安部の外事四課の担当になる。いずれにせよ担当がはっきり決まっているから、ＳＣＵの出る幕はない。

「まあ、どこでどう転がるかは分かりませんけど……綿谷さん、中国人の犯罪者と関わったことはないですか？」

「ないですね」綿谷は即座に言った。正確に言えば、所轄時代に「被害者」である中国人を担当したことはあるが、あれはもう三十年近く前である。しかもその人は日本滞在二十年以上、日本語の難しい言い回しが日本人よりも得意な人で、中国人を相手にしている感覚はなかった。「そういう捜査を担当する部署にいたこともないですし」

「だったらいったい、何なんですかね」

綿谷は、張敏《チャンミン》の名前が出た時から、一つの可能性を頭の中で転がしていた。菅原は、中国人犯罪組織と関わっていたのではないか。それが揉めて仲間割れし、追われていた。撃たれる前、最後に話した相手が俺だと分かって、何か秘密を漏らしていないか、追及しようとしたのではないか。

ちょっと想像が飛び過ぎかもしれない。想像だけで、具体的な証拠は一つもないのだ。

窓をノックする音に、綿谷はハッとして外を見た。最上が紙袋を掲げて笑みを浮かべている。綿谷は窓を下げた。

「飯、買ってきましたよ。美味そうなパン屋がありました」

「悪い、助かる」

「こっちは温かいラーメンを食べたのに、すみません」

「いや、うろうろする時間を節約できてよかった」

袋を受け取る。ずっしりと重い……どれだけ買ってきたんだと呆れたが、真衣子と二人分だろう。

「飯が来ました」

「あら、助かります」真衣子が笑みを浮かべた。綿谷は少しエネルギーが切れたような感じ……慣れない街であたふたと仕事をして午後二時、腹が減らないわけがない。

「うちの指揮車で食べますか？　向こうの方が広いので」

「ありがとうございます」

二人はランドクルーザーに移動し、後部座席に座ってパンの昼食を始めた。最上が助手席に陣取り、パソコンで作業を始める。キーボードを叩く音があまりにも速く、一塊の音になって聞こえてきた。

綿谷は普段パンをあまり食べないが、このパンには食欲をそそられた。「パリで修業してきました」というような店ではなく、同じ場所で何十年も続けている昔ながらのパン屋のようだが、子どもの頃に食べた懐かしい味がバージョンアップされた感じで美味かった。特にカレーパン。衣が細やかでさくさくしている上に、中のカレーが本格的……しっかりスパイスが効いていて、これをライスに合わせてもいけそうだ。

「最上、よくこんな店、見つけたな」

「朝比奈さんに教えてもらいました」

「朝比奈、こんなところのパン屋の情報まで持ってるのか？」由宇は食べることが好きで、気に入った店の情報を書きつけた手帳を持っていることは綿谷も知っている。しかしこの街は、彼女の普段の行動範囲ではないはずだ。

「本部勤務の時にこの辺で急に張り込みになって、しょうがなく入ったパン屋さんだそうですけど、奇跡の出会いだったって言ってました」

「大袈裟だけど……あいつ、結構運も持ってるよな」

「運が強い指揮官は最高じゃないですか。不運な指揮官なんて、誰もついていきませんよ」

「その通りだ」

由宇お勧めのパンで、いい具合に腹が膨れた。お茶を流しこみ、再び戦闘準備完了。真衣子は食べながらも、ひっきりなしにかかってくる電話に出て、てきぱきと指示を飛ばしていた。

「我孫子署の刑事課は長いんですか」食事が一段落したタイミングで綿谷は訊ねた。

「二年、過ぎました」

「じゃあ。そろそろ異動ですね。今度は本部で」

「まあ、どうでしょうね」真衣子が首を捻る。「なかなか厳しいですよ。千葉県警も、まだ女性の扱いには困ってますから。女性登用のかけ声は出ても、まったく進んでないですからね」

「それは警視庁も同じですよ」

「警視庁さんが手本を示してくれないと、他の県警は動けないんですけどねえ」

綿谷は思わず苦笑した。日本の警察組織は複雑である。各県警本部は各都道府県公安委員会の管理下にあり、予算は警察庁からと都道府県からの二本柱になっている。しかし実際の事件捜査や警備案件などについては、警察庁の指揮下にある。そして警視庁は警察官四万人以上を抱える、都道府県警の中で最大の組織であり、首都の警察ということもあって、ある意味、他の県警の「お手本」にもなるのだ。

「まあ、SCUには警視庁初の女性部長になろうという人間がいますから。彼女が女性のキャリアデザインを示してくれますよ」

「優秀な人なんですね」

「まだ三十代なんですが、あの若さで指揮官としての能力を発揮しているのはすごいですよ」あの若さ、という言い方も今時はハラスメントになってしまうかもしれないが。

「本人は、我々が過保護だと言って不満そうですけど、余計な攻撃を加えてくる人間もいますから、仲間がカバーしないとね」

「結局警察は男社会、若い女は黙って雑巾がけをしてろ、ですからね。令和になっても変わらない」真衣子が皮肉っぽく言った。

食事後の休憩……しかし真衣子のスマートフォンは頻繁に鳴り続けている。一方、SCU側にも動きがあった。最上がSSBCから連絡を受けたのだ。

「はい——ええ、分かりました。確率九八パーセントで……はい、了解です。早速にありがとうございました」

通話を終えた最上が振り返る。ＯＫサインを出して「鑑定の結果、同一人物の可能性が九八パーセントです」

「百にはならないんだ」

「そうですね。双子とかの可能性もあるので」

「双子で、イボの位置まで同じじってことはないだろう」

「まあ……ソフトの精度の問題もありますから」

「逮捕状を取る材料にはなるだろうか」

「それはですねえ……裁判所が……実は以前、この画像照合システムで解析した画像を証拠にして、逮捕状を請求したことがあったんですけど、判事の許可は出ませんでした。まだ厳しいですね」

「補足材料が欲しいな」綿谷は顎を撫でた。

「まあ、材料が集まりつつあるから何とかなるでしょう」真衣子が楽観的に言った。

紗奈がどこで働いているか、あるいはどこにいるかが分かれば捜査の進めようがあるのだが、今のところ、この線は途切れている。紗奈はＳＮＳなどもやっていないようで、そこから情報を引き寄せることもできなかった。

「ＳＮＳから情報を引くだけじゃなくて、もっと上手く、こう……スムーズにネットから情報を引き出す手はないのかね」綿谷は最上に話を振った。このまま夜まで張り込みでは、あまりにも効率が悪い。

「ダークウェブの情報までは引っ張れないですからねえ……取り敢えず名前で検索してみますけど」言いながら、最上がパソコンのキーボードを叩いた。そして「あ」と短く声を上げる。

「どうした」

「いや、あの……いました」

「いましたって、どこに」

「ジム」

「スポーツジム？」

「そうです」

最上が自分のパソコンを渡してくれた。ホームページ上のインストラクター一覧に紗奈の顔——免許証の写真と違い、きちんとメイクして血色もいい。そして髪はショートカットになっている。

「免許証の写真とは別人ですね」

「確かに」横からパソコンの画面を覗きこんだ真衣子が同意した。「これは、メイクのせいだけじゃないですよ。実際に、免許の写真を撮った時は、本当に体調が悪かったか、極端なダイエットで痩せていたか、どちらかです」

「免許証の写真写りを気にする人もいますけどね」綿谷は首を捻った。

「ちょっと待って下さい」真衣子がスマートフォンを取り出した。誰かから連絡……ではなく、メモを見ている。「彼女が免許を取得したのは、張敏とほぼ同時期ですね。三日しか違わない」

「もしかしたら、同じ自動車教習所に通っていたかも」

「後でチェックしておきますよ。この辺の自動車学校に絞れば、何か分かるかもしれません」

「そうですね……さて、居場所が分かりました。どうします？」

「半数が待機、半数がジムへ行くということでどうですか」真衣子が提案した。「ジムの仕事が何時までか分かりませんけど、二ヶ所で張っていれば、取り逃がしはないでしょう」

　というわけで、綿谷と八神、真衣子と我孫子署の刑事一人がジムへ向かうことになった。移動する時間を利用して、紗奈が勤めるジムについて調べる。営業時間は午前十時から午後十時まで。これだとおそらく、スタッフは二交代勤務だろう。紗奈が今日、早番か遅番かは分からないが、早番だとしても、仕事が終わるまでにはまだ時間があるはずだ。午前十時オープンといっても、早番の出勤は午前九時あたりではないだろうか。

九時五時の八時間勤務というのが、いかにもありそうだ。

ジムの場所は、船堀駅の北側。以前のマンションだったら歩いて行ける場所だったので、別路線の駅近くに引っ越してしまった今の方が、通勤は面倒ではないだろうか。しかしバスがあるかもしれないし、自転車を使えば今の家からも十分程度のはずだ。歩けば三十分、ジョギングなら二十分という感じで、体を解すのにちょうどいいだろう。

本当にそういう健康的な生活を送っていたとしたら、意外だ。綿谷の頭には、免許証の写真の、不健康で不機嫌な表情が居座っている。あれでは、免許証の提示を求められた時に困るのではないだろうか。「本当に本人か？」と疑われても仕方がない。もっとも、ジムの写真は、髪型とメイクを変えただけではなく、画像処理ソフトで大幅にレタッチしている可能性もある。それなら、完全に別人の顔にしてしまうことも可能だ。

ジムは、雑居ビルの二階と三階に入っていた。

「八神、先発を頼む」

「それはこっちで……」真衣子がやんわりと抗議した。ここまで協力し合って仕事してきたが、本質的には我孫子署の仕事という意識があるのだろう。

「シビアな状況の時には、うちの八神は役に立ちます」

「はい？」

「この顔なので、場を和ませます」

「ああ……」

真衣子がうなずくと、八神が顔をしかめた。

八神が先に立ち、二階にあるジムの受付に向かう。受付からは、マシンジムのスペースが見渡せるので、綿谷は全体を観察したが、紗奈の姿は見当たらない。まあ、インストラクターが常にジムスペースに出ているとは限らないだろうが……三階にはエアロビクスなどのスタジオがあるので、そちらで指導している可能性もある。

八神はすぐに戻って来た。報告する前に、ちらりと腕時計を見る。

「勤務は五時までです。一応、受付の人には口止めしておきました」

「今は何をやってる?」

「上で、何か……エアロビクスの発展系みたいなトレーニングの指導中だそうです」

「何だよ、それ」

「説明は長くなりますけど、聞きたいですか?」

「やめておく——終わるまで待とう」綿谷は真衣子に視線を向けた。真衣子がすぐにうなずく。

「裏口と正面を押さえますけど、受付に頼んで、退勤時間に合わせて会うことにしたらどうですか?　待ち伏せなどなしで、正面から行ってもいいかもしれません」

「異議なし。でも念のために、裏口と正面に一人ずつ配置しましょう」

「むしろ、自宅で張っている連中を全員呼んだらどうですか？　ここで確実に押さえるためには、人を動員した方がいいでしょう」

「確かに」

「では、呼びますよ」スマートフォンを取り出しながら、真衣子が階段の方へ向かった。

「受付の人、どんな反応だった？」八神に訊ねる。

「ろくに話ができてませんから、何とも言えません」

「いくらお前でも、警察の名前が出ると向こうは警戒するか」

「後でまた、詳しく聴いてみますよ。勤務状態とか、裏取りする必要もあるでしょう」

「じゃあ、上手く本沼紗奈の身柄を押さえられたら、二手に分かれよう。誰かがジムの人から話を聴く。ここの責任者、摑まるかな」

「アポを取ると、面倒なことになるかもしれません。五時ならまだいると想定して、待ちましょう」

「了解」

　終わりが決まっていても、「待ち」は辛いものだ。そのうち、同僚との話も尽きてくる。綿谷は一度ＳＣＵに電話を入れて、由宇に状況を説明したが、由宇は特に興奮する様子もなかった。「何か分かったらまた連絡して下さい」と短い指示を口にしただけ。さすがに前のめりになってくれると思っていたのだが、彼女は、感情を露わにすることがほとんどない。まあ、それこそが指揮官に必須の性格なのだろう。指揮官が泣いたり怒ったりしていたら、部下は困惑するばかりだ。

午後四時を過ぎると無駄話のネタも尽き、車内に沈黙が満ちた。八神と最上だけなら、黙っていても不快にならないのだが、今日は我孫子署員が一緒なので妙に緊張してしまう。煙草を吸っていた頃はよかった、とふと思い出す。ちょっと席を外して一服することで、気分転換にもなったし、同僚と一緒に煙草を吸いながら話すことで、思わぬアイディアが生まれることもあった。

綿谷は車を出て、背筋を伸ばした。この辺りの様子を頭に入れておいてもいいかと、少し歩き回ることにした。船堀駅周辺には新しい高層ビルなどもあるが、何より目立つのはタワーである。清掃工場の煙突かと思うほど素っ気ない造りなのだが、調べてみると「タワーホール船堀」という区立の複合文化施設で、通称「船堀タワー」と呼ばれていることが分かった。意外なことに、展望台を一般公開しているタワーとしては、東京スカイツリー、東京タワーに次いで、都内で三番目の高さだという。それにしても、デザイン的にはいかがなものか——ベースの部分からタワーが上空へぬっと伸び、鉄骨の支柱のようなものが三方から支えている。本当の支柱だとは思えないが、タワー部分が細長いので、どうしてもそう見えてしまう。台風でも来たら、大揺れで大変ではないだろうか。

車に戻る。この辺は道路が狭いので、覆面パトカーとはいえ、ずっと路上駐車しているわけにはいかない。近くのコインパーキングに停め、順番で正面出入り口と裏口を監視していた。出入りするためにはこの二ヶ所を使うしかないことは、事前に確認している。

裏口の様子を見ておくか……と、車には乗らずにそちらへ回ろうとしたところで、異変に気づいた。

裏口で張っていた八神が、急に動き出す。裏口から出て来た女が周囲を見回し、八神に気づいた瞬間にダッシュしたのだ。一瞬、八神の反応が遅れる。サッと近づき、手を伸ばして腕を摑もうとしたが、あっさり振り切られてしまった。女――紗奈が綿谷の方へ向かって来た。綿谷は驚いたような表情を浮かべ、すっと脇へどく――実際にどいたが、紗奈が前を通り過ぎる一瞬、前に飛び出し、腕を摑んだ。痛みを感じるかどうかぎりぎりの強さで……しかし簡単には振り解けない。

「何ですか！」紗奈が叫ぶ。化粧っ気はなく、ジムのサイトの写真よりも免許証の写真に近い感じの顔だった。

「警察です。ちょっと話を聴かせて下さい」綿谷は低い声で言った。

「警察に用事なんかないわよ！」

「こちらはあるんです。お時間は取らせませんから。それより、ずいぶん早いですね。

勤務は五時までじゃないんですか」

「体調が悪いの！」

「その辺は考慮します」

その頃には、他の刑事たちもやって来て、紗奈を取り囲んでいた。綿谷は彼女の腕を放し、あとは真衣子に任せた。この後の事情聴取は、ランドクルーザーの中で行うことになっている。本当は我孫子署まで引っ張っていきたいところだが、今のところ、明確な容疑はない。

ランドクルーザーには紗奈と真衣子、我孫子署の若手刑事と綿谷だけが入ることになった。四人なら、紗奈も狭い場所で変なプレッシャーを感じずに済むだろう。ただしランドクルーザーを取り囲むように他の刑事たちが待機している。逃げ出そうとしたら、すぐに押さえる構えだ。

車に入る前に、綿谷は八神に注意した。

「あれぐらいは押さえてくれよ。少し鈍ってるんじゃないか」

「すみません」八神も、言い訳できないようだった。ただしあのタイミングだと、押さえるのはなかなか難しいのだが。

「明日から反復横跳びとシャトルランの特訓だ」

「それ、小学生がやるやつですよ」

「今のお前は、小学生レベルから鍛え直した方がいい」

「はあ……まあ、逆らわないでおきます」

「そうしてくれ。ＳＣＵに連絡を頼む」

「了解です」

さて……綿谷は両手を揉み合わせた。いよいよここから一歩が始まる。その一歩がどちらを向いているかはまったく分からないのだが。

2

尋問は真衣子が担当することになった。綿谷は運転席に座り、バックミラーで紗奈の様子を観察する。終始うつむき加減。バックミラーに自分の顔が映るのを恐れているようだった。灰色のカットソーに黒いダウンジャケットという地味な格好で、髪の先が少し濡れている。仕事を終えてシャワーを浴び、きちんと乾かす暇もなく飛び出してきたのかもしれない。

「本沼紗奈さんですね？」真衣子が切り出す。

「言わないと駄目？」いきなり喧嘩腰《けんかごし》だった。

「駄目ではないですが、名前ぐらいは確認させて下さい。ジムで調べれば分かることですけどね」

　紗奈が舌打ちした。態度が悪い。ジムでインストラクターをやるような人間は、体育会系のからっとした性格だとばかり思っていたのだが……彼女の過去が気になり始める。

「私たちは、張敏という中国人を探しています。その人は、あなたが以前住んでいた船堀のマンションで、あなたと同居していませんでしたか？」

　紗奈の顔から血の気が引いた。何かを恐れている……真衣子も同じように感じたらしく、早口で突っこんだ。

「張敏が中国に戻ったことは確認しています。あなた、彼と付き合っていたんですか？　恋人？」

「そんなの、言う必要あるんですか？」紗奈がむきになって逆らう。

「教えてもらいたいんです。彼に聴きたいことがあるので」

「だったら、中国に行けばいいでしょう。私は何も知らないから」紗奈が不機嫌に答えた。

「何も知らないっていうのは、彼のことを知らないという意味？　それとも彼が何をしたか知らないっていう意味？」

「二つに違いがあるんですか」

「大きな違いがあるわ」真衣子がうなずいた。「一緒に住んでたの？」

「さあ」

「あなたはしばらく前に、船堀のマンションを引き払って、別の部屋に引っ越している。それが、張敏が日本を離れたタイミングと一致している」

「だから？」

「中国人と同棲《どうせい》しようが結婚しようが、何の問題もない。警察が口を出すことじゃありません。でも、その中国人が犯罪に手を染めているとしたら、話は別です」

「彼が何かしたって言うんですか」

「心当たりがありますか？」

「知りません」

紗奈は頑なだった。これは警察側が不利だ、と綿谷は心配になった。具体的な証拠がない状況で紗奈を攻めるのは、少し性急だったかもしれない。

「先週、彼と会いましたか」

「いえ」

「最後に会ったのは？」

「そんな人を知っているとは、一言も言ってません」

「知らないの？　だったら船堀のあなたの家に住んでいたのは誰？　知らない人が勝手に入りこんでた？　それなら、警察に被害届を出した方がいいわね」

「ああ、もう……面倒臭い」

「面倒臭い？」

「認めますよ。張敏は彼氏でした。うちに住んでたこともあります。でも急に帰国しないといけないって言って、消えちゃって。それだけの話です」

「一緒に住んでいて、それだけの話っていうことはないでしょう」真衣子が指摘した。

「向こうは、あなたを上手く利用しただけじゃないの？　日本にいるためだけに」

「ちゃんと手続きが整っていたら、普通に日本にいられるでしょう」

「そうかもしれないけど、日本人と結婚してる方が有利でしょう？　そうでなくても恋人がいれば……結婚するつもりだった？」

「そう言ってたのに、いきなり帰るって」紗奈が唇を噛んだ。

「裏切られた？」

「さあね」紗奈が肩をすくめる。「外国人の考えてることはよく分からないから。どうでもいいけどね」

「そんなことがあって、急に引っ越しを決めたの？」

「まさか。そんな急に引っ越せないでしょう。引っ越す話は二人でしていて、準備もしてたの。お金も払っちゃって、今更中止にもできなかったから引っ越したけど、大損害よ」

「張敏は何をしてた人なの？」

「貿易関係。日本の化粧品を中国に輸出するって言って、会社を作ってたはず。日本の化粧品って、海外では人気だから」

「らしいわね」真衣子が相槌《あいづち》を打った。「その会社は？」

「私は、詳しいことは知らない」紗奈がそっぽを向いた。

「本当に？」

「何で嘘つかなくちゃいけないわけ？」

「彼のこと、詳しく知らない？」

「そうだね」

「そんな人と付き合ってたわけ？」呆れたように真衣子が言った。「お金？」

「否定はしないけど」

「家賃を払ってもらった？　それ以外にも？」

「いろいろあるわよ。私、仕事で行き詰まってて……」

「そうなの？」

「私のために、将来は中国でエアロビクスを中心にしたジムを開設してもいいって言ってくれた。今、中国も健康ブームで、ジムがたくさんできてるから」

「それを信じた？」

「全面的に信じたわけじゃないけど、摑まえておけばそのうち……って考えるじゃない」

「張敏の連絡先は分かる？　中国のどこにいるか」

「さあ……福建《ふっけん》省の出身だって言ってたけど、詳しい住所とかは聞いてない。張敏は、日本で会社を作って、今後は活動のベースを日本に置くからって言ってて、あまり中国のことは話さなかったし」

「向こうで通じる携帯の番号とか知ってる？」

「日本で使ってた携帯しか知らない」

「それを教えて」

紗奈がスマートフォンを取り出し、番号を確認して読み上げる。既に綿谷たちも入手している番号だった。このスマートフォンはもう処分して、中国で新しい携帯を手に入れたと考えるべきだろう。それにしても、「福建省」というだけではあまりにも広過ぎて手がかりにならない。

「張敏はいつから日本にいたの？」

「二年前、かな。本人はそう言ってた」

それならビザを取得していたはずだ。ビザには中国の住所なども記載されているから、外務省に確認すれば情報は取れるだろう。

「商用目的で日本に来た、それは間違いないのね？」真衣子が突っこむ。

「その辺は詳しく知らないけど、会社を立ち上げるって言ってたんだから、そうなんじゃない？」

「そもそもどこで知り合ったの？」

「ああ、彼がジムへ来て」

「あなたのジム？」

「そう。だからジム運営にも興味があるんだなって、後から思ったんだけど」

「会員とインストラクターとして知り合ったのね？」

「そういうこと」紗奈が認めた。「ねえ、もういい？　私も張敏のこと、怒ってるんだけど。勝手に帰っちゃって連絡も取れないし、何だか上手く利用されただけみたいな感じじゃない」

「怒ってるなら、警察に協力して下さい。張敏は、違法行為に手を染めていた可能性があります」

「違法行為って……」紗奈の声に戸惑いが滲《にじ》む。

「前に座っている、警視庁の綿谷警部を襲った疑いがあります」

「まさか」紗奈がつぶやく。

「どうして『まさか』なんですか」

「そんなことする人じゃないから」

それでは否定の理由にならない。しかし真衣子もこれ以上の攻め手を持っていなかった。しばらく雑談——張敏の人となりやビジネスについて質問が続いたが、「これは」という答えは出てこない。しかし綿谷は、紗奈の目が時々泳ぐのが気になった。張敏を恐れている？　そして張敏のことを話す口調もわざとらしい……あらかじめ作った説明を語っているだけのようだった。

「まさか、私は逮捕されないよね？」紗奈が急に心配そうな口調になって訊ねた。

「逮捕されるようなことをした覚えはありますか？」真衣子が訊き返す。

「警察は、そういう風に人を引っかけようとするわけ？」

「単なる質問です」真衣子が淡々と答える。「今日はこれで終わりにします」

「あ、そう。じゃあね」紗奈がドアに手をかけた。

「常に連絡が取れるようにしておいて下さい」真衣子が慌てて言った。「何かあったら、勤務先のジムにも話を聴くことになります」

「ちょっと——」バックミラーの中で、紗奈の顔が蒼醒《あおざ》めた。「私、ずっとあそこで働いてるんだよ。真面目にやってるの。変な評判立てられると困るんですけど」

「だったら、全部話して欲しいですけど——話すことはないんですよね」真衣子が念押しした。

「……ないよ」不貞腐《ふてくさ》れたように紗奈が言った。

「では、お疲れ様でした。くれぐれも、連絡が取れるようにしておいて下さい」

「私が逃げると思ってる？」

「こういうことが不快だと感じて、街を離れる人もいます。あなたは何もしていないんだから、そういうことをする理由はないと思いますけど」

「ないよ」

「一つ、いいかな」綿谷は話に割りこんだ。

「駄目って言っても聴くでしょ」

「あなた、張敏を怖がっていませんか？　彼に暴力を振るわれていたとか」

「別に」紗奈が視線を逸らす。

「そういうことはない？」

「私、怪我してるように見える？」

「他の人に暴力を振るっているのを見たりしていない？」

「さあ」

紗奈が首を傾げる。会話が途切れ、緊迫した空気が流れた。それを察した真衣子が「家まで送ります」と申し出た。

「結構です」紗奈がドアを押し開けて外へ出た。すぐ側で待機していた八神が、すっと脇へどく。紗奈は八神が全ての元凶だとでも言うように睨《にら》みつけると、大股で去っていった。八神が苦笑しながら、肩を上下させる。

「何か変ですね」真衣子が小声で言った。「よく喋ったけど、張敏を恐れている」

「恐怖で支配していたのかもしれませんね」

「確かに。直接的な暴力でなくても、そういうことは可能でしょう」

綿谷たちは、なおもコインパーキングで待機した。十五分ほどして、最上と我孫子署の刑事一人が戻ってくる。綿谷は車を出て二人を出迎えた。途端に震えが来る……午後は暖かかったのだが、夕方になって急激に気温が下がってきていた。

「どうだった？」綿谷は訊ねた。二人はジムの店長に話を聴いていたのだった。

「本沼紗奈は、五年前からあのジムで働いています。最初は津田沼《つだぬま》のジムで、三年前から今の船堀の店に異動になりました」最上が手帳を見ながら答える。

「大学を新卒で、じゃないわけだな」

「ええ。ちなみに大学は、城南《じょうなん》大の文学部です。少なくとも、履歴書にはそう書いてあると」

「ジムのインストラクターの経歴としてはどうなんだ？」

「子どもの頃からエアロビクスを習っていて、一級の資格を持っているそうです」

「エアロビクスにも資格があるのか？」

「五級から特級まで……それで、大学時代はずっと、インストラクターのアルバイトをしていたそうです」

「卒業後の空白期間は？」

「ええと……アメリカに留学していたみたいですね」

「——と、履歴書に書いてある」

「そうですね」

裏を取らなくてはならない。履歴書を信じるとすれば、大卒で海外留学経験もあり、手に職も持っている。立派な経歴と言えるのだが、どうも影がある。張敏の影響だろうか、と綿谷は訝《いぶか》った。張敏が裏のある人間で、それに協力しているうちに、自分も暗黒面に落ちたとか。

「シャブ、かもしれないですよ」真衣子が急に言った。

「精神的に不安定な感じはしましたがね」

「左の手首に、注射痕らしきものがありました。かなり頻繁に注射を使っていたかもしれません。普通は肘の内側ですけど、ひどいと傷のようになって、そこには打てなくなる」

「しまった、それで引っ張ればよかった。覚醒剤を使っているなら、警察を避けたがるのも当然でしょう」

「もう少し、材料を集めたいんです。それで逮捕に持っていきたい。覚醒剤でいきなり引っ張るのは……」真衣子は慎重だった。「別件みたいなものですからね」

「取り敢えず尿検査ぐらいはやるべきだったのでは？」自分ではまったく気づかなかったことを棚に上げ、綿谷は言った。

「まあ……」真衣子が少し弱気に言った。「県警ではこのところ、ちょっといろいろありましてね。捜査には慎重を期すべし、と通達が出ているんです」

「だったら仕方ないですね」強引な捜査で、起訴できずに釈放、などという事態が続いたのかもしれない。それなら刑事部長も本部長もカリカリして当然だ。「明日はどうしますか？」

「もう一度引っ張ります」

「容疑は？」

「単なる事情聴取ですよ。ただしあの手のタイプは、何度も引っ張っているうちに必ず落ちます。特に薬物中毒だとすれば」

「ジムで確認した方がいいかもしれませんね」綿谷は提案した。「インストラクターをやっているなら、仕事中は半袖じゃないですか？　肘の内側に注射痕があれば分かります」

「長袖を着ている方に賭けますよ」真衣子が肩をすくめた。「今まで何人も、薬物中毒の人間を逮捕してきましたけど、全員が夏も長袖を着てました」

「しかし本沼紗奈は、肘の内側に注射できなくなって、手首まで使っている――」

「可能性はあります」真衣子がうなずいた。「明日以降、何か材料が揃えば署に引っ張って、尿検査に持ちこみます。賭けてもいいですけど――」

「いや、あなたが見たと言っているなら間違いないでしょう。信じます」

八神が見ていれば……あいつなら、注射痕を見逃すわけがない。

「明日の朝、八時に自宅へ行きます。ジムが早番でも、その時間ならまだ家にいるはずですから」

監視をつけておかなくて大丈夫かと、一瞬心配になった。しかし紗奈には散々釘を刺しておいたから、飛ぶ心配はないだろう――一応、相談してみた。

「いやあ……さすがに徹底して監視するまでの人手はないですよ」

「警視庁で手を貸してもいいですよ。所轄の若い連中の実地訓練にもなる」

「いえ、何もないと信じましょう」

「では、ここで解散しましょう」綿谷は言った。「何かあれば連絡します」

「情報共有は密にしましょう」真衣子もうなずいた。

今日一日で捜査が進んだと言えるかどうか……やはり、もう少し強引に行くべきだったと綿谷は考えていた。昔の自分だったら、どんな手を使っても紗奈を署に引っ張り、吐かせていたと思う。しかし今日は、どうしてもそこまで強引になれなかった。慎重になっているのは、怪我のせいか、年齢のせいか。

「あ」首都高湾岸線にランドクルーザーを乗り入れた瞬間、最上が間の抜けた声を上げた。

「どうした」後部座席で考え事をしていた綿谷は、はっと我に帰り、訊ねた。

「綿谷さん、船堀から帰った方がよくなかったですか？　その方が近いでしょう」

「いや、どうせ今日は遅くなる覚悟で来たから、いいよ」

「無理しなくてもよかったんですよ」八神も最上に同調した。「怪我人なんですから」

「もう治ってるよ」綿谷は強がった。「あとは抜鉤すればおしまいだ。そこ以外には傷もないし、怪我人とは言えないんじゃないか？」

「世間一般の感覚では怪我人ですよ」八神も譲らなかった。

三十分ほどで新橋のSCU本部に戻った。既に午後七時近いが、結城も由宇も居残っている。打ち合わせ用のテーブルには、いい匂いを発する紙袋……由宇が「夕飯を用意しました」と軽い調子で言った。

SCUの近くにあるサンドウィッチ屋のものだと分かった。値段の割にボリュームが凄《すさ》まじいアメリカンサイズで、由宇がよく利用していると聞いたことがある。あまりパンを好まない綿谷は一度も行ったことはないし、今日は昼間もパンだった――いや、文句は言うまい、これも修行だと、綿谷は紙袋を一つ持って自席に戻った。食べ始めたところで、結城が切り出す。

「報告は受けた。朝比奈とも相談したんだが、本沼紗奈という女をうちで引っ張る材料はない。ただし、千葉県警に早く引っ張らせよう。覚醒剤というのは？」

「こっちははっきりとは確認できていないんですが、注射痕があったと」

「それなら尿検査で分かるだろう。明日にでもやった方がいい。シャブを使っているような奴は、拘置所に放りこんで、禁断症状で苦しませればいいんだ。それで大抵の中毒者は吐く」結城は厳しい。喫煙者から煙草を取り上げるようなものだが、覚醒剤の方がよほど苦しいだろう。

「仮にシャブ中《ちゅう》だとしたら、結構重度かもしれません。情緒不安定なのは間違いありませんから」

「証言は信用できそうか？」

「矛盾はないです。裏を取らなくてはならないこともありますが」

「分かった。県警は、明日も本沼紗奈に事情聴取するのか？」

「その予定です」

「綿谷はそれに付き合ってくれ。朝比奈、明日はそっちを頼む。八神と最上は、張敏の調査だ。外事に情報提供を頼んでいるから、何か掴めるかもしれない。それを元にして、調査を進めるんだ」

「外事は、中国人のビジネスマンまで警戒しているんですか?」最上が驚いたように訊ねる。

「怪しい動きがあれば、誰だって警戒する。外事も、いろいろなところにスパイを飼っているからな」

「いい外国人と悪い外国人ですね」最上が納得したようにうなずいた。

「捜査二課のやり方と似ているかもしれない。あいつらは、闇の紳士たちをネタ元にして、怪しいことがあれば、すぐに耳に入るようになっている」

闇の紳士。日本には——世界中どの国でも同じだろうが——犯罪で金を生み出す「裏経済」が存在している。真っ当な経済活動をしている人から見れば許されるものではないが、実は世界中の薬物や銃の取り引きで生み出される利益は、コーヒーや自動車産業並みだという試算もあるぐらいだ。最近では、ネットを利用した詐欺が生み出す利益も莫大である。そこに巣食って金儲けを狙う連中は、ライバルを潰したがっている。競合相手が減れば、自分の利益が増えるという、単純な理屈である。そのため、同じ闇の紳士を「刺す」ことも普通に行われている。

外国人犯罪の場合、少し事情が違う。「悪が悪を刺す」式のネタ元もいるが、多くの外国人は、日本で真面目に働いて暮らしている人たちだ。その中に「悪」がいれば、自分たちの立場が悪くなると考えている人もいて、そういう人たちが自己防衛的な意味で警察のネタ元になることは少なくない。

「外事の方は、俺がちょっと当たってみる。八神と最上は、朝、ここへ来てくれ」

「中国の人に話を聴くんですか？　中国語、喋れないですけど」最上が不安そうに言って体を揺らした。

「心配するな。その辺は何とかする」結城が綿谷に顔を向けた。「綿谷は千葉県警と連絡を取り合って、朝から現場に直行してくれ」

「朝八時に自宅へ行く予定になっていますので、そこに合流します」

「頼む。では、食べたら解散しよう」

そう言って、結城も紙袋に手を突っこんだ。結城が食べているところを見る機会はほとんどないので驚いたが、いざ食べるとなったらごく自然だ……この店のサンドウィッチはでかいことが売りなのだが、淡々と上品に食べている。綿谷は中身をぼろぼろこぼしてしまい——塩気の強いパストラミだった——途中から紙袋を下に敷いて食べたというのに。

食べ終え、ペットボトルのお茶をぐっと飲む。二食続けてパンなど、まずないのだが、不満はない。この店のサンドウィッチは、ボリュームだけでなく味も上等だった。

「皆さんに、非常に残念なお知らせです」由宇が急に切り出した。「このお店なんですが、新橋では貴重な、アメリカ風のサンドウィッチを食べられる専門店として、私のようなパン愛好家に愛されてきました。ただし残念ながら、新橋にはサンドウィッチを好む人種が少なく、この度閉店することになりました。最後に、皆さんにこのサンドウィッチを味わっていただきたく、今夜は用意した次第です」

「あのさ、俺たちのせいみたいに言われても……」戸惑いながら、八神が反論した。

「コロナ禍以降、飲食店が新規出店するのは大変リスクが高かったんです。その中で頑張っている飲食店を応援するのは、新橋で日々を過ごすサラリーマンにとって義務でもあります――」

「朝比奈、その辺で」結城が珍しく、優しい口調で遮った。

「でも私、悔しくて」由宇は本気で悔しがっているようだった。

「分かるけど、どの店を選ぶかは、勤め人の義務であると同時に権利でもある。店の努力が足りなかったとは言わないが、そもそも新橋にこういうサンドウィッチは合わなかったかもしれない。ちなみに俺は店の存在を知らなかった。知っていれば通ったかもしれない。残念だ」

「キャップの好きなアメリカンですよね。でも、味はもっと繊細ですけど」

「ああ、確かに上等だ」

「――というわけで、私はこれからネタ元に会いに歌舞伎町まで行きます」

「おい――」綿谷は思わず立ち上がった。「歌舞伎町」で「ネタ元」というと、富島しか思い浮かばない。

「何か問題ありますか?」澄ました口調で由宇が言った。

「奴は問題ありの男だ。特に君に対しては」

「拳銃携行で行きます」

「それは許されない」

「ちょっと気にかかっていることがあるんです」由宇が打ち明けた。

「何だ?」

「この前会った時、富島は嘘をついていた――とは言いませんけど、何か隠していたと思います。ただの予感ですけど、絞れるだけ絞り出しておいた方がいいんじゃないでしょうか」

「しかし――」

「話せる相手がいるなら話してくれ」結城が指示した。「綿谷警部補、何か問題があるネタ元なのか?」

「女性に対して、あまり紳士的ではありません」

「では最上巡査部長、同行して」結城が指示する。

「キャップ、本来俺のネタ元ですよ」綿谷は抗議した。「人のネタ元を奪うような行為は——」

「そういうつもりじゃないだろう、朝比奈警部補」

「はい。聴きたいことがあるから行くだけです。綿谷さんが万全なら、当然綿谷さんにお願いします。そうでなくても同行してもらいます」

「朝比奈……」

「この前の賄賂が効果あったかどうか、確かめてみたいんです」由宇がニッコリと笑った。

「最上君、護衛、いい？」

「自分はいいですけど……」最上が困ったように綿谷の顔を見た。

「ああ、分かった、分かった」綿谷は折れた。自分たちがSCUを空けている間に、由宇と結城が何か相談して作戦を決めたのかもしれない。それなら言って欲しいところだが。

二人が出ていき、八神も引き上げた。キャップの真意を知りたくて、綿谷は残った。

「キャップ、何か企んでいますか？」

「朝比奈に異動の話が来ている」結城があっさり言った。「所轄の係長で、本来は遅過ぎるぐらいだ」

「ええ」警部補に昇任した時点で、本部の人間は一度所轄に出るのが決まりだ。しかし由宇は、「もう少しSCUで仕事をしたい」という理由で見送っていた。本来なら許されないわがままであり、今後のキャリアで大きな瑕疵《かし》になってしまってもおかしくない。

「さすがに、いつまでも異動しないわけにはいかないから、受けることにした。せっかくだから、何か箔《はく》をつけて送り出したい」

「それで、積極的に関わらせているんですか」

「関わるも何も、うちは五人しかいないんだから、フル回転してもらうしかない。それに朝比奈は、君のことを本気で心配している。そもそも、暴対の捜査に参加してもらうべきではなかったと言い出しているんだ」

「俺が襲われるなんて、誰にも予想できませんよ」綿谷は首を横に振った。

「いや、結果的には——容疑者が捕まれば、何か関連があったかどうか分かるはずだ。君を襲った相手は、間違いなく菅原のことを気にしていた。つまり、菅原は誰かとつながりがある——警察官を平気で襲うような人間と、だ」

「中国人なら、警察官を恐れないかもしれません」しかも「じゃんがヤバい」だ。張敏——チャンミン。

「引っかかるな」結城がうなずいた。「肝心の張敏は出国したが、あいつ一人でやったとは思えない。絶対に国内に仲間がいる。そいつらにたどりつければ、復讐できるぞ」

「復讐というのは、ちょっと」綿谷は苦笑した。

「最近、自信喪失してないか？」

突然指摘され、綿谷は言葉を失った。千葉で襲われて以来、「衰えた」と実感しているのは確かである。しかし、そんなことを結城と話したことはなかった。個人的な問題を相談しても、真剣に聞いてはくれない感じの人だし、綿谷は、仕事の内容以外で相談したことは一度もなかった。

「五十になると、実際に肉体的に衰えていなくても、歳を取ったと感じるようになる。四十になった時よりも、その感覚は強い。俺もそうだった」

「キャップは年齢を超越しているのかと思いましたよ」綿谷は皮肉を吐いたが、当然のように結城は反応しない。

「柔道四段、剣道二段、空手二段、合わせて八段――それだけ体と心を鍛え上げてきた綿谷のことだから、自分の変化には敏感なんじゃないか？」

「ところが、その変化を感じられないから困っているんです。ただ年齢を重ねて、衰えているかもしれないという可能性を心配しているだけで」

「何事につけ、余計な心配をするのが人間という生き物だろうな。朝比奈もそれは見抜いてるぞ。だけど、まだ四十九なんだし、老けこむのは早い。最後に一旗と考えるにも早い。俺たちの定年は六十五歳なんだから、今は全力で働かないといけないんだ。ここで一回、ネジを巻き直してくれ」

　そんなことができるかどうか……父の介護のために、職を離れなくてはいけないかもしれないのに。しかし今、その事情を打ち明けて話を複雑にする気にはなれなかった。

「お気遣い、恐縮です。しかし一点、訂正が」

「何だ？」

「柔道四段、剣道二段、空手二段、それに将棋のアマ三段を足して合計十一段が、公式なプロファイルです」

「分かった」結城が真顔でうなずいた。「記憶を修正しておく。今後何かあった時には、正確に十一段と言うよ」

　こんなことを強調しても何にもならないのだが、綿谷にも、譲れない一線はある。

3

　自宅へ戻ったのが十時半。今日は一日フル回転だったのでさすがに疲れた――いや、疲れたなどとは言っていられない。まず大事なのは、しっかり寝て明日に備えることだ。風呂にゆっくり浸《つ》かってリラックスして――と考えているところでスマートフォンが鳴る。由宇だった。

「無事か？」余計なこととは思ったが、訊ねずにはいられない。

「富島ですけど、最上君と気が合うみたいですね」由宇が、どこか呆れたような口調で言った。

「ああ？」

「富島って、車好きなんですね。立場上、自分でハンドルを握ることはないそうですけど、いつかは好きに運転してみたいと言って……私が全然知らない車の話で、二人で盛り上がってました」

「自分で車を運転するためには、あの商売を引退してもらわないとな……そんな話から入ってくるのは、いい情報がなかったからか？」

「すみません。面目ないです」由宇が謝った。「何か引き出せると思ったんですけど……でも、張敏について何か知っているのは間違いないと思います」

「俺がまた聴いてみるよ。君が相手だから、奴も緊張したのかもしれない」

「まさか」

「あれだけベテランの組員でも、女性警察官が相手だと、平常心でいられないんじゃないかな。奴らの人生にはなかった存在だから」

「戸惑わせるだけで、ネタを引っ張り出せなかったらこっちの負けです。ただ……」

「ただ？」

「『日本のヤクザも厳しい時代に入った』って、何度もしみじみ言ってました。何かあったんですかね」

「実際に厳しい時代なのは間違いないよ。半グレやトクリュウ――新しいワルが出てくれば、老舗の暴力団だって焦るさ。若い連中は、暴力団の厳しい規律を嫌って、入りたがらないからな。だから高齢化が進んでいる。何しろ半数が五十代以上だ」

「そんなに、ですか」

「ああ。だから、若くて機動力があって、ITに詳しい連中を恐れてもいるんだ。トクリュウなんて、暴力団には対抗手段がないよ」

トクリュウ――匿名・流動型犯罪グループは、「組織がない暴力団」とも言われている。暴力団は組長をトップにしたピラミッド型の組織を作っているが、トクリュウは、闇サイトなどで臨時に結びつき、犯行が済んだら解散、というパターンがほとんどだ。大胆な強盗事件、海外を舞台にした詐欺事件などを起こしており、警察でも対処に苦労している。ただし、規律もクソもないから、一つでもミスがあると、そこから一気に犯行の全容が明るみに出たりする。

「ですよね……暴力団も大変ですね」

「同情する必要はないよ――ご苦労さんだった。今度は俺がチャレンジしてみるから」

「偉そうなこと言っちゃって、すみません」

「君は偉くなるんだから、偉そうにして当然だと思う」

「今時のリーダーは、それじゃ駄目だそうです。私は常に、新時代のリーダー像を探しています」

「頼もしい限りだ」

電話を切って、綿谷は自分に気合いを入れた。若い連中が頑張っているんだから、自分もしっかりしないと。

若い世代に尻を叩かれる日が来るなどとは思ってもいなかったが、組織としてはこれが健全な姿ではないだろうか。


朝八時に葛西駅近くにある紗奈のマンションへ到着するために、綿谷は午前七時前に我孫子駅に赴いた。新松戸で常磐線から武蔵野線に乗り換え、さらに西船橋からは東西線……千葉は実に広いと実感する。我孫子署に集合して車に乗せてもらった方が楽だったかもしれないが、綿谷の家から我孫子署までが、また遠い。

八時ちょうどに、紗奈のマンションに着いた。由宇と同着。既に真衣子たちは着いていて、覆面パトカーの中で待機していた。綿谷が窓を叩くと、真衣子が助手席側から出てくる。

「朝から大変ですね」真衣子も少し疲れた表情だった。

「いえいえ……どうですか？」

「在宅は確認しました。カーテンを引いて顔を見せたんです。今、ここと裏口を張っています。自転車置き場が裏にあります」

「彼女は、通勤は徒歩ですよね？」

「ええ。でも念のためです。我々が張っていることに勘づいて、裏口から逃げる可能性もある」

　ここからジムまで、歩いたら三十分ほどだろう。こちらの動きに気づいていないとしたら、八時半には家を出る、と綿谷は想定した。車の中で座って待機する気にもなれず、綿谷と由宇は車の側で立ったままでいた。真衣子が二人に、紙コップに入ったコーヒーを渡してくれる。

「用意がいいんですね」

「私はコーヒー中毒なもので」

「いただきます」一口すすって驚く。しっかり濃く、深みのある味だった。ポットで持ってきたのだろうが、こういうコーヒー本来の味をキープできるのだろうか。「美味いですね。たまげました」

「好きなものには精通するということです。ずっと持ち歩いても味が落ちない豆のセレクトと淹れ方を、しっかり研究しましたよ」

「世の中の役に立ちそうな、いい趣味ですよ」

ふっとその場の雰囲気が和む。女性管理職としていろいろきつい目にも遭っているはずだが、真衣子には何故か余裕がある。

立ったまま、コーヒーを味わう。二階にある紗奈の部屋のカーテンは開いたままだが、彼女の姿は見えない。

「張ってるのに気づかれましたかね」由宇が心配そうに言った。

「気づかれてると思う。薬物中毒の人間は、周りのことがまったく気にならないか、異常に注意深くなるか、どっちかなんだ」

「彼女はどうですか？」

「用心しているというか、警察に対して敵意丸出しだ」

「あまり反発すると、疑われるとは思わないんですかね」

「それは、彼女に聴いてみないと分からない」

八時半。そろそろ出かける時間だ。マンションを出てきたところを押さえて、手首の注射痕を確認し、そのまま連行。千葉県内でここから一番近い署で尿検査をする手順は、もうできているだろう。

スマートフォンが鳴った。早い――ＳＣＵは突発的な事件に対応する部署ではないから、早朝や深夜に電話がかかってくることはまずないのだが……見ると、盛岡市の市街局番「019」が浮かんでいる。しかし実家の番号ではない。まだコーヒーが残っているカップを覆面パトカーのルーフに避難させて、電話に出る。

「もしもし——」

「綿谷さん？　盛岡中央署の角谷です」

刑事課長だった。実家に何か異変が……とスマートフォンをきつく握り締めてしまう。

「家の方で何かありましたか？」

「いえいえ、そちらは安泰——というか、異常はありません。菅原です」

「まさか……」死んだのか？　頭を撃たれたのだから、回復する可能性があるとは言っても、逆に容態が急変することもあるだろう。

「昨夜から、断続的に意識を取り戻しているんです。意識がはっきりしては寝てしまうの繰り返しなんですが……それで今朝、意識を取り戻した時に、あなたの名前を出したんです」

「私の名前を？」

「あなたに話したいことがあると……それで申し訳ないんですが……」

「行きます」綿谷は即答した。全てはこの件から始まっているのだし、自分には菅原を上手く投降させられなかった責任がある。「話す気があるなら、相手になりますよ。でも、本当に俺に会いたいんでしょうか」

「それは何とも……回復期には意識がはっきりした状態とせん妄状態を行ったり来たりすることもあるようなので、はっきりしたことは言えないんです」

「それでも行きますよ。意識が回復した時に私がいれば、何か重大な事実を明かすかもしれません」その保証はないのだが、今自分にしかできないのは、菅原と話すことだ。紗奈については、真衣子たちに任せてしまって問題ない。彼女たちの事件なのだから。

「これから動きます。何時にそちらに着くかは、また連絡しますよ」

「正式に捜査協力を要請しないでいいですか？　上同士で話をしないと……」

「大丈夫です」綿谷は言い切った。「緊急事態ですから。私の方で上に報告しておきます。それで手続き的には何とかなります。そちらの手を煩わせることはありません」

電話を切って、綿谷は真衣子と話し、この場を任せることにした。

「何か、こちらに関係していることがあったら、教えて下さい」真衣子が真剣な表情で頼みこんできた。

「もちろんです」それから由宇に視線を向ける。「こっちは頼む。一人で大変かもしれないけど」

「全然平気ですよ」由宇は平然としていた。

「それと、ここでは……」

「大人しくしてます」由宇がにこりと笑った。「私が仕切る場所じゃないですから」

「分かってるなら問題なしだ」

東京駅へ行くには、葛西駅から東西線に乗って、東京メトロの大手町《おおてまち》駅へ出ればいい。大手町駅から東京駅へは、歩いても行ける。

話がどこへ転がっていくのか……綿谷は軽い興奮を覚えていた。


東京駅に着いてから、結城に連絡を入れる。地獄耳の結城も、さすがにこの情報はまだ聴いておらず、一瞬絶句した。しかしすぐに、冷静さを取り戻す。

「重要な仕事になる可能性がある。岩手県警には十分協力してやってくれ」

「了解です」

「それと、八神を向かわせる」

「何でですか？　向こうにはまだ、暴対の刑事もいますよ」

「君は今、ＳＣＵの所属だ。ということは、抑え役はうちの人間がやらなくてはならない」

「抑えが必要な状況ではないですよ」

「鳴沢了《なるさわりよう》、知ってるよな」

「ええ」ある意味、警視庁における伝説の刑事だ。新潟県警を辞めて警視庁に入り直した経緯がそもそも謎めいている上に、行く先々で事を大袈裟にしてしまう刑事としても知られている。それは「鉛筆を丸太にする」「ボヤを大火事にする」レベルで、そのせいか、一度も本部に上がることなく所轄を回っているのだが、事を大きくしてしまうのは、背後にある闇を暴く勘と能力があるからだろう。原理原則の男とも言われていて、事件を大きくして、大量の逮捕者を出した数々のエピソードを聞く限りでは、一緒に仕事をしたい人間ではない。

「鳴沢には、何人かストッパーがいた。それが上手く機能している時には、鳴沢の捜査は成功している。コントロールに失敗すると、大惨事になる」

「俺にはストッパーは必要ないですよ。自分が何をすべきか、よく分かっています」

「綿谷警部、今の君は本調子ではない。お目つけ役が必要だ。それには、常に冷静な八神警部補が一番だ」

綿谷はすっと息を呑んだ。言い返すことはできるが、その時間がもったいない。

「分かりました。八神とは向こうで落ち合います」

「八神にはしかと伝える」

しかと？　こんな言い回しを生で聞いたのは初めてだ。結城については分からないことばかりだが、どういう育ち方をしてきたのだろうか？

綿谷は午前九時過ぎに東京駅を出る「はやぶさ」に間に合った。盛岡着は十一時二十分の予定である。盛岡までは近くなったとはいえ、着くのは昼前になるかと考えると、気が急いてしまう。

大宮に到着する前に、八神からメッセージが入った。綿谷より三十分ほど後の「はやぶさ」に乗るという。綿谷は病院の名前と住所を伝え、現地で落ち合うことにした。

実家に連絡は……母に電話するのはやめよう。仕事とはいえ、ちょうど今日予定されている父の転院の手伝いを期待されてしまうかもしれない。さすがにそこまでの余裕はないので、私用のスマートフォンで、姉にだけメッセージを送っておいた。姉からはすぐに、「転院の手伝い、できない？」と返信があった。それは無理だと返したのだが、「せめて顔だけでも見せた方がいいわよ」と釘を刺されてしまった。レスポンスが早い――早過ぎる。姉は昔からせっかちな人だったが、ネット時代になって、その性癖はさらに加速した。メールでもメッセージでも、連絡に対して即座に返信しないと、途端にへそを曲げるのだ。不動産屋の仕事でも、こうやって社員や取引先を急かしているのだろうか。

姉とのやり取りは疲れる。盛岡に着くまで少しでも寝ておこうと思ったが、興奮しているせいか、目を瞑ってもまったく眠気は訪れない。仕方なく、手帳を広げて、今の問題点を書き出してみた。

●盛岡事件
菅原は意識を取り戻しつつある。しかし自分に何を話したいかは不明。「じゃんがヤバい」の意味？

菅原は大阪に足がある。金回りは悪くなかった。どこに住んでいたかは不明。つるんでいた人間はいた模様。張敏か？
●自分が襲われた件
容疑者として張敏が浮上。しかし張敏は出国。張敏については、現在のところ明確な犯罪行為は認められていない。
張敏の愛人（？）本沼紗奈の身柄を捕捉中。張敏との関係についての供述は曖昧。覚醒剤中毒の可能性あり
富島が何か知っている可能性あり

状況は進展しているが、謎はまだ多い。綿谷は、富島の件が気になっていた。由宇があの男の本音を引き出せたかどうかは分からないが、適当なことを言って、由宇を煙にまいたとも思えない。一緒にいた最上にも印象を聞いてみるべきだった。移動中に……と思ったが、新幹線のデッキで電話で話し続けるのは面倒だ。常に外部の音が入りこむし、振動が鬱陶しい。

取り敢えず最上にメッセージを送っておくことにした。

昨夜の富島はどんな印象だった？　嘘をついているか、こちらを煙に巻こうとする感じだった？

最上も朝から動いているかもしれないから、すぐには返事が来ないだろう。そう思って目を閉じ、あれこれ考え始めたタイミングでメッセージが着信した。

菅原の件については、基本的にこれまでにこちらが得た情報以上は知らないようです。ただし、張敏の話が出た時は深刻な様子でした。外国人犯罪を警戒しているようです。

暴力団員として外国人を警戒する——それは当たり前だろう。縄張りを荒らされたら、暴力団としても、力で外国人の不良グループに対抗せざるを得ない。しかし暴力団同士の抗争と違って、外国人グループ相手だと攻撃が難しいのではないだろうか。海外へ逃げられたら、もう追跡不可能だ。

富島は張敏を知っているだろうか？

今度は即座に返信があった。

その話題は出ませんでした。改めて聴いてみますか?

最上とは車の趣味で話が合ったという。ただしそれは、富島の誤魔化しのテクニックではないか。雑談で話が盛り上がっていると、「食い込めた」と勘違いしてしまうが、向こうにすれば「適当に話して、肝心の話題には入らせなかった」のかもしれない。警察に慣れた人間の話術だ。最上も、取り敢えず話を転がす技術は身につけたようだが、そこから先、話の核心にいきなり突き刺さるような技は、これから修業して学ばねばならない。

もしも最上がサイバー犯罪対策課に異動になったら、と考えると少し心配だ。サイバー犯罪対策課の日々の仕事はサイバー空間——ネットの世界が主戦場になる。今よりもずっと、パソコンの画面に向き合う時間が増えるだろう。そうすると、生身の人間相手に話を聴く機会が減ってしまうのではないか。

最上はいわゆるオタクタイプではない。ネットの世界に精通し、自分でアプリを開発するほどだが、同時にリアルな機械が大好きなのだ。手を油で汚しつつ、パソコンのキーボードも叩く。ただし警察的には、多くの免許を持ち、機械いじりが得意な人間よりも、IT系に詳しい人材の方が貴重である。これから、サイバー空間を舞台にした犯罪は増える一方だろうから。

最上に返信した。

今、それをやる必要はない。少し落ち着いてから考えよう。暴走禁止。

すぐに「了解です。暴走？」と返信が来て、やり取りは終わりになった。溜息をつき、シートに背中を預ける。盛岡まではやはり遠い……無理矢理眠ろうとしては目覚め、頭の傷跡の引き攣りが気になり、メッセージやメールを確認し——無駄な時間だ。仕方ないのだが、どうにももどかしい。

悶々《もんもん》としたまま、二時間半。広い駅を抜けて東口に出るとすぐに、見覚えのある顔を見つける。向こうがきっちり頭を下げて挨拶してきたタイミングで、盛岡中央署の若手刑事だと思い出した。名前は……出てこない。

「盛岡中央署の新村《しんむら》です」

「わざわざ迎えに？」

「時間は分かっていましたから。病院へすぐお連れするようにとの、課長の指示です」

「分かった」腕時計をちらりと見る。八神の到着までは、まだ三十分ある。それまで駅で待っていてもいいのだが、三十分の間に菅原が目覚め、何か言い出す可能性もある。

「じゃあ、早速行きましょう」

駅から病院までは、車で十分ほど。盛岡の市街地——中心部は結構コンパクトで、車で二十分も走れば、どこへでも行ける。車内で八神にメッセージを送っているうちに、もう病院に着いてしまった。

今日転院する父親に、顔だけ見せておくか……しかし今は、時間がもったいない。菅原が寝ていると聞いて、診察中の石沢に無理に時間を空けてもらい、状況を聞いた。

「安定してきている。意識がはっきりしている時間が、確実に長くなってきているんだ」

「頭を撃たれて、こんな風に回復することなんて、あるのかね」

「損傷した部分を、他の部分がカバーして機能が回復することもある。動けなかった人が動けるようになったり、喋れるようになったり」

「謎だな」

「その辺は、次世代の医者や学者が解明すると思う。こちらは、これまでの経験で、症状を安定させるぐらいしかできない」

「話して大丈夫だろうか」

「今のところ、意識がある時に話した内容に矛盾はないようだ。記憶もはっきりしている。ただ、撃たれた後からのことは分かっていないようだ。ずっと意識不明だったから、当然だろうが」

「面会時間に制限は？」

「俺が同席する。様子を見ながら、まずいことになったら中断だ。それでいいか？」

「健康第一だ」

「その言い方は……ちょっとどうかな」石沢が苦笑した。「申し訳ないが、病室の中で待機してもらうしかない。いつ意識が戻るかは、こっちにも分からないんだ」

「もちろん、そうする」

「それと親父さん、今日の午後にうちの病院を出るから」

「聞いてるよ」綿谷はうなずいた。

「手伝う暇はないよな」遠慮がちに石沢が訊ねる。「親父さん、お前のことばかり話していて、気にしてるようだ」

「俺が情けない警察官だと思ってるんだろう。ただ、俺には仕事がある。悪いけど、そこは……親父は理解してくれると思うよ。むしろ、しっかりやれって、尻を蹴飛ばされそうだ」

「親子だけど、警察の先輩後輩でもあるからな」

「ああ……じゃあ、待たせてもらう」

「菅原さんの病室は、ナースステーションの一番近くの個室だ。ナースステーションに橋本希《はしもとのぞみ》という看護師がいるから、顔を出してくれ。この件については、彼女が連絡係になる」

「分かった。挨拶してくる。それと——親父のこと、ありがとう」

「俺たちも歳を取ったたって感じだよ」石沢が小さく溜息をついた。

「何で？」

「自分の友だちの親を治療する——自分もそれだけ歳を取った証拠じゃないか」

「馬鹿言うな。老けこむには早いぞ」

綿谷は立ち上がった。今のは自分で自分に向けたエールだ、と分かっている。

4

菅原は静かに寝ていた。まだ点滴の管がつながれ、「生かされている」感じがある。だいぶ痩せた……点滴で栄養補給はできているはずだが、寝たきりで食べられなかったのだから、痩せるのも当然だろう。胸は規則正しく上下していたが、綿谷が見た限り、意識を取り戻す気配はない。

綿谷はドアのところで立ったまま、新村に訊ねた。

「菅原の家族は？」

両親は健在である。大阪在住で、父親は大工の棟梁《とうりょう》……まだ現役で仕事をしているはずだ。綿谷は、殺人事件の捜査の時、周辺調査で両親に会ったことがあり、住所などのデータも頭に入っていた。当然、盛岡中央署の捜査本部にも情報は伝えてある。

「連絡は取りましたが、会うのは拒否されました」新村が苦々しい表情で言った。連絡を取ったのは彼自身かもしれない。

「猛烈な河内《かわち》弁でまくしたてられただろう？　喧嘩をふっかけられてるみたいな感じで」

「はい、大変でした。とにかく息子に会う気はないと」

「六年前もそうだった。東京へ出て、暴力団に入ったと聞いた時点で勘当した、うちには関係ないの一点張りでね。ある意味潔いとも言えるな」

「子どもの犯罪に対して、親が責任を取るのも、よく聞きますけどね」

「そういう家もあるけど、菅原の親父さんは逆の考えなんだろうな。暴力団員になって、家に恥をかかせるような人間は、もう関係ないということじゃないか？　お袋さんが、親父さんに輪をかけて強烈な人だし」

「自分、話してないんです」

「それは幸運だったよ」

その時、菅原の顔がピクリと動いた。頰が痙攣したようにも見えたが、ほどなく、ゆっくりと目を開ける。菅原が目覚めたら、ナースステーションの橋本希に連絡すること、という石沢の指示に素直に従ったのだ。

綿谷は椅子を引いて、腰かけた。菅原は目を開けたものの、焦点が合わない様子で、不安そうにきょろきょろしている。

「菅原、分かるか?」

呼びかけると、菅原が慌てた様子でこちらを向く。そんなに急に動いて大丈夫かと心配になったが、痛がったり苦しんだりしている様子はなかった。

「俺だ。警視庁の綿谷だ」

「ああ……」菅原が声を発したが、まるで風邪でやられたか、一晩中大声で歌い続けた後のように掠《かす》れていて、ひどく聞き取りにくい。しかし、目を大きく見開き——左側は腫れていてあまり開かなかったが——明らかに驚いている。

そこへ看護師と石沢が入ってきた。綿谷は椅子から立ち上がった。石沢がモニターの数値を確認し、菅原の目にペンライトを当てる。それから手を広げ、指の数を菅原に数えさせた。こんな単純なやり方で、異常かどうか分かるものだろうか。

「綿谷、取り敢えず大丈夫だ。俺たちもここにいる——モニターを監視しているけど、いいな?」

「ああ」

綿谷は再び椅子に腰かけた。菅原が何か言ったが、やはりまだ声は掠れていて聞き取りにくい。「もう一度言ってくれ」と頼むと、「傷」と聞き取れた。

「傷が痛むのか?」菅原の頭は包帯に包まれていて傷の様子は分からない。

「いや……あんたの傷」

「俺?」綿谷は病院へ来てキャップを脱いでしまったので、今は頭の傷が丸見えになっている。

「あんたのそれ……どうした」

「ちょいとヘマしただけだ。喧嘩では百戦百勝だったのが、初めて負けた」

「喧嘩……なのか?」

「不意打ちされたんだよ。油断してた」

「誰にやられた?」菅原の目がさらに大きく開く。

「分からない。今、捜査している。その件で、お前に聴きたいことがある。俺を襲った相手は、俺がお前と何を話したか、知りたがっていた。お前の知り合いなのか?」

「襲われたのか!」突然はっきりと、菅原が声を張り上げた。

「ああ」

「クソッ！　遅かったか！」菅原が吐き捨てる。

「遅かったって……」綿谷は困惑した。「お前、何か知ってたのか？」

「あんたに相談したかったんだ！　だから盛岡まで来たんだ！」

「俺が盛岡にいることを知っていたのか？」綿谷は急に、不気味さを感じた。こいつは俺を尾行していたのか？　いや、後から来たのだから尾行していたはずはないが、どうやって俺の居どころを知った？　誰かが漏らしたのか？　父親が倒れて急遽《きゅうきょ》帰郷したことは、ＳＣＵのメンバーしか知らなかったはずである。誰かが喋った？

疑心暗鬼になりかけて綿谷は首を横に振った。この話は、今しなくてもいい。

「何を相談したかったんだ？」

「俺は……俺は、ヤバいんだ」

「何がヤバい？」

「俺はどうしてここにいる？　撃たれたんだよな？」

「そうだ」

「奴らがやったのか？」

「奴らって誰だ？　お前、誰かに追われてるのか？」

「あんたも襲われた！　奴らはまた来る！」

「落ち着け」会話のつながりがおかしい。意識がはっきりしているかと思ったが、実はせん妄状態に陥っているのかもしれないと心配になった。

「俺は殺される！」

「待った、待った」石沢が慌ててストップをかけた。「血圧が高い」

急いで看護師に投薬を指示したので、綿谷は椅子から立ち上がった。興奮しているのは綿谷にも分かる。自分が症状を悪化させてしまったのだろうか。

看護師が注射で薬を投与すると、菅原はすぐに静かになった。口はパクパクしているものの言葉が出なくなり、ゆっくり目を閉じて、すぐに眠りに入ってしまう。

「大丈夫なのか？」

「ちょっと待て」石沢がモニターを見た。「急に話して興奮して、血圧が上がったんだろう。鎮静剤を投与したから、しばらくは目が覚めないぞ」

「その後、話せるんだろうか」残念ながら、「じゃん」のことも聞きそびれてしまった。この事情聴取は完全に失敗だ。

「保証はないな」

「待つよ」

「そうしてくれ。でも、話す度にこんなに興奮されたら、患者にはよくないな」

「できるだけ気をつけて話すよ」

石沢たちが出ていって、入れ替わりに八神が入ってきた。病室内の緊迫した雰囲気に気づいたのか、「大丈夫ですか?」と訊ねる。

「ちょっと興奮し過ぎたんだ。今、眠ってもらった」

綿谷は病室を新村に任せて、八神と一緒に病室を出た。廊下の途中に、小さなソファを置いたスペースがあったので、そこに落ち着いて、今の菅原との会話を聞かせる。

「なるほど……誰かに追われてるのは間違いないでしょうね」

「ああ。それで盛岡まで……俺を追ってきた」

「綿谷さんを?」八神が目を見開いた。「何で綿谷さんが盛岡にいることを知ってたんですか?」

「それが分からないんだ。お前、菅原に喋らなかったか?」

「まさか。そんな電話も受けてませんよ」

「他のメンバーは?」

「それは分かりませんけど、同僚の居場所を簡単に話すような刑事はいないでしょう。でも、情報は完全にシャットアウトできるものじゃないと思います。綿谷さんこそ、誰かに話してませんか?　SCUのメンバー以外で」

「いや……でも漏れそうなところはあるな」

「そうなんですか?」

「ネタ元。会う約束を飛ばして、断りの連絡を入れた。盛岡に来ることは言わなかったはずなんだが……ただしマル暴の人間だから、菅原とつながりがあってもおかしくない。菅原のことは知らないと言っていたけど、嘘をつかれていたかもしれない」

「だとしたら、あまりいいネタ元じゃないですね」八神が肩をすくめた。

「俺も百パーセント信用してるわけじゃない。インテリヤクザだけど、腹を割って話せているかどうか」

「とはいえ、ネタ元を摑まえておくのは大事ですよね」

「ただ、嘘をつかれたとしたら、今後の付き合いは考えなくちゃいけない」

「ですね。何というか、この情報に関しては、まだ何も言えないですね。もう少し話を引き出さないと」

「大事なのは、奴の逃亡生活の状態を把握して、回復したら東京へ連れていくことだ」

「それだけですかねえ」八神が疑義を呈した。「何か、もっと裏がありそうなんですけど」

「勘か？」

「ただの勘ですけど、元捜査一課の勘は馬鹿にしたもんじゃないですよ」八神がこめかみを指で突いた。

「巻き直しだな。意識を取り戻すのを待つしかない。ちょっと監視を頼めないか」

「いいですけど、綿谷さんは？」

「この病院に、親父が入院しているんだ。今日退院……リハビリ専門の病院に転院する予定なんだけど、顔ぐらい出そうかなと思ってる」

「それなら行って下さい。俺がここにいます。何かあったら、すぐに連絡しますから」

「すまん」

父親の病室へ行くと、母と姉が荷物をまとめているところだった。入院もそこそこ長引いたので、結構な大荷物——スーツケースが一つ、一杯になっていた。

「父さん」

「おお」父親は口数が少ない。こんな感じで、署長の業務をこなせたのだろうか？　朝礼で署員に訓示を与えるのも、大事な仕事なのに。

父は着替えてソファに腰かけていた。グレーのズボンにセーターというラフな格好で、ウールのコートを丸めて膝に置いている。

「何か手伝おうか？」姉に声をかける。

「もう大丈夫。ほとんど終わってるから。だいたい、あなたがやると、片づくものも片づかなくなるでしょう」

姉にやりこめられ、言葉を失ってしまう。確かに自分は、子どもの頃から整理整頓が苦手だった。警察官になって寮生活を経験し、多少は身の回りを綺麗にできるようになったと思っているが、そう言っても信じてもらえないだろう。自分と姉の関係は、基本的に自分が十八歳の時で止まってしまっている。

「父さん、具合はどうだ」綿谷は立ったまま話しかけた。

「よくはないな。歩くのも難儀しそうだ。ネクタイも結べない」

「今は、ネクタイをする機会なんかないんじゃないか」

「そんなことは——それよりお前、頭はどうした？」

父親は、綿谷が襲われたことを知らなかった。姉と母には話したのだが、余計な心配をかけたくなかったので、父には教えないように頼んだのだ。

「ちょっとヘマしてね。不意打ちされた」

「お前は修行が足りない」父が厳しい表情を浮かべる。

「面目ない」ここはそう言うしかない。

「犯人は？」

「今、千葉県警の所轄が捜査してくれている。俺も手伝っていたんだけど、こっちで仕事があって、飛んできた」

「盛岡で？」父が疑わしげに言った。

「俺が追ってたマル暴の男が、こっちで捕まってる。そいつに話を聴かないといけないんだ」六年前に逃がした男、ということは明かさなかった。父はその件をやけに気にしていたので、話すと長くなりそうだ。

「だったら、しっかりやれ」父が真顔でうなずいた。署長の短い訓示といった感じ……。

「今日は家に帰るのよ」母が心配そうに言った。「リハビリ専門の病院へは、明日行くことにしたわ。石沢先生の許可も出たから」

「大丈夫なのか？」

「俺の家はあそこだ。治療は受けるが、帰る場所はあの家だ」

父の短い決意表明を聞いて、急に心配になった。どうしても家にいると言い出したら、介護の問題が深刻化する。父は頑固だから、簡単には自分の考えを変えないだろう。この辺は、じっくり話し合わないと。そのためにも、こちらの事件を早く解決しないといけない。

「今夜、行けたら家に顔を出すよ」

「お前は自分の仕事をしっかりやれ。自分を襲った犯人を早く捕まえろ。警察官が襲われて犯人が捕まらなかったら、治安は悪化する」

「だけど、父さんのことも心配なんだ」

「まず、自分の仕事をちゃんとしろ。家族のことはその後だ」

令和には通用しない価値観だ。しかし逆らって父にストレスを与えるわけにはいかない。綿谷はうなずくだけで、何も言わなかった。

「寄れたら寄ってね」姉が言った。

「姉さんは、今日は泊まりか？」

「久慈から皆来るから。今晩は、退院祝いということで」

「家で皆といるのが一番だな」父がかすかな笑みを浮かべてうなずいた。こんな表情を浮かべるのは珍しい。「お前も時間ができたら来い。たまには一勝負しよう」

「ああ」

父の将棋の腕はどうなっているのだろう。今のところ頭もしっかりしているし、口も達者だ。片手が自由に動かないのはもどかしいかもしれないが、将棋を指す障害にはならないのではないだろうか。

病室を出てホッとする。しかしすぐに、姉が追いかけてきた。表情は暗い。

「父さん、絶対家を出るつもりないわよ」

「リハビリの病院や施設に入らないって？」

「そう。そんなに心配なら、誰か家に住んで見てればいいだろうって」

「あくまで家に執着してるんだな」

「退職してやっと建てた大事な家だし、愛着はあるんでしょう。でも、困ったわね。石沢先生の見立てだと、ひどくなくても麻痺は残るかもしれないって」

「ひどくなければ、訓練次第では普通の日常生活を送れるようになるんじゃないか？」

「ただ、歩くのに松葉杖は必要だし、左手はまだ使い物にならない。リハビリ次第である程度は回復するみたいだけど、父さん、そういうのに耐えられるかな。今日も、本当はこのままリハビリ病院に転院する予定だったのを、無理に家に帰ることにしたのよ。石沢先生も困ってた」

「親父がそんなわがままを言うのは珍しい」綿谷はうなずいた。

「でしょう？　リハビリを拒否して、そのまま家にいるつもりかも」

「それじゃどうにもならないことぐらい、分かるはずだけどな」綿谷は首を捻った。

「お袋に迷惑をかけることについてはどう思ってるんだろう」

「それが当たり前みたいな？　昭和の人だと、夫婦関係はそんな感じじゃない」

「それじゃあ、お袋の負担が重過ぎる」

「だったらあんたが、本当にこっちへ戻ってくる？」

「仕事が落ち着いたら考えるよ」

「本気なんだ」姉が目を見開いた。「あんたは仕事に執着するタイプかと思ってた」

「五十を前にすると、いろいろ考えるさ……じゃあ、取り敢えず仕事に戻る」

「今夜、本当に家に寄ってよね」

「それは相手の出方によるな」

その「相手」に対しては、ただ待つだけになった。鎮痛剤が効き過ぎたのか、午後に意識を取り戻しても、呂律《ろれつ》が回らない。石沢は「すぐに自然に喋れるようになる」と言っていたが、綿谷が引き続き事情聴取をすることに対しては、渋い表情を浮かべた。

「興奮して血圧が上がるのが一番まずいんだ。血栓が飛んで脳梗塞になる恐れもある」

「あの年齢で？　若過ぎるだろう」

「あの年齢でも、もうそういうリスクはあるさ。穏やかに頼むよ」

穏やかも何も、待つしかない。八神はあちこちと連絡を取り合って忙しくしていたが、綿谷はひたすら待機を続けるしかなかった。

夕方……いい加減待ちくたびれ、明日出直すかと思い始めたところで、菅原がはっきりと意識を取り戻した。看護師が水を飲ませ、落ち着くのを待って、ベッド脇の椅子に座る。

「体調はどうだ？　興奮させないようにって、医者に怒られた」

「ああ……平気」

「お前に確認したいことがいくつかあるんだ。この六年間、どこにいた？」

「あちこち」

「大阪には？」

「大阪にもいた……かな」答えは曖昧だった。

「実家じゃないな？」

「あそこには寄れない」菅原が嫌そうに言った。

「親父さん、今回も激怒してたらしい」

「ああ……」菅原が薄く笑った。「親父はしょうがない」

「金はどうしてた？」

「それを言わなあかんのか？」

「言う気がないなら、今はいい。ただ、いずれ聴くことになるぞ」

「それはしょうがない……けどあんた、怪我は平気なんか？」

「もう治りかけてる。お前と違って、撃たれたわけじゃないからな」

「撃たれる、か……感覚がよく分からへんな。頭の中に弾が残ってるわけじゃないんやろ？」

「ああ」

「でも、脳はやられてる？」

「ダメージはある。ただし、こうやって話せるぐらいなんだから、確実に回復してるよ。でも、詳しいことは医者から聞いてくれ。俺は専門家じゃないからな」

「ああ……あんた、誰に襲われたか、分かってんのか？　相手は逮捕したんか？」

「いや、まだだ。目星はついてるけど、逮捕できるかどうかは分からない」

「どうして」

「中国人の可能性がある。既に出国してしまったから、中国まで追いかけて見つけるのは難しい」

「――名前は？」深刻な表情で菅原が訊ねた。

どうして名前を知りたがるんだ。そう思いながら、綿谷は「張敏だ」と明かした。本当は、捜査の詳細を第三者に明かしてはいけないのだが、話をスムーズに進めるためには仕方がない。

「ああ……そうか」菅原は目を閉じた。喉仏がかすかに上下する。いきなり目をかっと見開くと、「クソッ！　これで終わりじゃねえぞ！」と叫んだ。頭を撃たれた人間とは思えない大声だった。

「落ち着け」

「落ち着いてる場合やない！」

叫んで、菅原が起きあがろうとした。医者を呼ばないと……綿谷はナースコールに手を伸ばそうとしたが、払い除けられてしまう。ベッドの反対側に回りこんだ八神が、すぐにナースコールを押した。そして菅原に向かって「大丈夫ですよ」と静かに言った。

荒い呼吸を整えようと、菅原が深呼吸した。肩を震わせ、体を支えていた肘を伸ばすと、そのままベッドに沈みこむ。

「ここにいる限り、安全です。ちゃんと警戒してますから、心配しないで」八神が宥《なだ》めた。「急がないでいいから。ゆっくり話しましょうか。何か問題があれば、我々が解決します」

「……クソッ」菅原がまた吐き捨てた。「何でこんなことに……」

「ゆっくり吸って吐いて、深呼吸して下さい。大丈夫です。ここにはあなたに危害を加えようとする人間はいませんし、病院は安全な場所ですから」

八神の言葉が新たな鎮静剤になったのか、ほどなく、菅原の呼吸が静かになった。看護師が飛びこんできたが、モニターと菅原の様子を交互に見て「大丈夫ですよ」とだけ告げて病室を出ていった。

「綿谷さん……少し代わります」八神が遠慮がちに言った。

「――ああ」自分よりも、今は八神の方が頼りになるかもしれない。

八神が椅子に座り、綿谷は少し離れたところにある一人がけのソファに腰かけた。八神はじわじわと、薄皮を剝ぐように質問を続けていく。これが捜査一課流のやり方かもしれない。捜査一課の取り調べの場合、初対面の相手がほとんどである。まったく知らない人間の懐にどう入りこむかを考え、二歩進んでは一歩引くやり方で、じわじわと真相に迫る。容疑者だけでなく、被害者や目撃者が相手でも同じアプローチだろう。

一方、綿谷のように暴対出身の人間は、平時から相手と関係を築くことを基本にしている。ネタ元をどれだけ確保しているかがポイントだ。もちろん、何か事件が起きた時には、初対面の相手を逮捕して取り調べることもある。そういう時は「じっくり距離を詰めて」などとは考えない。暴力団員というのはプロの犯罪者であり、遠慮する必要はないのだ。高圧的な態度に出て、さっさと吐くべきことを吐かせる。

八神の事情聴取を聞きながら、綿谷には事件の筋がうっすらと見えてきた。しかし張敏の名前が出る度に、菅原は供述を曖昧にしてしまう。

やはりポイントは張敏だ。中国へ戻ってしまったこの男が、全ての鍵を握っている。

「いやあ、申し訳ありませんでした」八神が頭を掻いた。「偉そうに代わるなんて言っちゃって、結局何も引き出せませんでした」

「張敏がキーパーソンだということは分かった。もしかしたら、菅原は張敏と組んで何かやっていたのかもしれないが、張敏が経済的に援助していたと考えるよりは、一緒に悪さしていたと想定する方が無理はない。逃走中に、さらに悪事に手を染めることも不自然ではないだろう。どうせ指名手配中だと思って自棄《やけ》になっていた可能性もある」

「どうしますか？」八神がスマートフォンを取り出した。

「キャップと朝比奈に報告して、判断を仰ごう。俺は、明日も取り調べを続行すべきだと思う。せっかく話せるようになったんだから、一日で諦めたらもったいない」

「ですね」八神がうなずく。「俺が報告しておきますよ」

「終わったら、盛岡中央署に顔を出そう」綿谷はスマートウォッチを見た。既に午後六時。角谷はもういないかもしれないが……電話で確認しておこう。「本来、菅原を銃刀法違反で取り調べるのは、盛岡中央署だ。俺たちが半日時間をもらってしまって、ろくに供述を引き出せてないんだから、きっちり謝って明日以降の対策も考えないと」

「分かりました。じゃあ、取り敢えずお互いに電話作戦ということで」

二人は、ロビーで電話をかけられる場所に移動し、電話をかけ始めた。角谷はまだ署にいたが、別件で忙しく、今夜は時間を割けそうにないという。

「何かありましたか？」

「実はさっき、大通で喧嘩沙汰があって、重傷者が一人出ている。意識不明なんですよ」

「それはヤバいですね」大通は盛岡一の繁華街だ。呑み屋も多いせいか、昔から暴力沙汰などが頻繁に起きている。高校時代には、「夜には行かないように」と学校からお達しが出ていた。

「田舎警察ですから、こういう事件が起きると課長も出ていかないといけない」

「忙しいところ、すみません。明日の朝、そっちに顔を出しますよ。それからまた病院に行きます」

「では、詳しいことは明朝……私が徹夜明けでボケていても許して下さいよ」

軽く笑って、角谷が電話を切った。八神はまだ、電話中。由宇を相手にしているのだろう、長引いている感じだ。結城はどちらかというと淡々としていて、報告もシンプルな方を好む。一方由宇は、微に入り細を穿《うが》つような細かい報告を要求する。途中で何度も質問を挟み、さらに話は細かくなっていく。これは指揮官としてのタイプの違いなので、どちらが正しいということはない。綿谷としては、常に簡素な報告しか受けない結城が、どうして判断ミスを犯さないのかが不思議でならなかった。

八神の電話が終わりそうにないので、綿谷は近くにある自販機で缶コーヒーを二本買った。昼飯も時間がなくて、慌ただしく済ませた——すぐ食べられるのは、病院の食堂の量が少ないカレーだった——せいか、腹が減っている。八神にもせめて甘いコーヒーで糖分を補給してもらうつもりだった。

缶コーヒーを渡してやると、八神は左手でスマートフォンを耳に押し当て、右手だけで器用にプルタブを持ち上げてコーヒーを飲んだ。ひょこりと頭を下げ、嬉しそうな表情を浮かべる。やはりこいつも糖分を欲していたのだな、と思う。自分も一口。コーヒーの苦味はほとんど感じられず、甘さだけが喉に張りつくようだった。

だが今は、それがありがたい。この糖分補給で夜の部——家族との対戦に備えねばならない。

第五章　予想外の積荷

1

八神は綿谷の事情を察して、「こっちは一人で大丈夫ですよ」と言ってくれた。早く実家へ行って、父親と話した方がいいのではないか――しかし綿谷は、一緒に夕飯を食べようと強引に八神を誘った。ついでに同じホテルを取ることを提案した。

「実家に泊まらなくていいんですか？」

「今日は、姉一家が来てるんだ。実家は、それでもう満杯だよ。元々、そんなに広い家じゃないんだ」

「田舎の家は広いイメージがありますけどね」

「俺たちが独立して、親父が退職してから建てた家だから、そんなに広くする必要もなかったんじゃないかな」

「コンパクトな生活に合わせたってことですかね」

「ああ」そのせいで、里帰りしにくくなっている。せっかく子どもたちを連れていっても、ホテル泊まりになるのは馬鹿馬鹿しい。

二人はホテルを予約し、綿谷が子どもの頃から馴染みだった焼肉屋に向かった。あの頃——四十年前も相当年季が入っていて、床が油で滑りそうな店だったが、味は確かだった記憶がある。盛岡名物の冷麺も美味かった。そういう歴史ある渋い店で、八神に名物の冷麺を食べさせようと思ったのだが、店はいつの間にか建て替えられ、真新しくなっていた。

「西麻布《にしあざぶ》辺りにありそうな、お洒落焼肉屋じゃないですか」白亜の建物を見て、八神が感心したように言った。

「昔は今にも倒れそうな、建物全体に油が染みついた店で、それがよかったんだけど……さすがに、令和の時代まで持たなかったか」

「地震のせいじゃないですか」

「そうかもしれない」東日本大震災では、津波に襲われなかった岩手県内陸部でも、建物には大きな被害が出た。倒壊しなくても、古い建物は耐震性などの問題が生じて、建て替えや補強を余儀なくされたはずである。そしていつの間にか、大きなマンションが増えていた。ああいうマンションは、耐震対策もしっかり行っているのだろう。

建物はお洒落になっていたが、料理の値段は安めだった。懐の具合は、さほど心配せずに済みそうだ。タン塩にカルビ、ロースと定番の肉、それに野菜を大量に頼む。綿谷はアルコールを避けてウーロン茶にした。

「焼肉なのにビールなしですか？」

「親父が酒を呑まない人で、アルコールの臭いも嫌がるんだよ」

「厳しいですね」

「警察の後輩とかを家に連れてきても、酒を出さないでお茶だったからね。それで酒の害悪を延々と説き続ける……まあ、俺は十八で家を出たから、酒のことではあれこれ言われなかったけどな。俺が生まれる前に亡くなったけど、爺さんが結構酒癖が悪い人で、親父は苦労したらしい」

「東北の人は、お酒大好きな印象がありますよね」

「親父は体質的にも呑めなかったんだと思う。呑んで暴れるような父親よりはいいと思うけど、いつも素面《しらふ》でピリピリしてるのもきつかったな。常に正座して、碁盤と向き合ってるような」

「でも、そうやって綿谷さんも鍛えられたんでしょう」笑いながら八神が言った。

「あの圧は、身につかなかった。囲碁も将棋も、最後は気合いなんだけど」

「まさか」

「いや、本当に」

男二人の食事は淡々と進む。話も無難な方に……満員の焼肉屋で、事件の話題は持ち出せない。ふと思い出して、訊いてみた。

「朝比奈と最上に、異動の話が来てるだろう？」

「らしいですね。詳しくは聞いてませんけど」

「お前は？　捜査一課に戻れって言われてないか？」

「ないですね。勤め人なんで、いつ異動になってもおかしくないですけど」

「そうだな……」

「何か気になります？　常に同じメンバーでやれるとは限らないでしょう」

「そうなんだけど、俺は今のバランスが気に入ってるんだよ」

「ああ――何かと上手く行ってますよね」八神も同意した。

「SCUなんて、警視庁の中では嫌われ者だし、組織自体がいつなくなるか分からない。でも俺は、ここにいる限りは結果を出したいと思ってる。そのためには、今のメンバーがベストだと思うんだ」

「でも、朝比奈には管理職の道を進ませてあげないといけないし、最上の能力は、警視庁全体のIT力向上に必須ですよ。SCUに閉じこめておくのはもったいない」

「分かってる」

「そういう綿谷さんは大丈夫なんですか」

「何が」綿谷は箸を置いた。居心地悪い会話になりそうな予感がした。

「お父さんの介護問題。どうするか、決めたんですか？」

「まだ分からないんだ。ただ、親父は家にいたがってる。でもそれだと、母親に負担がかかり過ぎるんだ。お袋も歳だしな」

「まさか、綿谷さんが介護を担当するなんて、考えてませんよね？」

「可能性としてはある」

「警視庁を辞めて？」八神が目を見開いた。

「親の死に目にも会えないのが、この仕事だと思っていた。でも実際には、介護離職した先輩もいるし、警察官の働き方やライフプランの設計は、昔とは変わってきているんだよ。俺も、『警察官だから』という理由で親父を放っておくわけにはいかないと思う。そして親父が家を離れたくないと言っている以上は……俺が盛岡に戻るしかないかもしれない」

「勘弁して下さいよ。そんなことになったら、SCUには俺とキャップしか残らないじゃないですか」

「新しいメンバーも来るさ。もっと人数が増えるかもしれない」

「その連中が慣れるまでは、俺がキャップと他のメンバーの橋渡し役をしないといけないんですよ。それはきつい」

「そう言うなよ」綿谷は釘を刺した。「組織は生き物なんだから、変わっていくのが自然だろう」

「でも綿谷さん、今のメンバーがいいんでしょう？」

「まあな……」

言ってはみたものの、SCUをどうしたいのか、そのために何ができるのか、自分でも分からない。全ては父親の体調と決断次第ということだろうか。


午後八時に自宅へ着いた。窓に灯りが灯《とも》っていて、どこか暖かい空気が流れている。鍵のかかっていないドアを開けて——東京では考えられない——玄関に入ると、姉が出迎えてくれた。

「父さん、どうだ？」

「上機嫌。うちの旦那が酒を呑むのを許してる」

「前代未聞じゃないか？　そもそも酒はあったのか？」家には料理に使う以外の酒はないはずだ。

「買ってこいって言われた。驚いたわ。あなた、夕飯は食べた？　お寿司を取ったんだけど、皆すごい勢いで食べて、もうほとんど残ってないのよ」

「後輩に焼肉と冷麺を奢った。取り敢えず親父と話をしようと思って来たんだ」

「じゃあ、コーヒーでも飲む？　もうデザートタイムだから」

「ああ」

父は、リビングルームのソファに腰かけていた。この家では父の定位置だ。珍しく柔和な表情を浮かべ、右手を伸ばして、テーブルに置いた湯呑みを摑む。右手は自然に動かせるようで、湯呑みを摑んだ手は震えもせずに安定していた。義兄の俊和《としかず》と甥《おい》の昭人はダイニングテーブルについて、ケーキを食べている。昭人と会うのは数年ぶりだが、耳がしっかり潰れていた。それだけ熱心に柔道をやっている証拠だ。体もがっしりしている。

「昭人、体ができてきたな」

「オス」昭人がニヤリと笑う。低い声が頼もしい。「おじさん、お元気ですか？」愛想よく問いかけてきたので、綿谷は驚いた。最後に会ったのはいつだっただろう……「新型コロナ」の名前も聞いたことがなかった頃だから、五年前か？　まだ中学生で、大人と話すのが面倒くさくて仕方がないという感じだったのに、もうすっかり社会人的な愛想の良さを身につけているようだ。

綿谷は二人としばらく話してから、父の向かいのソファに移動した。何だか妙に緊張する……父は平然とお茶を飲んでいる。普段なら「ここで一局」と言い出すところなのに、今日は何も言わない。囲碁にも将棋にも興味をなくしてしまった？　心配になり、綿谷の方で切り出した。

「父さん、食後の一局は？」

「いや、今日はいい」

「まさか、やる気がなくなったんじゃないよね？」

「お前が相手じゃ物足りない。お前はいつまで経っても上手くならないからな」

これには苦笑せざるを得ない。警視庁の中では、特に将棋では向かうところ敵なしなのに。将棋もリハビリになるかもしれないと思って誘ったのだが、父にすれば、息子の相手をしても脳細胞の刺激にはならないのかもしれない。

「父さん、また入院だけど、リハビリの担当者の言うことをよく聞いてくれよ。ああいう人たちもプロなんだから……スポーツの練習みたいなものじゃないかな」

「入院はしない」父が突然宣言し、場の空気が凍りついた。

「父さん、リハビリは絶対必要なんだよ。リハビリしないと、いつまでも麻痺が残る。石沢だって、いろいろ考えて、リハビリの計画を出してくれたんだ」

「あの子は頭がいい。昔と同じだ。話していれば分かる。しかし、自分の体のことは自分が一番よく分かっている」

「父さん、そういう素人考えは……」綿谷はつい苦言を呈した。「父さんだって、素人が捜査のやり方に口出しをしたら怒るだろう。ここは石沢の顔を立ててやってくれよ。あいつは真剣に、父さんのことを心配して、治療してくれたんだから」

「治療は十分受けた。俺はこの家にいる。リハビリはここでやる」

「何でそんなに頑なになるんだ？」元々頑固だったが、こんな勝手なことを言い出す人ではなかった。年齢のせいか、あるいは病気の影響なのか。

「お前は入院したことはないだろう」

「この怪我で、一晩泊まった」自分の頭を指差す。

「それぐらいは入院とは言わない。長く病院にいると、もう家に帰れないんじゃないかって不安になる。出る時は、遺体になっているかもしれないと想像するんだ」

「まさか」あまりにも極端な考えだ。不安になったのは理解できるが、こんなことを言い出すとは。

「とにかく俺は、家にいる。お前らの手は借りない」

「父さん、俺はこっちに帰ってきてもいいと思ってるんだ」

「刑事を辞める気か？」父が、現役時代を思わせる鋭い視線を綿谷に向けた。

「家族を優先するのは、今では普通だよ」

「刑事は男子一生の仕事だぞ。そんな中途半端な覚悟でいたのか？」

「いや、そういうわけじゃ……」勢いに押されてしまう。父が、警察官の仕事に誇りを持っていたことは知っているが、これほどまでとは思わなかった。

「だったら父さん、うちへ来ないか？　千葉の家は部屋も余っているから、父さんと母さんが来ても、全然平気だ。子どもたちも歓迎するよ」

「何で今さら、生まれた土地を離れないといけないんだ！」

父が、ソファに立てかけてあった松葉杖に手を伸ばした。左手で摑もうとしたが上手くいかない。石沢が言っていたよりも麻痺はひどいのでは、と綿谷は想像した。結局体を捻って右手で松葉杖を摑むと、全身に力を入れて立ちあがろうとした。

「父さん」綿谷も立ち上がって手を貸そうとしたが、鋭い視線に刺されて動きが止まってしまった。

次の瞬間、右足一本で立ち上がった父が、崩れ落ちるように倒れてしまう。倒れた音は、ぞっとするほど大きかった。昭人が大声を上げる。それが引き金になって綿谷は素早く動いた。俊和も駆け寄ってくる。二人が助け起こそうとすると、父はうつ伏せに倒れたまま「助けはいらん！」と叫んだ。

綿谷は義兄と顔を見合わせ、首を横に振った。もがく父をただ見下ろしながら、これからさらに面倒なことになる、と覚悟を決める。


翌日は朝から昼まで、断続的に菅原への事情聴取を行った。菅原は昨日よりは落ち着いていたが、肝心なポイントは話さない……どうやら、張敏《チャンミン》が中国に帰国したことを異常に気にしているようだった。

「張敏がいないなら、もういいよ。奴は帰ってこないだろうな?」

「また入国したら、すぐに分かるようにしてある」

「来るかねえ」

「来るのか? 奴は何をやってたんだ? お前と組んでたのか?」

話はそこでストップしてしまう。菅原は体調もよくないが、覚悟も決まっていないようだ。もどかしいが、いつまでも自分たちが菅原を「独占」しているのはまずい。岩手県警も、立て籠もり、発砲事件に関して捜査を進めなければならないのだ。

一段落して、綿谷は暴対課の管理官、中崎に電話して詳しく事情を話した。既にSCUから簡単な報告は入っていたのだが、中崎は詳細に供述の内容を聞きたがった。話し終えると「結局、張敏がポイントか」と結論づけた。

「そうなるな。千葉県警もこの男を追っているから、合同捜査を進めた方がいい」

「菅原が張敏と組んで何かやっていたのは間違いない。前に、菅原は大阪のキャバクラとクラブに、誰かの紹介で来たと言っただろう? あれ、どうも張敏のようだ」

「間違いないか?」

「百パーセント確実とは言えない。奴らは、クレジットカードを使っていたわけじゃないから、そこからは身元を特定できないんだ。まあ、この件についてはまだ追う。菅原は仏になったか？」

完全自供したか、という意味だ。現段階では、とてもそうは言えない。

「張敏の件になると話をぼかす。そこが怪しいんだけどな」

「自供する気になってお前を呼んだのかと思ったよ」

「俺もそう思った。奴は俺のことを心配していた」

「心配？」

「俺が襲われたことを知ったら、異常に動揺した。張敏がやったと、知ってるんじゃないかな……いや、もちろん俺が襲われたのは、菅原が撃たれた後だけど」

「結局、何も分かってないということか」

「そうなる。すまん、無駄な出張だった」

「こういうこともあるさ。うちは岩手県警と連絡を取り合って、菅原の移送の予定を進めるからさ。お前、どうする？　またうちで仕事をするか？　それともＳＣＵに戻るか？」

「取り敢えずＳＣＵへ戻る。暴対には顔を出せないよ」

「そんなこともねえけどよ……怪我、大事にしろよ」

友人と言っていい存在に労られるのはありがたかったが、残念な気分にもなる。駄目な人間になってしまったような気がしてならない。

午後になって、盛岡中央署の角谷刑事課長が病院にやって来た。疲労の色が濃い……昨夜は、日付が変わるまで、傷害事件の現場で捜査指揮を執っていたというのだ。

「警視庁の方と相談しましたが、逃亡の恐れがないということで、うちは一度引きます。そちらで必要な捜査を終えて、体調が戻ったら東京へ移送するということで……お手数おかけしました」

「いえいえ、とんでもない」角谷が首を横に振った。「しかし、なかなかスムーズには進みませんね」

「しょうがないですよ。それが警察の仕事でしょう」

「そうですね」角谷がうなずく。「とにかくお疲れ様でした」

「残念ですが、疲れただけでしたよ」口に出すと、さらに疲労感が募った。


夕方、八神とともにSCUに帰着した。げっそりした気分でとても疲れている……しかしこれから出張の報告をして、明日以降に備えねばならない。

結城以下、由宇も最上も残っていた。今日はサンドウィッチはなし。由宇は報告を求めるより先に「何か美味しいもの食べました?」と聞いてきた。

「昨夜、八神と焼肉を食べただけだ」

「じゃあ、盛岡の冷麺も？」食べ物の話になると、由宇は目の輝きが違ってくる。

「それが、綿谷さんの若き日の想《おも》い出が崩れ去る結果になって」八神が割って入った。

「どういうことですか？」由宇が怪訝そうな表情を浮かべる。

「それこそ、そのうち焼肉を食べながら話すよ」綿谷は話を引き取った。「いずれにせよ、物はいつかは壊れて消える。残るのは想い出だけなんだ」

「中国の賢人みたいな言い方ですけど」由宇が困惑したように言った。

「君の実家だって、いつかは人の記憶の中だけの存在になるかもしれない」

「そうかもしれませんね。私は跡を継ぐ気はないですし」

「部長を務めて退任してから、継いでもいいんじゃないか。年に一回は、ＳＣＵのこのメンバーのＯＢ会を、君の店でやろう」

「何人集まりますかねえ。綿谷さん、その頃何歳になってます？」

「年齢のハラスメントはやめてくれ」

軽く笑いが弾ける。綿谷は、警察官になって初めて、居心地のよさをこの場所に感じていた。所轄から本部の暴対課へ進んだキャリアは、間違っていたとは思っていない。社会の脅威になり得る暴力団に関する情報を集め、事件が起きれば捜査するのは、絶対に意義がある仕事だと思う。しかし仕事の性質上、どうしても毎日シビアな環境の中にいることになり、常にピリピリしていた。下品な冗談で笑い合うことはあったが、それは緊張から抜け出すために仕方なく、だったと思う。

それが今は、自然に笑える。時に気が抜け過ぎていると感じることもあるが、何かあったらそれぞれが能力を発揮して、一気に事件解決を目指すのが今のＳＣＵである。そのあり方が心地よい。他の部署からは疎まれているかもしれないが、この仲間は貴重だ。

しかし近い将来、メンバー交代もあり得る。そもそも自分も、警視庁を辞めることまで考えているのだ。

ＳＣＵのあり方は守りたい。しかし自分には自分の人生もある。

そんな迷いを抱えていると、ただ仕事のことだけ考えて、そこに集中できる人間は幸せなのではないか、とも思うのだった。


警察では、急遽出張することがよくある。そのため綿谷は、自分のロッカーに二日分の着替えを用意し、常に遠くへ行けるように準備していた。若い頃は、そういうことが楽しくもあった。「行け」と言われると、自分が頼りにされている、戦力として期待されていると実感することができたからだ。

今回は着替えを取りに戻る暇もない盛岡出張だったし、必ずしも成果が上がったとは言えないので、妙に疲れていた。家族の問題が背中にのしかかっているせいもあるだろう。

今日も、姉から何度もメッセージが入っていた。父は非常に不機嫌で、ほとんど口をきかないという。今日になって、結局リハビリ専門の病院に入院したのだが「三日で退院する」と無茶なことを言い出したらしい。

どうやら、昨夜自宅で立ち上がろうとして転んでしまったことで、自信を喪失しているようだ。しかし自分の口から「駄目だ」などの弱音は絶対に吐かない人なので、黙りこむしかないのだろう。

面倒を見なければならない母親、それに病院のスタッフに対して申し訳ない気持ちになった。

そんなことがあってげっそり疲れ、帰宅すると普段より一時間早くベッドに入ってしまった。綿谷はあまり寝つきがいい方ではないのだが、今夜は枕に頭がついた瞬間に意識を失った——そしてスマートフォンの呼び出し音で目を覚ました。

綿谷は、公用のスマートフォンの呼び出し音を柔らかいものに設定してあるのだが、それでも寝ている時に鳴るとびくりとする。慌ててサイドテーブルに置いたスマートフォンを取り上げ、時刻を確認する。午前五時……最悪の時間だ。普段は午前六時に目を覚まし、朝の準備をする。一時間早く起こされたら、一日のリズムがおかしくなってしまう。いや、昨夜は一時間早く寝たから、睡眠時間そのものは足りているわけか。

——そう思い直して気合いを入れた。電話をかけてきた相手は結城。キャップ自ら連絡してきたということは、重大事だ。

綿谷はベッドから抜け出し、そのままリビングルームに移動した。三月とはいえ、まだ底冷えがする。我孫子は、都心部に比べて少し気温が低いのだろう。確かに、東京よりは北に位置している。

「綿谷です」

「朝からすまん。今、落ち着いて話ができる状況か？」

「うちのスタッフに何かあったんですか？」

「どうしてそう思う？」結城が怪訝そうな口調で訊ねる。

「いえ、今の言い方は、家族が事故に遭った時のものですよ」

「俺が知っている限り、スタッフは全員無事だ。ややこしい話だから、落ち着いて聞けるか、と確認しただけだ」

「この電話で起きましたから、まだ頭が回っていませんよ」

綿谷は冷蔵庫を開け、ミネラルウォーターを取り出した。これは健二郎のボトルだと気づく。息子たちは、飲み物やお菓子が取り合いにならないように、ボトルや包装紙に自分の名前を書いている。しかし今、これ以外にミネラルウォーターはない……後で返すことにしてボトルを取り出し、テーブルに乱暴に置く。

「それで、何が起きたんですか？　張敏関係ですか？」

「いや、張敏には直接関係ない。本沼紗奈のことだ」

「我孫子署で逮捕したはずです」覚醒剤の陽性反応が出て身柄を確保したという情報は、盛岡出張中に聞いていた。

「ああ。その弟というのが出てきた」

「弟？」綿谷はスマートフォンを何とか左耳と肩に挟んだまま、ペットボトルを開けた。冷たい水をぐっと飲むと頭が冴えてくる感じはしたが、結城が言ったことの意味は理解できない。「本沼紗奈に弟がいるんですね？」

「ああ」

「すみません、家族構成までは把握していませんでした」

「話が非常に入り組んでいるんだ。まだ寝ぼけているなら、少し経ってからかけ直す」

「十秒下さい」

綿谷はスマートフォンをテーブルに置き、水をぐっと飲んだ。胃が冷たくなって意識が鮮明になる。両腕を大きく上に突き上げて背伸びをすると、肩甲骨の辺りで、ばきばきと嫌な音がした。ふっと息を吐いてスマートフォンを取り上げる。気分の問題だが、少しだけ頭の中がクリアになった気がした。

「お待たせしました」

「昨日の午後十時過ぎ、千葉県内で事故が起きた。現場は習志野《ならしの》市谷津《やつ》一丁目の県道。

蛇行運転していた車が、対向車と衝突した。そして事故処理に向かった署員が、いきなり射殺された」

「ちょっと待って下さい」頭が情報を処理しきれない。「いきなり射殺？　何事ですか？」

「事故を起こした車に、大量の覚醒剤が積んであった。二キロ」

それでようやく、綿谷は状況が把握できた。事故を起こしたのは、おそらく「運び屋」の車なのだ。交通事故よりもまずい事態が警察にバレそうになって、慌てて射殺して逃走——運び屋が摘発されたケースは無数にあるものの、ここまでひどい話はなかったのではないか。

「運び屋ですね？」

「おそらく。車には二人乗っていた。警察官に向かって発砲した人間は、そのまま走って逃走した。そして現場に残ったもう一人が、本沼紗奈の弟だと分かったんだ」

「それは……どう考えたらいいか、まだ判断できません。それより、キャップのところにはどうやって情報が入ってきたんですか？」

「千葉県警にも知り合いはいる。目端が利く人間なら、怪しいと思って引っかかるよ。それを俺に伝えてくれたわけだ」

「我孫子署も知っているでしょうね」

「だろうな」

「では私は、我孫子署に寄って情報収集——ということでいいですね？」

「ああ。今のところ、姉弟が覚醒剤で繋がっているわけだが、気になるのは、逃げた男が中国人らしいということなんだ」

「張敏？」綿谷は緊張するのを感じた。

「身元は分からない。ただ、見た目は張敏ではなかったらしい。もっと若いし体格も違う」

「分かりました。取り敢えず、朝イチで我孫子署に行きます」

「頼む。習志野の方は、こっちで情報収集しておく」

「でも、千葉の事件にいきなり嚙むのはまずいんじゃないですか？」

「嚙んではいない。あくまで情報収集だ」

「了解です」

電話を切り、ふと冷静になると、まだ早過ぎると気づいた。本沼紗奈の弟が逮捕されたからといって、我孫子署の捜査には大きな影響はないだろう。もちろん、本沼紗奈が弟と同じように覚醒剤の運び屋をやっていた可能性があるが、それを調べるにしても、普段の勤務時間よりも早く出てくる必要はない。午前八時過ぎの、当直交代の時間帯に顔を出せば十分だ。

もう少し寝てもいいと思ったが、とんでもない話を聞いたせいか、すっかり目が冴えてしまった。仕方なく、パジャマのままでコーヒーを用意し、一人ゆっくりと飲む。家の中はひどく静か……ここへ両親を迎えたら、やはり賑やかになるのだろうか。

それにしても、今日は忙しくなるだろう。我孫子署で情報収集したら、病院へ行かなくてはならない。午前中はそれで潰れてしまうだろう。面倒だが、ようやく頭の傷が完治ということになるので、ありがたいことだ。

自分の戦いはここから——抜鉤がきっかけになって始まるのではないかと思った。

2

綿谷が我孫子署に顔を出すと、強行犯係の係長、谷田貝真衣子が、驚いたような表情を浮かべた。

「どうしたんですか、こんな朝早くに」そう言ってから、すぐに綿谷の意図に気づいたようだった。「本沼紗奈の弟の件？」

「そうなんですよ。明け方に、うちにも連絡が入りまして」

「うちの県警にネタ元でもいるんですか？」

「私にはいませんが、ＳＣＵの中には、千葉県警とのパイプを持っている人間がいるということです」

「何だか恐ろしいですね」真衣子が肩をすくめる。

「私も恐ろしいんです。自分たちも丸裸にされているように感じますよ」

「公安の人でしょう」真衣子が探りを入れるように言った。

「ご名答」

「公安の言ってることを、全部まともに受けちゃいけませんよ。あの人たちは、人を驚かせるためだけに、大袈裟な話を持ち出しますから」

「心当たりがあります」綿谷は空いていた丸椅子を引いて座った。「それで、こちらはどうしてますか？」

「私も明け方に連絡を受けたんです。これから、本沼紗奈に情報をぶつけてみますよ」

「どういう構図を想像していますか？」

「覚醒剤一家」

「両親も？」

「それは分かりませんけど……本沼紗奈は都内の出身です。実家は武蔵野《むさしの》市——いいところですよね」

「ええ」

「両親はまだそこに住んでいます。うちで事情聴取しましたが、動揺してましたよ。娘が覚醒剤を使っていたことが信じられなかったようです。ただ、ここ何年も、連絡は取り合っていなかったようですね」

「親子仲、よくないんですか」

「そのようです。特に理由があったわけではないようですけど、親子の絆なんて、些細《ささい》なことで切れてしまうでしょう」

「ですね」綿谷はうなずいた。「弟の方はどうですか」

「本沼雄太《ゆうた》、二十五歳。家族構成を聞いた中で、弟がいることは把握していましたけど、うちではまだ会っていませんでした。周辺捜査で、いずれ話を聴くつもりでしたけど」

「雄太の方は、家族との関係はどうだったんですか？」

「こちらも家を出ていて、何をやっているか分からないと……大学進学で独立したんですけど、大学は中退してしまったようで、それ以来、実家との関係はぎくしゃくしていたようですね」

自ら事情聴取したのだろうか、真衣子は手帳を見もせずにすらすらと喋った。やはり、とんでもない記憶力の持ち主らしい。

「姉は覚醒剤を使っていて、弟は運び屋だった……とんでもない姉弟ですね」

「これから早々、本沼紗奈を叩きますよ。見ていきます？」

「いいんですか？　俺には見学する権利もないと思うけど」

「後で情報を流す方が面倒じゃないですか」真衣子が静かに笑った。「直接見てもらった方が早いです。時短ですよ」

「じゃあ、乗ります。今日は私、この後病院にも行かないといけないんですが」綿谷は頭を触った。この帽子ともお別れ——はまだできないか。医療用ホチキスの針は外せても、傷跡はまだ残っている。張敏を逮捕しないと、この傷は消えないのではないだろうか。

本沼紗奈を調べているのは、ベテランの男性刑事だった。自分と同年代ぐらいだろうか……ほっそりした体格で、顎が尖《とが》り、頬骨が出ている。ほとんど黒に近い背広に、濃紺の無地のネクタイを締めているので、これから通夜にでも向かうような感じだった。そう考えて見ると、表情も暗い。

綿谷は、刑事課の一角にあるモニターの前に陣取った。この署でも、取り調べの様子は外から確認できるようにしているのだ。綿谷が若い頃は、取調室についたマジックミラーの前に陣取って、中の様子を見ていたのだが。

「うちの赤石《あかいし》巡査部長です」真衣子が紹介してくれた。「面倒な取り調べは彼に任せているんですよ」

「確かに、取り調べは得意みたいですね」

「ただ、本沼紗奈はなかなか難敵です」

「喋っていない？」

「それにヤクが切れて、禁断症状が出ているようですね。断薬するいいチャンスだと思いますけど」真衣子が肩をすくめる。

「医者へ運びこまれるような羽目になったら困りますね」

「様子はちゃんと見ますよ。倒れられたら、問題になるし」

真衣子が綿谷の隣に座る。映像はクリアで、音声もはっきりと聞こえた。

赤石は、いきなり本題に切りこんだ。

「あなたの弟さん――雄太さんが、昨夜逮捕されました」

「え？」本沼紗奈が顔を上げた。短期間に、一気に歳取ってしまったように見える。化粧っ気のない顔は真っ青で、髪が目にまでかかっているせいで、前がちゃんと見えているかどうかも分からない。

「昨夜、習志野市内で事故を起こした車に、弟さんが乗っていました。その車を運転していた人間が、事故処理に来た警察官に向けて発砲し、車からは大量の覚醒剤が見つかっています。弟さんは、覚醒剤を運んでいたことを認めて、現行犯逮捕されました」

「だから……」紗奈は下を向いたままだった。

「弟さんは売人だったんですか？　あなたにも覚醒剤を流していた？」

「言うことはありません」

「家族であるあなたは、弟さんのことを何か知っていたんじゃないですか？　覚醒剤は大量で、個人で使うものとは思えない。要するに運び屋です。弟さんは、何をやっていたんですか？　まともな仕事はしていなかったんですか？」

赤石が低く落ち着いた声で、しかし確実に紗奈を追いこんでいく。沈黙……紗奈が唇を固く噛んでいるのが見えた。両手も、震えるほど強く握り締めている。

「弟さんは、大学を中退した後、ご実家とは関係が疎遠になっていたようですね。あなたは、弟さんと連絡は取り合っていなかったんですか？」

「別に……言うことはないです」

「言えないのか、否定なのか、どちらですか？」依然として声は柔らかいが、赤石の質問は鋭かった。

「言うことはないから」

「撃たれた警察官は死亡が確認されました。撃った人間と一緒にいたということは、弟さんも責任を問われる可能性があります。弟さんは、覚醒剤の密売に絡んでいたんじゃないんですか？」

「言うことはないの！」紗奈が叫んだ。顔が赤くなり、唇が震えている。

「一番最近、弟さんに会ったのはいつですか？」

「言いません」

「何故？　あなたも覚醒剤の密輸に絡んでいたとか？」

「私は何もしてない！」

「でもあなたは、覚醒剤を使用していた。それは尿検査の結果、明らかです。しかもかなり前から……普段から定期的に覚醒剤を使っていましたね？　自分で自分の体を壊していることになりますよ？　その覚醒剤は弟さんから手に入れたんじゃないですか？」

「何も言いません」

綿谷は思わず、真衣子と顔を見合わせた。ヒリヒリしたやり取りに、かすかな胃の痛みを感じる。

「頑なですね」

「逮捕してからずっと、あの調子ですよ」真衣子が肩をすくめる。

「でも、いずれ落ちると思います。『知らない』とは言っていないんですから。『言えない』と言い張る奴は、何かのタイミングで落ちます」

「そうだといいんですけど」真衣子は自信なさげだった。「本沼紗奈は覚醒剤の影響下にあります。そういう人間が何を考え、何を喋るかは、予想もできません、今までも、中毒の人間には散々振り回されましたよ」

モニターに視線を戻す。赤石は、急に質問を変えていた。

「習志野で警察官を撃って逃げた人間は、中国人である可能性があります。あなたは張敏と一緒にいた。他の中国人とも付き合いがあるんじゃないですか？」

「それは……」紗奈が、乾いた唇を舐めた。

「そういうことをしそうな中国人の知り合いはいませんか？」

「私は、覚醒剤の密売なんかやってない！　でも……」

「でも？」

「大きな事件が起きる」

「張敏絡みで？　それとも、今回警察官を撃った中国人の関係で？」

「大きな事件が起きるわ。でも私は、それ以上言えない。具体的には知らないから」

「しかし、大きな事件だということは知っている」赤石が突っこんだ。「何か知っているなら、もっとはっきり教えてもらえませんか？　警察には、事件を未然に阻止する義務もあるんですよ」

「私は知らない！」

赤石はなおも、質問を変えて攻め続けた。しかし紗奈は「知らない」の一点張りで供述を拒否し続ける。一時間が過ぎて、赤石は一時休憩を告げた。

綿谷は、取調室から出てきた赤石を出迎えた。間近で見ると、一八〇センチはありそうな長身である。溜息をついて肩を上下させ、真衣子に向かって「相変わらず粘ってますね」と言った。

「何か知ってるのは間違いないでしょうね」

綿谷は、自分で調べてみたいと強く思った。攻め手が変われば環境が変わって、急に喋り出すことがある。しかし同じ警視庁内の事件ならともかく、他の県警が押さえている容疑者を取り調べることはできない。

「中国人の話を出した時に、動揺しましたね」綿谷は指摘した。

「ええ」赤石が認めた。「すみません……本部の方ですか?」

「ああ、警視庁SCUの綿谷です」自分の頭を指差した。「この怪我のせいで、我孫子署にお世話になってます。その他にもいろいろあって、情報収集しています」

「失礼しました」赤石が丁寧に頭を下げる。「情けないですね。警視庁の人に見られている状態で落とせないというのは」

「かなりヤバいネタを握っているんだと思います。自分が喋ったとバレたら、それこそ命が危なくなるような」

「でしょうね」赤石がうなずく。

そこで綿谷は、新たな作戦を思いついた。自分でやれないのがもどかしいが、この際仕方がない。事情を話すと、二人は顔を見合わせて、困ったような表情を浮かべた。

「それは、うちから捜査依頼をしないといけない感じですよね? 事情を説明するだけでかなり時間がかかると思いますけど」

「いや、捜査共助課同士のやり取りは飛ばしましょう。非公式な情報提供ということで……向こうの県警には、直に話せる人がいますから、私が話します」

「バレたら問題になりますよ」真衣子が心配そうに言った。「警察は、手続き第一ですから」

「バレなければ、違反は存在していないということです。話を進めましょう。どうも嫌な予感がする」

綿谷は空いていたデスクを借りて、盛岡中央署の刑事課に電話をかけた。角谷を摑まえて、事情を説明する。

「千葉の件とうちの件がつながっていると？」角谷は疑わしげだった。

「それは分かりません。ただ、キーパーソンは張敏です。菅原には張敏のことを聴きましたけど、もう一度ぶつけてくれませんか？　非公式なお願いです」

「非公式なお願いは大好きでね」角谷が笑った。「やってみましょう。それで、綿谷さんの読みは？」

「中国人を中心にした、大規模な薬物の密輸組織がある。日本の薬物汚染は止めないと」

「了解。あなたをハブにしていいですね？　千葉県警とは話が通じないかもしれない——非公式の話だし」

「もちろん、私に連絡して下さい。ただし、これからしばらくは連絡がつかないかもしれません」

「何か極秘任務でも?」

「いや、病院です。傷の最終的な処理をしないといけないので」

「それはお大事に——今度お会いする時は、キャップなしですかね」

「まだ傷跡隠しに必要ですよ。キャップを被っている間に、またお会いすることになると思います」

「さっさと片づけましょう。あなたの話を聞いていると、ヤバい感じがしてきた」

「予感が外れることを祈りますが……同感です」


抜鉤は大変なのでは、と想像していた。何しろ、皮膚を接合しているホキチスの針を外すのである。しかし実際には大したことはなかった。専用の道具で外していくのだが、その都度ちくりと軽い痛みを感じるだけ——白髪を抜いた時ぐらいの感覚しかなかった。

「——はい、大丈夫ですね。傷は綺麗に塞がってます」

「ありがとうございました」

医師が手鏡を渡してくれたので、傷跡を確認する。大丈夫……とは言えない。傷を処理する時に髪を剃っていたので、赤い傷跡がまだはっきりと見えている。まだしばらくは、キャップのお世話になりそうだ。

　今後の注意事項を確認し、支払いを終えた時には、昼前になっていた。治療している間に、連絡はなし……我孫子署か盛岡中央署に電話を入れようかと思ったが、あまり急かしてもしょうがないだろう。

　取り敢えず、ＳＣＵに出勤しよう。病院でタクシーを拾って、ＪＲ柏駅へ向かうように頼んだ瞬間、スマートフォンが鳴った。早速どこかから連絡が……と思ったら由宇だった。

「綿谷さん、今どこですか？」

「病院を出て柏駅へ向かっている。ＳＣＵへ向かうつもりだけど、どこかへ行こうか？」

「新橋署へ行って下さい」

「新橋署は……うちの庭みたいなものじゃないか」実際綿谷は、頻繁に新橋署に通って、柔道や剣道の稽古をしている。「新橋署がどうかしたのか？」

「千葉の事件で逃げた中国人男性を確保したようです」

「何で新橋署が？」

「管内に入りこんできたとしか言いようがないですね。そんなに考えもなしに動いている人間なんでしょう」由宇は冷ややかだった。「この後、千葉県警に引き渡しますけど、綿谷さんも顔を拝んでおいた方がいいんじゃないですか？　早朝から叩き起こされたんだし」

「何でそんなこと知ってるんだ？」

「綿谷さんの十分後に、私のところに電話がかかってきました」由宇の声は、確かに眠そうだった。

「分かった……千葉県警を待たせるわけにはいかないから、間に合えば顔を見ておくことにする。このまま直行するよ」

「私も新橋署に行きます」

「向こうで落ち合おう」

これには何か意味が……いや、単に犯人が間抜けなだけだろう。しかし、おそらく拳銃を持っているであろう容疑者を、よく無事に捕まえたものだ。

ここから事態はまた、大きく動くだろう。ただし、それがどこへ向かうかは、綿谷にはまったく読めないのだった。


新橋署へ着くと、綿谷は真っ直ぐ副署長の土屋《つちや》の席へ向かった。土屋も柔道四段の猛者《もさ》である。綿谷よりも二歳年上で、稽古場ではよく乱取りで手を合わせる。なかなか勝負がつかず、実力は五分五分と綿谷は判断していた。

「あれ、あんた、どうしたの」土屋が自分の額を指差した。

「ちょいと怪我しましてね」このニュースは彼のところには入っていないのだろうかと、綿谷は訝った。ニュースでは綿谷の名前は出ていないが、警察の中ではあっという間に噂が広がるものだ。「帽子は傷隠しですよ」

「五十にしてお洒落に目覚めたかと思ったよ」

「そんな金の余裕も暇もないですよ……千葉の容疑者は、まだいますか?」

「ああ。今、向こうの刑事さんの到着待ちだ。しかし、えらいお客さんを抱えこんだよ。警察官を殺した人間だからな。何だったら、事故を装って痛い目に遭わせてやるべきだったかもしれない」

「それじゃ、事件は解決しませんよ」

「それであんたは?　何でここへ?　まさか、SCUが手を出すんじゃないだろうな」

「情報収集というか、調整役というか、うちが噛んでいた事件の関係者が、この事件にも絡んでいるんです」

「SCUは、ついに県の壁も越えて活動し始めたか。またいろいろなところで恨まれるぜ」

「もう十分恨まれてますよ。顔だけ拝ませてもらっていいですか?　今、どうしてます？」

「うちの刑事が簡単に話を聴いている。中国語が話せる奴がいてね」

「新橋署には優秀な人材がいるんですね」

「無理言って、配置してもらったんだよ。うちの管内には外国人が多いから、何かとトラブルがね……英語、韓国語、スペイン語に中国語」土屋が指を折った。「この四ヶ国語については、スペシャリストを集めている――おい」

土屋が、警務課員に声をかけた。若い制服警官が立ち上がり、副署長席の前で直立不動の姿勢を取った。

「ＳＣＵの綿谷警部だ。刑事課へ行って、俺の紹介で来たと言ってくれ。例の、捕まえた奴の顔を拝みに来たと」

「了解です」

綿谷は若い刑事に案内されて、二階の刑事課へ向かった。刑事課長の西村《にしむら》に紹介されるが、そもそも西村とも稽古で顔を合わせる間柄である。ただし西村の場合は剣道だが。若い刑事が事情を話すと、西村がすぐに立ち上がる。横に大きな男だが、太っている感じではなく、全て筋肉のようだ。

「千葉県警には、酒を何本貰えばいいかね」綿谷に訊ねる。御礼は酒で――という文化がまだ、警察にはあるのだ。

「逮捕するのに苦労したか？」

「いや、それは……普通の職質で。ただし、銃を持ってたから、危険度百パーセントの中での必死の業務だったよ」

「了解、了解」

ここの取調室には、昔ながらのマジックミラーもある。今はマイクを切っていて音声は聞こえないが、中の様子はよく見える。

逮捕された中国人は、小柄な若い男だった。むっつりした表情で、腕組みをして取り調べを受けている。口が開かない……黙秘を貫いているのは明らかだった。

「ここではどこまで調べる？」

「身元の特定と、拳銃の所持に関してだけだ。千葉の事件については、千葉県警で調べる」

「ちょっと……引っかかっていることがあるんだが」

「何だ？」

「俺に、少し話させてくれないか？　別に問題ないだろう？」

「まあ……いいけど」西村が頬を搔いた。「内密にな。あんた、一応部外者だし」

「一応じゃなくて、完全に部外者だよ」

西村が取調室のドアを開けて、担当の刑事を呼んだ。二人が話している間、綿谷はドアを押さえて開けたままにして、中にいる男を監視し続けた。一応、記録係として若い刑事がもう一人中にいるので、逃亡の心配はないだろうが。

ほどなく二人の話し合いが終わり、綿谷は取調室に入った。本来、取調室に入るのは三人——事情を聴かれる容疑者、取り調べ担当の刑事、そして記録係の刑事だけだ。四人もいると、急に部屋の温度が上がったような感じがする。

「何をぶつけるんですか？」

「中国人の名前。今回、あちこちで名前が出ているんだ。いろいろな事件のハブなのかもしれない」

「名前は？」

「張敏。その名前を知っているかどうか、確認してもらえないか」

「了解です」

刑事が椅子を引いて座り、低い早口の中国語で質問をぶつけた。途端に、相手の中国人の顔色が変わる。真っ青だったのが真っ赤になり、口をぽかんと開けた。刑事も異変に気づいたようで、声のトーンを高くして質問をまくしたてる。

中国人は急に立ち上がり、大声で喚いた。目の前に幽霊でも出たような勢いで後退《あとずさ》り、壁に背中をぶつける。記録係の刑事が立ち上がり、中国人の肩に手をかけて無理やり椅子に座らせた。中国人の息は荒く、大きく肩を上下させている。異様な恐怖と興奮——

それの意味するものは何だ？

3

新橋署に逮捕された中国人——名前は周浩宇《ヂョウハオユー》と分かった——は、習志野署へ連行されていった。その様子を見送った綿谷と由宇は、歩いてSCUに戻った。綿谷は昼飯を食べ損ねていたが、食事している暇も気持ちの余裕もない。

「綿谷さん、ご飯食べました？」由宇がいきなり聞いてきた。

「まだだけど」

「軽く食べていきません？」

「時間、ないだろう」

「だったら、立ち食い蕎麦《そば》でも」

「いや、それは……」由宇の口から「立ち食い蕎麦」というワードが出てくるとは思ってもいなかった。「高級イタリアンレストランの娘が、立ち食い蕎麦なんか食べちゃ駄目だろう」

「立ち食い蕎麦は日本を代表する食文化ですよ。海外からの観光客は、日本に到着してからの第一食に、立ち食い蕎麦を選ぶべきです」

何だそれは、と言おうと思ったが、そんな話をしているうちに腹が減ってきた。それに立ち食い蕎麦なら、普通に食べて十分、急げば五分もかからない。大きなタイムロスにはならないはずだ。

綿谷も何度か入ったことのある店に行き、綿谷は天ぷら蕎麦、由宇は冷やし天ぷら蕎麦を頼んだ。

「今日は冷やしの陽気じゃないだろう」

「私、立ち食い蕎麦に関しては、絶対的な原理に気づいたんですよ」

「何だ？」

「冷たい方が間違いなく美味しいです」

「その結論に至るまで、どれほど食べ歩いたんだ？」

「それほどでもないです。何回か食べれば分かりますよ。立ち食い蕎麦屋の麺って、温かいお汁に入れるとふやけやすいんです。冷たいのは、しゃきっとしたまま食べられますから。蕎麦粉と小麦粉の配合の問題だと思いますけど」

「へいへい」

適当に相槌を打ちながら、綿谷は自分の天ぷら蕎麦を受け取った。こっちは四十年ぐらい、立ち食い蕎麦を食べ続けている。由宇よりずっと造詣が深い——と思ったが、今日の蕎麦は伸びて、気が抜けていた。一方、由宇の冷たい蕎麦は、確かにしゃきっとし

択だ。

て見える。

若くて優秀な人間は間違いなくいる。言うことを聞いておこう。次回からは冷やし一

ＳＣＵに戻ると、ざわついた空気が流れていた。八神も最上も、結城まで電話にかじりつき、難しい表情で話をしている。ＳＣＵがフル回転することだろうかと、綿谷は疑念を感じた。

結城が電話を切り、ノートパソコンに向かう。しばらくキーボードを叩いていたが、八神と最上が相次いで通話を終えたところで声を上げた。

「全員、ちょっと聞いてくれ。千葉県警、岩手県警との合同捜査の件だ。これまで、バラバラの事件だと思われていたが、関連性が認められる。その中心にいるのが張敏だ。捜査共助課が仕切って、合同捜査の準備をしているが、うちにも入ってほしいという要請が来た」

綿谷は由宇と顔を見合わせた。これは異例というか、おかしい。県警同士による合同捜査は時々あるが、警視庁が参加する場合、基本的には捜査共助課が仕切る。ＳＣＵが捜査に入ったことは一度もない。何か知ってるか——と由宇に視線を送ったが、彼女は首を横に振るばかりだった。由宇も何も聞いていないわけか。結城が無理やり話をねじこんだのではないだろうか。

「今日、午後六時から関係者によるオンライン会議を行う。うちからは綿谷と朝比奈、二人が出てくれ」

「分かりました」さも当然という感じで由宇が応じた。

「綿谷は、今回の一件の全ての始まりのようなものだから」結城が指摘した。「当面の仕切りは、捜査共助課の島《しま》管理官が行う。向こうから連絡があるはずだから、それまでにこちらで報告できることをまとめておいてくれ」

「現段階での最新情報ですが、新橋署で逮捕した周浩宇は、張敏という名前に異常な興奮反応を示しました。供述はしていませんが、ボスの名前がバレたような動揺ではないかと私は感じました」

「ここでも張敏か」結城が眉根を寄せた。「奴はそんなに大物なのか？」

「帰国してしまっているので、何とも言えません。日本国内での具体的な活動も分かっていないんです」由宇が指摘した。「キャップ、会議に参加する部署を正確に教えていただけますか？」

「盛岡中央署、我孫子署、習志野署と警視庁の暴対課、それにうちだ。新橋署も、オブザーバー的に入る。新橋署に関しては、次の会議には呼ばないかもしれないが……あくまで、今日、周を確保した経緯を話してもらうだけだ」

「了解です」言って、由宇が手帳に何か書きつけた。

　こちらは情報の整理……綿谷は、手帳とボールペンだけを持って、打ち合わせ用のテーブルに移動した。普通はパソコンを使って情報を整理するのだが、綿谷はよくこうやって紙とペンに頼る。手を動かして、紙に字を書く感覚を味わっているうちに、思いもよらぬアイディアが浮かんでくることがあるのだ。パソコンのキーボードでは、何故かそうはならない。

　綿谷はその作業に没頭した。

　外へ行く予定がないので、キャップも脱いでしまう。そして気づくと、傷跡を指先で触っているのだった。痛いわけではないが、やはり気になる。髪が伸びてくれれば隠れるだろうが、それまでにどれぐらい時間がかかるか……そして将来、禿頭《とくとう》になってしまったら、傷跡は丸見えだ。あまり気持ちのいいものではないから、そうなったらずっとキャップを被ることになるだろう。

　途中、最上がコーヒーを淹れてくれた。

「ちょっと休んで下さいよ」

「ああ、悪い」

「傷、大丈夫なんですか？」最上が心配そうに訊ねる。

「痛くはないんだけど、引き攣る感じだけが残ってる」

「結構グロい傷跡ですよね」

「そうなんだよ。こういうのをアピールするのが好きな奴もいるけど、俺は早く髪が伸びて欲しいよ。しかし、もうちょっと綺麗にやってくれればよかったのにな。頭の手術なんかだと、今はほとんど髪も剃らないらしいぜ」

「そうなんですか？」

「メスを入れるところだけ、細く刈りこむそうだ。そうすると、髪の毛を下ろせば見えなくなってしまう」

「今回は緊急の手当だったんだから、しょうがないでしょう」

「医者も同じことを言ってたよ」

「じゃあ、俺の発想も医者と同じってことで」

「そういうことにしておこう」

最上と話して、すっと気が楽になった。この男はメカニック担当、ＩＴ担当として得難い存在だが、ムードメーカーとしても有能だ。

「そう言えばお前、バンドの方、どうしてる？」

「いやあ、なかなか」最上が苦笑した。「社会人バンドって難しいんですよ。俺らの年代だと、皆忙しいから、なかなか練習の時間が合わないんです。独身の人間も結婚している人間もいるから、それぞれ事情が違うし。むしろ五十代の人の方が、バンド活動は上手く行くみたいですよ。気持ちに余裕もあるし」

「じゃあ、何で俺はこんなに忙しいんだろうな？」

「綿谷さんは、自分で仕事を持ってきちゃうからですよ」

「それは否定できないな」

　五時まで情報の整理を続け、その後、由宇と打ち合わせをした。由宇は暴対課と話したようで、その件を神妙な表情で話してくれた。

「暴対は、自分のところの事件を持っていかれるというか、注目されなくなってしまうのを嫌がってますね。そもそもは、暴対が手配した菅原の事件だったわけでしょう？単純な事件だったはずなのに、どうしてこう、いろいろと余計なことが起きるのかって」

「誰と話した？」

「中崎さんです。担当管理官ですよね」

「あいつの言うことは気にするな。昔から愚痴っぽい奴なんだ」

「お知り合いですか？」

「同期。暴対でずっと一緒に仕事をしていた」

「じゃあ、綿谷さんの分析は確かですね……気にしないようにします」

　午後六時。警察の専用オンライン会議システムを使って、会議がスタートした。結局、ＳＣＵは全員が居残って、無音のまま会議に参加している。話だけ聞いておこうということだが、最上はソフトを立ち上げた瞬間、文句を言った。

「これ、使いにくいんですよね」

「俺はもう慣れたぜ」

「いや、もっと使いやすく改良する余地はあるんですよ。俺だったら、一ヶ月でやれます」

「だからって、サイバー犯罪対策課に――」

「そういう意味じゃないです」最上が顔の前で手を振った。

六時ちょうどに、捜査共助課の島管理官が画面に入ってきた。画面がブレるように動く……ウェブカメラの位置を調整しているのだろう。ほどなく、予想外に大きな咳払いをした後で、島が話し出した。ゴツい顔――四角い顎に巨大な鼻、大きな口という押し出しの強いルックスなのだが、声は甲高かった。

「お疲れ様です。警視庁捜査共助課の島です。今回、警察庁の指導もあって、異例ですが、各県警と警視庁をつないで合同捜査を始めることにしました。警察庁では、一連の事件に関連があると見ており、全容解明が急がれます。各セクションで担当している捜査を進めていただくと同時に、それが他のセクションの捜査に影響していく可能性があるので、刑事総務課で情報の取りまとめをして、すぐに全セクションで共有します。そのほかにも、毎日この時間にオンラインで会議を行い、すり合わせを行います。まことに異例になりますが、非常に大きな事件になる可能性がありますので、ご協力、よろしくお願いします」

警察庁が直接指導しているのか……異例の展開である。もしかしたら、警察庁は何か新しい捜査方法を模索しているのかもしれない。

「ではまず、岩手県警、盛岡中央署から、現段階で分かっていることの報告をお願いします」

角谷が話し出した。

「一つ、非常に重要なことなんですが、菅原が張敏の名前に反応しています。はっきりと関係は言わないんですが、張敏に怯えている印象を受けています。ただし、まだ長時間連続した事情聴取はできないので、確定した情報とは言えません」

我孫子署の谷田貝真衣子も、同じような話を持ち出した。

「覚醒剤の使用容疑で逮捕した本沼紗奈ですが、こちらも張敏との関連については、完全に供述してはいません。習志野署で逮捕した弟の雄太が知っているから、そっちに聞いてくれと言っています。この情報は、習志野署とは共有しています」

習志野署の刑事課長、中井《なかい》がすぐに発言した。

「本沼雄太ですが、張敏の話を持ち出すとパニックになりました。今回の覚醒剤事件の黒幕ではないかと想定して追い詰めたんですが、証言になりません。それが逆に怪しい感じに思えています。明日以降、家宅捜索などで捜査の範囲を広げつつ、張敏の件についても追及していきます」

　それを受けて、中崎が報告を始めた。綿谷が知っているよりもずっと深く広く、捜査網を広げていたようだ。

「張敏の足取りを追跡しています。張敏は四年前に日本に来て、二年前からは本沼紗奈の家に転がりこむ形で同棲を始めていました。化粧品を中国へ輸出する会社を東京で作る準備をしていたという話ですが、大阪にも何度か行っていることが分かっています。そこで、菅原と行動を共にしていた――二人で、キャバクラやクラブに顔を出していました。ただの呑み友だちとは思えません。菅原が通っていた店の情報は、盛岡中央署さんに流しますから、今後の追及に利用して下さい」

「ありがとうございます」角谷が丁寧に頭を下げた。

「現在、暴対では大阪での捜査を続行しています。菅原は、大阪の風俗店に通っていたことが分かっていますから、大阪に住んでいた可能性が高い。そこから逃亡の足取りを摑んでいきます」

「これまでの話だと、関係者全員が何故か張敏を恐れている。張敏の日本での動きを、もっとはっきりさせたい。貿易会社を作ろうとしていたなら、他にも協力者がいたはずだ」島が指摘した。

それからも細かい情報のすり合わせが続いた。綿谷はずっとメモを取っていたのだが、途中から混乱してしまうぐらい細かい……この事件全体の設計図を描くには、毎日こうやって情報交換した後、チャート図でも作っていかないといけないかもしれない。

「綿谷警部」一時間ほどが過ぎた後、島が話を振った。「怪我の具合は？」

「今日、抜鉤しました。一応完治です。大変ご面倒をおかけしました。特に我孫子署の皆さんにはお詫び申し上げます」

「何かつけ加えることは？」

「散々話が出ましたが、やはり張敏の行動と狙いを明らかにするのが大事だと思います。こちらも独自に動いて、情報を収集しますので、引き続きよろしくお願いします」

「何かあった時に、SCUには遊軍的に動いてもらうことになるかもしれないので、そのつもりで。当面は、張敏の行動を洗う捜査に専念して欲しい。結城警視、入っていますか？」

「入っています」結城が音声をオンにした。「SCUも、この捜査に参加します。何なりと指示して下さい」

「了解……」島が手元のメモに何か書きつけ、顔を上げた。「では、明日も午後六時に会議を行います。何か事情があって参加できない場合は、事前に私の方へ伝えて下さい。この事件は、背景が見えていないが故に、様々な問題を孕《はら》んでいます。市民生活を不安にさせないためにも、一刻も早い全容解明を目指しましょう。では、お疲れ様でした」

「お疲れ様です！」

一斉に声が揃った。綿谷は溜息をつき、自分で書き殴ったメモを読み返した。あまりにも情報がとっ散らかっており、話がまとまらない。しかし文字列からは、張敏を中心にした犯罪組織の存在が浮かび上がってくる。その犯罪組織は、今も生きているのだろうか。張敏が中心人物だったら、彼が帰国したことで動きが止まってしまった可能性もある。

中国で捜査――はさすがに無理があるか。

張敏が再入国する可能性もある。もしもあの男が日本で犯罪組織を作っていたら、それを放置したまま帰国したとは思えない。もしも菅原や本沼紗奈が仲間だったとしても……二人が張敏と対等なパートナーとは限らない。単なる手足で、いくらでも補完できるとすれば、スペアパーツを入れ替えて組織を再起動するために、再入国する可能性もある。何年もかけて準備してきたのだとしたら、完全に捨ててしまうとは思えなかった。

少しでも情報が欲しいから、まず富島にあたろう。今日は空振りしたくないから、事前に連絡を入れてみる――しかし携帯電話の電源は切られていた。店の方に電話すると「今日は来ていません」とあっさり言われてしまった。何か変だ……富島は、よほどのことがない限り、夜は歌舞伎町のあの店にずっと詰めているはずなのに。

「よほどのこと」があったのか。

「どうかしました？」自分で意識しているよりも渋い表情を浮かべていたのか、由宇に声をかけられた。

「いや、富島が摑まらないんだ」

「そういう時もあるでしょう。それより、明日以降どうするか、相談しましょう。張敏は、やはり暴力団の世界では知られた存在だったようじゃないですか」

「ああ。警戒されていたみたいだな」

「前にも、八神さんと最上さんが当たっていましたけど、当たれる人間、他にもいますよね？　綿谷さんのお友だちで」

「あいつらをお友だちだと思ったことは一度もないぞ」綿谷は苦笑した。

「――何でもいいんですけど、話を聞けそうな人のリストを下さい。手分けして当たりましょう」

「今から割り振るか？」

「いえ」由宇が壁の時計を見た。既に午後七時になっている。「明日の朝にします。綿谷さんには、今夜リスト作りをしていただかないといけませんが」

「それはやっておくよ」綿谷はうなずいた。

残業せずとも、家でできる作業だ。綿谷は、長年付き合ってきた暴力団組員の名前と連絡先を一覧にして、自宅のパソコンに保存している。普通、こういうのは業務用のパソコンかスマートフォンで管理するものだろうが、綿谷は情報流出を恐れた。スマートフォンに登録してある電話番号はごく一部なのだ。実際に昔、捜査二課の刑事が業務用のスマートフォンを紛失し、大問題になったことがある。その時は、連絡先などの情報が実際に流出したかどうかは分からなかったが、それ以来、「結局、紙の方が安全」という暗黙の了解が成り立っている。一番いいのは、連絡先の情報をそのまま覚えてしまうことだが、そんなことができるのは、捜査一課の刑事・岩倉剛《いわくらごう》ぐらいである。岩倉は自分が関わったわけでもない事件のディテールまで事細かに覚えているし、電話番号などはどれぐらい頭に入っているか分からない。しかも、努力せずとも覚えてしまう、特異な記憶力の持ち主なのだ。

人間、様々だ。しかし岩倉のように特殊な記憶力を持っていたり、八神のように人が見えないものを見つけ出す力を持った人間なら、間違いなく捜査の役に立つ。翻って自分は……格闘技には自信があるが、そんなものが捜査で生きる機会は少ない。逮捕に赴いて犯人が暴れ、その場で制圧しなければならないことなど、ほとんどないのだ。綿谷自身、長い警察官生活の中で、そういう機会は数えるほどしかなかった。もちろん、将棋や囲碁は、コミュニケーションの手段としては役に立つが。

果たして自分がＳＣＵに必要な人間なのか……そう考え始めると、盛岡へ帰ることがまた頭に浮かんでしまう。

4

翌朝、ＳＣＵに出勤すると、すぐに打ち合わせを始めた。念のため、二人一組で動いて、綿谷の情報源に当たっていくことにする。八神と最上。綿谷と由宇。その組み合わせにしようと決めてターゲットの割り振りを始めた時、どこかと電話で話していた結城が通話を終え、「待った」をかけた。

「綿谷、朝比奈とは俺が組む」

全員の目が結城に集まった。キャップ自ら現場へ？　これまでもそういうことはあったが、それは緊急で人手が足りなかったからである。今回のような聞き込みに手を貸したことなど、一度もなかったはずだ。

「綿谷警部、出勤してきたばかりで申し訳ないが、我孫子署へ行ってくれないか」

「何かありましたか？」

「捜査共助課の島管理官の指示だ。管理官が我孫子署と話していたんだが、君を本沼紗奈の取り調べに投入することに決めた」

「それは……あり得ないでしょう。我孫子署の獲物ですよ」

「暴対が張敏の行方を追う中で、一番手がかりになりそうなのは本沼紗奈だ。ただし暴対は今フル回転で、人手が足りない。そこで、綿谷警部に白羽の矢が立った」

「異例ですよ」綿谷は抵抗した。これまで、他の部署の仕事に割って入って嫌な顔をされたことは何度もある。他県警に対してまでそんなことをしたら、その程度では済まないだろう。我孫子署は、この話にOKを出したのか？

「古巣を助けると思って行ってくれ」結城は譲らなかった。

「命令ですか」綿谷は逆らった。

「誰かが助けてくれと言ったら、手を貸すべきじゃないか」

「――しかし」綿谷は食い下がった。

「うちは、あちこちと軋轢《あつれき》を生んでいる。こういう機会を活かして、少しは評判を上げておこう」

軋轢を生んでいる主な原因はキャップなのだが……他の部署を怒らせるような指示を出しているのは結城である。SCUの、というか自分の評判をアップさせようとしているのか？

しかし綿谷自身、もっとこの事件の真ん中に突っこんでいって、真相を知りたいという欲望に次第に突き動かされている。その根源にあるのが、自宅近くで張敏と思われる人間に襲われたことだ。攻撃を回避して反撃できなかったのは、長年武道を続けてきた人間として最大の屈辱である。常に気を張って、警戒を続けねばならないのに、あの時は完全に気が抜けていた。

落とし前が必要だ。そのためには、誰かの捜査を待っているわけにはいかない。自分で動くしかないのだ。

張敏の愛人である本沼紗奈を落とす。それが張敏に近づく、一番早い方法ではないだろうか。


出勤してきたばかりで、自宅近くの所轄に行くのは、何か変な感じがする。この往復の時間は完全に無駄になるのだが……これは仕方がない。

我孫子署へ行くのに、メガーヌを使おうかとも思ったのだが、結局電車にした。首都圏では、車よりも鉄道の方が速くて安全に移動できることが多い。それに、移動中に連絡なども取りやすい。最近は、人と連絡するのに、電話ではなくメールやメッセージを使うことが多いので、それを考えても車より電車だ。

我孫子署に着くと、真っ先に真衣子に挨拶した……ご機嫌取り。自分を呼ぶことに、本当は抵抗感があるのではないか。真衣子は淡々としていた。

「何だかお節介したみたいで悪いですね」綿谷は下手に出た。

「いえいえ、総合的な判断ということです。警視庁さんに押し切られたということもありますけど」

「暴対ですね？」言いながら綿谷は苦笑した。「奴らも勝手なことを……すみませんね」

「いえ、何か、大きなことに巻きこまれているような気がします」

「確かにこの合同調査は、警察庁の肝入りでしょう。でも、直接口出しはしてきませんよね」

「うちの上の方で」真衣子が天井を指差した。「いろいろやってるみたいです」

「署長？」

「いえ、本部の刑事部長とか本部長レベルで」

千葉県警の刑事部長も本部長もキャリア官僚で、独特のつながりがある。キャリア同士の間で何か密約があって、この捜査が異例の形で進んでいる——というのは、想像の翼を広げ過ぎだろうか。

「あまり人のことを考えない方がいいですよ」綿谷は忠告した。「あの人たちは、そもそもの考え方や行動パターンが、我々とは全然違うんですから。それに合わせて考えていると、混乱するばかりだ」

「そして、上から降ってきた指示には黙って従う、ですか」真衣子が悲しそうな表情を浮かべる。

「宮仕えの悲しさですね……どう行きますか」

「うちの赤石巡査部長と打ち合わせて下さい。取り敢えず、対処法を確認して——対処できてないんですけどね」

「赤石巡査部長には、後で一杯奢りますよ。私のせいで気分を悪くしたら申し訳ない」

「そのツケは、ずっと上の方に回して下さい。我々は全員、被害者みたいなものでしょう」

「私はリアルな被害者ですけどね」綿谷は額の生え際を指差した。キャップで隠れているが、やはり気になる。

「その――キャップを被ったまま取り調べします？」

「まずいですかね？」取り調べる方の服装に決まりはない。もちろん、相手を嫌な気分にさせないことは最低条件だが、額の傷跡はどう考えるべきだろう。人によっては、この醜い傷跡に不快感や恐怖を覚えるかもしれない。

「何とも言えません」

「こんな感じなんですけどね」綿谷はキャップを取って傷を見せた。

「うーん……処置したお医者さん、あまり腕がよくなかったんじゃないですか？」

「そうかもしれませんけど、病院の悪口は言えないですよね」

「被っておいた方がいいでしょう」

　真衣子にそう言われて、綿谷は一つの作戦を思いついた。大した作戦ではないが、一直線に攻めているだけでは埒が明かないような気がする。

キャップを被り直した。真衣子が取調室に入り、取り調べを一時中断させて赤石を呼んでくる。赤石は感情の揺れを感じさせない淡々とした表情で一礼した。

「赤石巡査部長、これまでの取り調べの様子を総括して、綿谷警部に教えてあげて下さい」

「分かりました——こちらへどうぞ」

赤石が自分の席に座った。空いていた隣の席を綿谷に勧める。

「変な話ですみません」綿谷は最初に謝った。

「いえいえ。私は指示通りに仕事をするだけなので。でも、情けないですよ。完落ちさせられないんですから」

「覚醒剤については？」

「黙秘しています。ただこれに関しては、尿検査で明確な結果が出ているので、問題ないでしょう。問題は、張敏の件です。これについては完全黙秘で、つながりを証明する材料もない」

「喋るとヤバいということが分かっているんでしょうね」

二人は細かく打ち合わせをした。赤石がどこまで突っこんでいるか、それに対する紗奈の反応はどうだったか。

打ち合わせを終えて取調室に入ろうとした時、スマートフォンにメッセージが着信した。由宇からの意外な情報だった。というより、別れてから二時間ほどしか経っていないのに、よくこの情報を引き出したものだと感心してしまう。由宇と一緒に動いている結城か？　公安出身の結城は、非常に広い人脈を持っているが、刑事としての手腕は、綿谷たちには分からない。もしかしたら、相手と対峙《たいじ》して十分で本音を引き出してしまうような凄腕なのだろうか。そんな感じにも見えないのだが……続けて由宇からまたメッセージが入る。これも使える話だ。こちらを先に持ち出し、紗奈を揺さぶろうと決めた。

この件を赤石と話し合う。赤石が一瞬、苦々しい表情を見せた。

「悪いな。こっちが有利な材料を持ってから始めるみたいで」綿谷は即座に謝罪した。

「いや、逆にうちの連中は何をしてたんだと思いますよ。こういう重大な情報を集められなかったんだから」

「うちは、突っこみどころがよかったんでしょう」綿谷は慰めるように言った。「数撃ちゃ当たる、ということもありますし」

「さすが警視庁です」

「そんなこともありませんけどね。地の利もあります。何しろマル被は東京の人間ですから」

「では――お手並み拝見と行きますよ」

「緊張しますね」綿谷は肩を上下させた。

実際綿谷は、取り調べに自信があるわけではない。若い頃から、現場で聞き込みをしたり、扱いにくい暴力団の組員と関係を築いたりすることは得意だった。ところが、狭い取調室の中で容疑者と対峙すると、妙に緊張してぎこちなくなってしまうのだった。

ドアを開け、一礼する。部屋の奥に座った紗奈は、ちらりとこちらを見ただけだった。見る度に体が細くなり、弱ってきているようだ。

「警視庁の綿谷です。特別に、取り調べを交代します」

警察慣れしている容疑者なら、ここで「どうして警視庁が」と突っこんでくるところだ。しかし紗奈は何も言わない。言葉を完全に失ってしまったようだった。こんな感じで、よくジムのインストラクターとして働けたものだと思う。ああいう仕事では、コミュニケーション能力が大事だと思うが。

「怪我はどうですか。膝の具合は」

紗奈が顔を上げ、ぴくりと頰を痙攣させた。

「膝と腰は、運動する人にとっては基本の基本だよね。ここがしっかりしていないと、何もできない。でも、酷使することが多いから故障もしやすい。あなたは右膝をやったそうだね。学生時代？　エアロビクスを続けていくためには、致命的な怪我だったんじゃないか？」

「私は……」

「ああ」綿谷は両手を組み合わせて、静かにテーブルに載せた。口を閉じ、紗奈の次の言葉を待つ。

「ずっとエアロビクスをやってきて、大きな大会にも出られるようになって、将来は自分でスタジオを持ってインストラクター……なんて想像してた」

「それだけ真剣に取り組んでいた、いい選手だったわけだ」

「そんなこと、分かるの？」急に挑みかかるような態度で、紗奈が言った。「警察官なんて、スポーツに関係ないでしょう」

「エアロビクスみたいな有酸素運動には縁がないけど、体を動かすのは商売みたいなもんだ。俺も警察官になる前から柔道と空手をやっていて、警察官になってからは剣道にも取り組んでいる。汗も流したし、痛みも味わった。ただし幸いなことに大きな怪我はしていないから、あんたのように痛み止めに頼る必要はなかった。あんたの場合は、痛み止めではないだろうが……むしろ、体を内側から食い荒らすようなものを摂取してるんだぜ」

「そんなの、個人の自由じゃん」紗奈がそっぽを向いた。

「ところが、日本では覚醒剤の使用は禁止されている。日本に住んでいる限り、日本の法律に従うのは当然だし、何より覚醒剤は体を蝕《むしば》むものだ。一時的な快感は得られるかもしれないけど、最終的には薬に食われて、体がぼろぼろになる。そうなったら、回復するには長い時間がかかるし、時間をかけても回復しないこともある」

「自・己・責・任」一音一音を区切るように言った。

「でもあんたは、俺たちに捕まった。俺たちは、あんたが覚醒剤を抜く手助けをしなくちゃいけない。それも警察の仕事なんだ——怪我はそんなにひどかったのか？」

「膝はずっと痛めてた」紗奈が打ち明けた。「だんだんひどくなって、大学生になる頃には、足を引き摺《ず》らないと歩けないぐらいだった。でも、その頃にはもうインストラクターのバイトもしていて、休めなかったから、痛み止めを服みながら誤魔化して……でも、もうどうしようもなくなって手術を受けて、それでも完治しなかった」

「そこで覚醒剤か」

「勧められて服んだ薬がすごく効いて、何かおかしいと思ったけど、膝の痛みを忘れられるならどうでもいいと思った」

「誰から貰った？」既にその頃から、暴力団などと関係があったのだろうか？　あるいは張敏のような中国人と？

「大学でエアロビクスをやってた仲間」

「男性？」

「女の子——その子の名前は言わない。言っても無駄」

「あんたを覚醒剤中毒に引きずりこんだ人間だぞ」綿谷は厳しい口調で決めつけた。

「要するに、覚醒剤の売人じゃないか。買ってたのか？」

「最初はタダでくれた。でもそのうち、金を払うようになって」

「大学生で、よくそんな金があったな」覚醒剤は肉体を蝕むと同時に、財布を痛めつける。やめる理由が「金が続かないから」という人もいるのだ。ただし、その頃には売人に搦《から》め捕《と》られて、本人も売人になってしまったりする。

「それは、別に……」

「あんたに覚醒剤を売った人間の名前を言ってくれないか？　話が聴きたい」

「無理」

「言いたくない？」

「話せないよ——死んだから」

「覚醒剤のせいか？」綿谷は胸に小さな痛みを感じた。

「ある意味ね」紗奈が皮肉っぽく言った。

「ある意味？」

「自殺した。死ぬ前には、明らかに言動がおかしくなっていて。大学の校舎の三階から飛び降りて、大騒ぎになったことがある。その後に、新宿の雑居ビルの屋上から飛び降りた。絶対に死ねる高さから」

「あんた、大学を卒業した後に留学してるだろう。それは何のために？」思う存分覚醒剤を使うためか？　海外には、日本で違法とされる薬物が合法に処方される国もある。アメリカなら、大麻などに触れる機会も多いだろう。

「……抜こうと思った」

「そうなのか？」

「だって、あの子が飛び降り自殺したんだよ？　自分も同じように追いこまれると思って怖かった。それに大学を卒業する頃には、お金にも困ってきて……インストラクターのバイトだけじゃどうしようもなくて……」

「別のバイトを始めた？」体を売った、とすぐに察した。覚醒剤に手を出した女性が陥りがちな穴である。手っ取り早く金を稼ぎたい女と、手っ取り早く女を抱きたいと欲望をむき出しにする男。覚醒剤は、そういう関係を生み出すこともある。

「だから……」

紗奈が言い淀む。綿谷は黙って待った。「売春だろう」と指摘するのは簡単だし、言えば彼女も認めるかもしれない。しかしここは、紗奈自身の口から聞きたかった。だが、紗奈は、唇を硬く引き結んだままだ。

「だから？」綿谷は少しだけ急かした。

「売春」紗奈がぽつりと言った。「それを聞いて満足？　覚醒剤が欲しい女のところには、そういう男が集まってくるんだよ」

「マル暴にやらされたんじゃないか？　そいつが誰か分かれば、今から逮捕して叩いてもいいぞ」

「もう、いいよ。アメリカへ行った時に、連絡先は全部消したし」

「金もないのに、よくアメリカに留学できたな」

「叔父さんが、仕事でニューヨークに赴任してて。頼っていって、語学学校とエアロビクスの学校に通った。薬は抜けた。駄目かと思ったけど、案外簡単に。でもまた、膝の痛みがひどくなった」

「向こうには、二年？」

「二年」

「帰ってきてから、今のジムで働き始めたわけか」

「卒業できなかったけど、ニューヨークでエアロビクスの学校に通っていたっていうのは、箔がつくんだよね」紗奈が自嘲するように言った。「それで働き始めて――でも膝は痛くて」

「結局覚醒剤に逆戻り、か。それは張敏からか？　それとも弟からか？」

「全然違う。別の人」

「マル暴か？」

「さあ」紗奈が首を捻る。「そういうのって、一々聞かないじゃない。私は、金曜の夜にセンター街に行って手に入れてただけ。そこに行けば買えるって知ってたから」

「弟は？　彼はどうしてヤクに絡んでたんだ？」

「それは……」

「あんたが教えた？」

「私はそんなことしないよ」紗奈が言い張った。「弟は、いい加減なところはあるけど、しょうがないんだよ。親と上手く行ってないし、不器用だから、就職してもすぐ駄目になっちゃったし」

「それで覚醒剤の運び屋になった？　何かきっかけがないと、そんなことにはならないだろう。闇サイトか？」

「……違う」

今時、ドラッグビジネスに手を染める人間の入口は、闇サイトが主である。昔は、暴力団組員が売人をスカウトしたりしていたものだが、今は薬物を売りさばきたい人間が闇サイトにバイトの案内を出せば、引っかかってくる人間が一定数いる。上手く行けば、その後はグループを組んで売りさばきを続けるパターンもある。

「この先の話は、言いにくいかもしれない。隠したいことだとも思う。張敏のことだ。張敏は、あんたにとってはいい加減な男だったんだよな？　一緒に引っ越すことになっていたのに、いきなり中国に帰国して、その後連絡が取れなくなってしまっている。実に無責任な話だと思うよ。憎んでないのか？」

「私は別に……あの人の本音が読めなかっただけだから」

「張敏は、化粧品専門の商社のようなものを作ろうとしていた。あんたはそれを信じた」綿谷は指摘した。ここで第二の情報を出すタイミングだろうか……しかし紗奈が、急に声を張り上げてまくしたてる。

「張敏は、私を利用してたんだよ。化粧品の会社なんて言い訳。隠れ蓑《みの》。あの男は雄太も引っ張りこんだ」

「ドラッグビジネスに？」

「私の弟なら信頼できるって……フラフラしていた弟は、すぐにその話に乗った。金もよかった」

「あんたはそれを黙って見てたのか？」綿谷の感覚では、紗奈はまともな倫理観とぼやけた常識の間を彷徨《さまよ》っている。覚醒剤を使うのは悪いことだと分かりつつ、止められないのだから。本当に覚醒剤を憎んでいたら、実の弟が売人になるのを許すわけがない。

「張敏からはヤクをもらっていたのか」

「家賃代わり？　あるいは体を好きにする対価かも」

「いずれにせよ、張敏があんたにとってヤクの供給源になっていた」

「それだけじゃない……私も弟も、張敏が怖かった。張敏は、なんとかっていう中国の武術の達人で、私たちの目の前で人を殺した」

「相手は？」この話が本当なら、闇は一気に深くなる。

「知らない」紗奈が首を横に振る。「中国人だけど……やっぱり仕事仲間。何かで揉めたみたい。中国語で話していたから内容は分からないけど、張敏は全然表情を変えないで、いきなりその男に殴りかかって、首を折った」

「折った？」頸動脈を絞めて気絶させるのなら分かる。柔道で言う「落とす」状態で、長く続けば命に関わる。しかし首を折る？　よほどの怪力でないと、そんなことはできないのではないか。

「首が変な方向に曲がって、弟に『脈を取ってみろ』って言うのよ。弟は泣きながら脈を確かめて……死んでいて……張敏は『人間の関節は全部外せる。頸椎も簡単だ』なんて言って笑ったのよ。いつでも殺せるし、これが初めてじゃない。お前らも裏切ればこうなる……そんなこと言われたら、逃げられない」

「警察に行けばよかった」

「そうしたらドラッグのことがバレる」

「死ぬよりましだ」

綿谷は指摘した。紗奈は震えながら涙をこぼすだけで、何も答えない。未《いま》だに張敏への恐怖に支配されているようだ。

確かに、目の前で人を殺されたら、殺した相手に逆らうのは難しくなるだろう。暗示にかけられたようなものだ。そして張敏が、何か武術の使い手だとすれば、自分がいきなり襲われて反応できなかったのも納得がいく。

しかし、二度目はない。プロは二度は失敗しない——俺はプロだ。

「それはいつ頃？」

「一年ぐらい前」

「死体はどこへ？」

「弟たちが命令されて、どこかへ捨てた。場所は知らない」

「それからずっと、張敏の言いなりか」

紗奈が無言でうなずく。ここは押すところだ——彼女がこんな目に遭っているそもそもの原因は、張敏にある。それを意識させ、膨れ上がった憎しみで恐怖を凌駕《りょうが》させれば、必ず事件の全容を喋る。

「張敏に対して、義理はないだろう。あんたは裏切られたんじゃないか？　そんな人間の肩を持つ必要はない。張敏が覚醒剤の売買に関わっていた可能性が高いことは、分かっているんだ」

この情報も、由宇が引き出していた。覚醒剤ビジネスの中心は今でも暴力団で、あの連中は新たな参入に関して異常に神経質である。大きな利益を持っていかれる可能性があるからだ。張敏は、暴力団のターゲット――要注意人物になっていたのだ。

「奴は、暴力団に追われて日本から逃げ出したのかもしれない。あんたは、ここにいる限りは安全だ。張敏の仲間を全部逮捕できれば、この後も心配しないで暮らしていけると思う」

「雄太は？」

「心配か？」

「別に心配でもないけど……どうしてるの？」

「非常にまずい状況だ。覚醒剤を大量に載せた車に乗っていて、運転していた人間は警察官を射殺して一人で逃げた――そいつは東京で捕まって、今、事件が起きた習志野の警察署に移送された。弟さんは、覚醒剤の件だけでなく、殺人事件への関与も問われる可能性がある」張敏が殺した相手の遺体を遺棄した件でも。

「しょうがないわよね」紗奈が溜息をついた。

「その件にも、張敏が絡んでいた？」

「たぶん。化粧品って、何の話っていう感じよね」紗奈が鼻を鳴らした。「危なかった。私も、もっとやばいことに巻きこまれていたかもしれない」

「密輸とか売りさばきに関わっていたら、確かにこれどころじゃ済まない」綿谷はうなずいた。「今のところあんたは、覚醒剤の使用で逮捕されただけだ。張敏が覚醒剤を提供して、断れずにそれを使っていたというなら、被害者と言ってもいいと思う。そういうシナリオで勝負してもいい」

「警察がそんなことしていいんだ？」

「事実関係を歪めるわけにはいかない。でも、その背景に何があったか、裁判を担当する検事に情報を伝えて情状を求めることはできる。あんたにはまだ、立ち直れる機会があると思うよ。若いんだから」

「そうかな」

「そのために協力するのも警察だ」

「ゆっくり思い出していい？」紗奈が探るように言った。「張敏とは一年以上一緒にいたけど、覚えてないことも多い。昔よりもずっとたくさん、薬を使ってたから」

張敏は、暴力による恐怖とドラッグで、紗奈をコントロールしていたのだろう。紗奈も薬物の誘惑に勝てずに覚醒剤に溺れた……負の連鎖である。

「まず、一つ思い出してくれないか？」綿谷は人差し指を立てた。

「何？」

「張敏と話していて、俺の名前は出なかったか？」

「あんた……名前は何だっけ？」

「綿谷亮介」

「聞いたことない」

「俺は張敏に襲われた。何もないのに、いきなりそんなことをするとは思えない」

「知らない」紗奈が首を横に振った。

「では、菅原大治は？」

「菅原……」紗奈の頬がぴくりと痙攣した。「あの……ちょっと髪が薄くなっていて、すごく痩せてる人？」

「ああ」

「うちに来たことがある」

「船堀の家？　いつ頃だ？」

「半年……よく覚えてない。一年も前じゃないと思うけど」

「家に何しに来たんだ？」

「さあ……私がジムの仕事から帰ってきたら家にいて、張敏が紹介してくれただけ。その後すぐに帰っちゃったけど。何だか慌ててた」

「あんたと会話は？」

「挨拶だけ。なんだか気味が悪い人で、私は挨拶だけして、あとは話してない」

「張敏とは親しい様子だった？」

「二人で家を出ていって、張敏はしばらく帰ってこなかった。呑んでたと思うけど」

「初めて会った相手じゃないね？」

「たぶん」

「張敏は、大阪へよく行っていた？」

「たまに。向こうで商談があるからって……本当かどうかは分からないけど」

だんだん糸が繋がってきた。揺さぶれば、紗奈はまだ話すだろう。ただし綿谷は、彼女の記憶力に疑念を抱き始めた。何というか……よく喋るものの、具体的な情報に欠ける。スマートフォンでも見ながら話せば、詳しい日付などを思い出すだろうか。

いつの間にか、午後一時になっていた。これはまずい。昼食休憩をちゃんと取らせるのも大事なのだ。気をつけないと、人権侵害を指摘される。

「休憩します。午後にまた話しましょう」

「今、何時？」

「一時」

「それでお腹減ってたんだ」

「腹が減るようなら、覚醒剤なんかすぐにやめられる」綿谷はうなずいた。覚醒剤の効果が現れている時は、空腹を覚えないものだ。「覚醒剤がダイエットに効く」などと言われて、女性に勧める人間が多い所以《ゆえん》である。「ではまた、午後に」

取調室から連れていかれる紗奈を見送ってから、綿谷は刑事課に行った。一つ息を吐き、真衣子に向かって目礼する。真衣子は肩を上下させた。彼女もずっとモニターで取り調べの様子を見ていて、気が張っていたはずだ。赤石がすっと寄ってくる。

「お見事でした」社交辞令ではなく、本気で感心しているようだ。

「いや、取り調べを始める直前にいい情報が入って、それに助けられましたよ」

「そういうスタッフがいるのが羨ましい。それに比べてうちは……」

「我孫子署に優秀な人が集まっていないとなると、管内の住人としては心配ですね」

「鍛え上げておきますよ……午後も続けますね？」

「上手く転がっているので、続けさせて下さい。何となく構図が見えてきたけど、まだ分からないことがある」

「綿谷さんがどこにはまるか」

「これまでの登場人物で俺の知り合いは、盛岡中央署に逮捕された菅原という人間です。しかしあいつが、俺を襲う計画を立てたとは思えない。指名手配犯ですから、余計なことをすれば逮捕されてしまう」

「盛岡中央署へ渡す材料ができたじゃないですか。向こうが叩いてくれますよ」

そして合同捜査は進んでいく――のか？

第六章　置かれた場所で

1

夕方六時のオンライン捜査会議に、綿谷は我孫子署から参加することにした。五時まで取り調べを続け、それから慌てて報告書をまとめ始める。正式な調書にはならない――それは、紗奈を逮捕した我孫子署の担当者が取り調べたものでないとまずいのだ。今回はあくまで参考。それでも、他の署の捜査を進める推進剤にはなると思う。

我孫子署ではオンライン会議用に、刑事課にある大型のモニターを使っていた。綿谷と真衣子、それに赤石がモニターの前に陣取る。ＳＣＵからは、代表として由宇がリモートで参加していた。

昨日と同じように、捜査共助課の島管理官が会議を仕切る。

「まず、我孫子署の方から……綿谷警部、今日は特別な取り調べでお疲れ様。報告をお願いできますか？」

「まだ曖昧な状況ですが、本沼紗奈は張敏《チャンミン》との関係を供述し始めています。覚醒剤が取り持った縁でした。張敏が本沼紗奈に覚醒剤を渡してコントロールし、様々なことをさせていたようです。彼女の家に転がりこんでいたのも、隠れ蓑でした。それと、盛岡中央署さんで逮捕した菅原大治が、張敏と知り合いだったとも供述しました。正確な日付ははっきりしませんが、半年ほど前に、菅原が本沼紗奈の家を訪ねて張敏と話していました。内容については分からないということです」

一度言葉を切る。ビリビリとした緊張感が、画面を通しても感じられた。習志野署の本間《ほんま》刑事課長が割って入る。

「本沼雄太も供述を始めています。指示されて覚醒剤を運んだことを認めていますが、相手の名前は知らないと主張しています。ただ、人相を確認すると、張敏によく似ています。二週間ほど前に闇サイトでバイトを探していて、運び屋の仕事を請け負ったと供述しています」

「その説明は嘘の可能性が高いと思います」綿谷は指摘した。「姉の話では、本沼雄太はかなり以前から張敏と関係があったということです。運び屋を務めたのも、もっと前からかと……罪を軽くしようとして、嘘の供述をしている可能性があります」

「引き続き追及します」

「本沼雄太は、どんな感じの人間なんですか?」綿谷は、紗奈の弟にはまだ会っていない。

「落ち着きのないタイプですね」本間が馬鹿にしたように言った。「前科、逮捕歴ともにないので、警察に慣れている感じではないです。何とか責任を逃れようと必死になってよく喋りますが、供述に矛盾もあるので、全面的には信用できません」

「習志野署員を射殺した中国人——周浩宇《ヂョウハオユー》はどうですか?」島が質問した。

「こちらは黙秘を続けています」本間が答えた。「国内で摘発された記録はありませんが、素人ではないですね。ただ、拳銃も押収できていますから、起訴に向けて問題はないと考えています」

「完全黙秘ですか?」

「いつ日本に来たかとか、中国で何をしていたかなど、雑談には応じています。来日時期などの供述に嘘はありません。ただし、日本で何をやっていたかについては、完全黙秘です。今日、住んでいる都内のマンションの家宅捜索をしていますが、今のところ、怪しいものが出てきたという報告はありません。ちなみに犯行に使われた車は、本沼雄太の名義です」

　脇が甘い……大量の覚醒剤を運ぶのにマイカーを使うのは、リスクが大きいのではないだろうか。しかし、誰かの車を借りたり、ましてや盗難車を使えば、職質に遭う可能性が高くなって、さらに危険だ。

「綿谷警部、本沼紗奈は『大きな事件が起きる』と言っていたが、その件については？」

「黙秘です」午後の取り調べはその話が中心になったのだが……。「他のことについては比較的話すようになったんですが、これについてだけはまだ話しません。しかし嘘をついている気配はないので、引き続き調べることにします」明日以降、綿谷が取り調べるかどうかは決まっていないのだが。

「それについては、習志野署でも二人を追及して下さい」島が指示する。「全員が同じグループの人間である可能性もあります」

その後も報告が進み、会議は一時間ほどで終わった。その直後、スマートフォンが鳴る。盛岡中央署の角谷だった。

「ちょっと個別に話せますか？」角谷が遠慮がちに切り出した。

「今の会議で出なかった話ですか？」

「あれだけ大人数だと、詳しく話している余裕がないじゃないですか。実は今日、張敏の名前を出して、菅原を徹底して叩いたんです。そうしたら菅原は、張敏とは知り合いだと認めたんですが、今は関係は切れていると説明していて……どう思います？」

「何とも言えないですね」綿谷は首を捻った。

「ええ、でも切れたというのもあり得る話です。奴が盛岡へ来たのも、何か不自然な感じがするんですよ。切れたどころか、張敏と揉めて逃げ出した可能性もあるんじゃないですか？」

「それで北へ？」

「ええ。どうですかね」

「悪くないシナリオです」

「ただ、もう一つ気になることがあって……菅原は、あなたに会いに盛岡へ来たと言っているんですよ」

「その件に関しては、少しおかしいんです」綿谷は即座に否定した。「奴は確かに、俺が盛岡出身だということは知っています。昔、雑談で話したことがありますから。ただ、あの時、俺が盛岡にたまたま行ったことを知る方法はなかったはずなんです」

前にも、この件には疑念を抱いた。ＳＣＵの誰かが菅原に話したのではないか——しかしそれは、あまりにも突拍子もない考えだ。例えば、菅原が匿名でＳＣＵに電話をかけて綿谷の居場所を聞いても、スタッフは誰も答えない。相手が誰だか分かり、業務上伝えねばならない状況だと判断しない限り、喋るわけがないのだ。そして菅原の場合、名乗れば指名手配されていることがバレてしまう。ＳＣＵでは、初めて電話をかけてきた人に関しては、複数のデータベースですぐに調べることにしている。その中には、逮捕状が出ている容疑者の一覧もあるのだ。そして指名手配犯からの電話だと分かった瞬間、おびき寄せて逮捕する方法を検討し始めるだろう。由宇なら、綿谷の居場所に関して嘘をつき、そこに現れた犯人を逮捕するぐらいの作戦はすぐに思いつくはずだ。

となると、別の可能性を疑うべきだろう。

「奴の言うことは、あまり信用しない方がいいですね」綿谷は断じた。「適当なことを言っているんだと思います」

「綿谷さんは、菅原を信用しているのかと思いましたよ」

「確かに昔は、ネタ元にしていましたよ。でもその頃から、いい加減なところがあった。六年前の射殺事件も、結局はあの男の暴走だったと思います。基本的には、信用できない人間ですね」

「あなたと話したがっていますよ」

「またですか?」

「どうも、我々は信用されていないようなので」

「私も、信用されても嬉しくはないです」

綿谷が吐き捨てると、角谷が苦々しそうに笑った。そして「もう一度こっちへ来られますか?」と訊いた。

「そちらへ行くとなると、また調整が必要になります。それに今は、我孫子署の方で手一杯なんですよ」

「残念です。でも、機会を作れたら来て下さい」

「ええ」

長く息を吐き、一日続いた緊張を解そうとする。肩に鉄板が入ったように凝っていて、何度上下させてもまったく楽にならなかった。

「綿谷さん、軽く食事でもどうですか」真衣子が誘ってきた。「こういう状況なので、お酒はあれですけど」

「ああ……」悪くない。家にはすぐ帰れるのだが、ここで我孫子署の連中と親交を深めておいてもいいだろう。「お供しますよ。どこへ——ちょっと待って下さい」

またスマートフォンが鳴っている。どうして会議が終わった途端に、立て続けに連絡が来るのだろう——今度は八神だった。

「どうかしたか？」

「綿谷さん、まだ我孫子署ですか？」

「ああ」

「ちょっとご相談なんですけど。キャップから指示を受けまして」

「何だ？」

「本沼紗奈の自宅なんですけど、我孫子署は当然、ガサをかけたんですよね？」

「そうだと思う。詳しい話は聞いていないけど」

「キャップから、やり直せと指示が」すまなさそうに八神が言った。「俺が入るようにと」

「君にやれということは、キャップは、見逃しがあるかもしれないと考えてるわけだ」

「見逃しとは言ってませんよ」八神が慌てて言った。「あくまで念のための見直しです」

「要するにお前の目で見ろってことだろう？」

「――そうですね」

確かにこれは一つの手だ。紗奈の部屋がどうなっているか、綿谷はまったく知らない。引っ越してさほど時間が経っていないので、まだ片づいていないかもしれない。そんな中、我孫子署の連中はどこまで精査できただろう。そこを八神の目で見直すのは悪くない手だ。八神なら、我孫子署の連中が見つけられなかったものを見つけ出すかもしれない。

「それで、我孫子署に話していただけませんか？　勝手にやるのはどうも……」

「分かった。これから、我孫子署の方たちと飯を食うんだ。そこで話してみるよ」

「すみません。綿谷さんから言ってもらう方が角が立たないかと」

「了解。それよりキャップ、何か企んでないか？」

「俺は聞いてませんけど、今回、ちょっと変なんですよね。この指令だって、何と言うか……キャップの暴走ですかね」

「キャップ一人じゃ、こんなことはできないよ。背後でもっと大きなものが動いている——黒幕がいるんじゃないか？」

「それこそマル暴の世界じゃないですか」

「警察だって、似たようなもんだよ……でも、お前が部屋を見れば何か出てくるかもしれないというのは、俺もそう思う。とにかく、我孫子署の連中をできるだけ怒らせないでOKさせるから、連絡を待ってくれ」

「分かりました。すみませんね、変な話で」

「まったく変な話だよ」

電話を切り、真衣子に笑顔を見せる。ここは……自分が奢った方が話がスムーズに行くだろうなと思う。


真衣子は、JR我孫子駅の近くにある洋食屋に誘ってくれた。赤石も同行している。茶色いレンガ張り、ヨーロッパの高級住宅を思わせるこの店の存在を、綿谷は認識していたが、何となくハードルが高い感じがして敬遠していた。しかし実際に入ってみると、それは単なる思いこみだったとすぐに分かった。前菜からスープ、メイン、デザートまでついたコースでも二千七百円である。今夜はそれほどしっかり食べる気はなかったので、三人とも揃ってオムライスを頼んだ。

「食べる前に、面倒な話を一つ」綿谷は切り出した。

「何ですか」真衣子が不安そうな顔で応じる。

綿谷は、家宅捜索のやり直しの件を提案した。説明しているうちに、真衣子の表情が見る間に厳しくなる。

「うちが何かミスをしたとでも?」

「鑑識が一平方センチメートル単位で調べても、見逃すことがあるじゃないですか。うちの八神という刑事は、特殊な目の持ち主なんです。今までも、我々が見落としていたものを見つけ出して、事件を解決に導いたことが何度もあります」

「それも警察庁の指示ですか?」

「いや、警視庁というか、うちのキャップの提案です。警視庁の捜査共助課には許可を取りますが……警察庁マターかもしれません」

「そうとしか思えなくなってきました」真衣子がうなずく。「こんな風に、複数の県警をつないで捜査するのは難しいですよね? 裏で警察庁の指示でもあったんじゃないでしょうか」

「可能性としてはあり得ますね」綿谷はうなずいた。「私もいろいろ怪しいとは思いますが、取り敢えず部屋を調べる許可をもらえますか? そちらで、誰かに立ち会ってもらっても構いません」

「じゃあ、一人出します」

「私も明日は、そっちを見てみようかと思います」

「いえ、綿谷さんはこっちをお願いします」真衣子の顔からは愛嬌《あいきょう》が消え、完全に仕事モードになっていた。やはり怒らせてしまったか……仕方ない。現場を見るのは八神に任せ、自分は紗奈の取り調べに集中しよう。

オムライスはクラシカルなタイプ――ケチャップライスを、固く焼いた卵で紡錘《ぼうすい》形にくるんだ、綿谷好みのものだったし、味も上々だったが、どうしても楽しめない。

少しずつ真相に近づいている感触はあるのだが、最終的に真相を知りたいのかどうか、自分でも分からなくなっていた。

辿《たど》り着いた先には、誰も見たくないような事実が待っているかもしれない。

綿谷は重い疲れを意識しながら目覚めた。今日は土曜日だが、事件が動いている最中なので、休むわけにはいかないのだ。警察でも、だいぶ働き方改革が進んできたが、犯罪は、そして捜査は待ってくれない。昨日は一日フル回転で、慣れない取り調べに集中していたので、精神的なダメージが大きい。またこれを繰り返すのかと思うと、朝からうんざりした。

朝飯は軽めに、トーストと野菜サラダ、コーヒーだけで済ませる。昨夜のオムライスは軽いと思っていたのだが、中のケチャップライスの味付けが濃く、しかも見た目よりも量が多かった。

朝の準備を整え、最後にキャップを被る。スーツ姿でこのカジュアルなニットキャップは似合わない……傷が隠れるまで髪が伸びるにはもう少し時間がかかりそうだから、パナマ帽でも買おうか。実際昔は——昭和三十年代頃までは、サラリーマンも普通に帽子を被っていたはずだ。昔のニュース映像や映画などで見たことがある。あれでどうやって満員電車に乗ったのか——今より混雑度合いはひどかったらしい——は謎だが。今、あんなにちゃんとした帽子を被っていたら、かなり浮いてしまうだろう。若い人ならお洒落に見えるかもしれないが、五十近い男にはハードルが高いファッションだ。

我孫子署に着き、まず朝のミーティング。九時から紗奈の取り調べを再開することにして、綿谷は準備を整えた。昨日のように、何か新しい材料があれば突きやすいのだが、今日はそれもない。残念だが、純粋に言葉で勝負するしかないようだ。

九時五分前に、八神からメッセージが入った。これから再度の家宅捜索——八神にとっては初めてだが——を始めるという。「了解。こちらも取り調べに入る」とだけ送っておいて、綿谷は取調室に入った。後から紗奈が入ってくる。昨日よりさらに疲れた感じで、日々体重が減っているような印象だった。

「体調はどうですか?」

「別に……いいわけないけど」

「禁断症状は?」

「まあ、何とか」

「体調が悪ければ、診察を受けたり、薬をもらうこともできるので、言って下さい」

「別に、今のところは」

「大丈夫?」

「はい」

あまり大丈夫そうには見えないが、ここでずっと体調の話をしているわけにもいかない。綿谷はすぐに「大きな事件」の話に入った。

「何か具体的な話は?」

「聞いてない」

「その件は、張敏から聞いたんだろう? いつ?」

「あの男が中国に帰る少し前。普通に話していて、『大きな事件が起きる』って言ってた」

「起きる、であって、起こす、ではないんだね」綿谷は念押しした。

「起きるって言ってたと思うけど、そんなにはっきり覚えてないから」

「起きる」と「起こす」では大きな違いがあるのだが……「起きる」というと、発生することを知っていても、自分では何ともできない、というニュアンスに聞こえる。しかし張敏が、わざわざ紗奈にそんなことを言うとは思えない。自分が何か大きな事件を起こすことを、遠回しに教えたのではないだろうか。

いや、実際には紗奈も巻きこまれていたのではないだろうか。犯罪計画。張敏に裏切られ、それを話す気になったが、途中で決心が揺らいだとか。

「君は、張敏と組んで何かやってなかったか？　あるいは張敏に頼まれて——」

「そんなこと、ないから」

「だったら君たちの関係は、単なる恋人同士？」

「私はそう思ってたけど」

「張敏は君を利用してたんだと思う」

綿谷は一歩突っこんだ。紗奈の頰が引き攣る。張敏に対して愛想を尽かしたように振る舞っているが、実はまだ未練があるのではないだろうか。

「君は家を提供していた。日本人女性と住んでいれば、奴にとってはいい隠れ蓑になっただろう。でも君にはどんなメリットがあった？　ヤクをタダでもらったことか？」

「そういうことはあったけど」

「他には？」

「まあ、いろいろ……買ってもらったり」

「金のやり取りもあったのか？」

「向こうがくれるっていうのを、拒否する理由もないし」

紗奈は張敏と恋人同士だと考えていたかもしれないが、かなり歪《いびつ》な関係である。何しろ張敏は、彼女に金だけでなくヤクも流していたわけだから。薬を使って、日本人女性をコントロールしていたとしか言いようがない。

そこまでして、日本で何の活動をしていたのか……覚醒剤ビジネスだろうということは想像できるが、どれほどの規模だったのか。雄太の車にあった覚醒剤は二キロほど。現在の末端価格にすれば一億三〇〇〇万円程度だろう。高額ではあるが、大規模な薬物組織が取り扱うには小さい。もっと大きな動きが背後にあり、雄太はあくまで運び屋として、その一部を動かしていただけなのかもしれない。

もしかしたら、これから大量の覚醒剤を持ちこもうとしているのかもしれない、覚醒剤を日本国内に持ちこむ方法としては、飛行機と船がある。飛行機の場合、工作機械の台座部分に三〇キロの覚醒剤を敷き詰めて隠し、航空貨物便で密輸しようとした例がある。船を使う手口では、はるかに大量——過去には一トンという記録もある。それだけ大量の覚醒剤を日本国内に入れて、しかも売りさばける環境があるわけだが……日本における覚醒剤の広がりは、相当深刻な状況になっている。

スマートフォンが鳴る。この状況では出られない。無視していたが、二度、三度と続けざまに振動したので、放っておけなくなった。

「一度休憩します」

「もう？」紗奈が怪訝な表情を浮かべる。

「誰かが、大急ぎで話したいらしい」

「そうなんだ」何だかがっかりした表情だった。

「君がすぐに全部話してくれれば、電話は無視してもいい」綿谷はスマートフォンを振ってみせた。「どうする？」

紗奈は静かに首を横に振った。

電話は由宇からだった。

「緊急です。いえ、緊急ではないですが、準備が必要です」

「ああー」綿谷はわざと呑気な声を出した。何を言っているか分からない。明らかに異常事態だ。由宇がこんなに慌てるのは珍しい。「一回落ち着こうか。誰か死んだんじゃないよな？」言ってしまって後悔した。由宇がこれだけ混乱するのは、本当に誰かが死んだ時ぐらいではないだろうか。

「張敏の狙いが分かりました」

「どうやって」

「同時多発的に……八神さんが、ガサで手がかりを見つけました。それと、盛岡中央署からは菅原の、習志野署からは本沼雄太の自供が取れたと連絡が入りました。いずれも同じ方向を指しています。それが今夜なんです」

「ちょっと待て」綿谷は深呼吸して、取調室を出てドアを閉めた。他の連中が確実に結果を出しているのに、自分だけが紗奈を落とせなかった。

「今夜、大規模な覚醒剤の密輸があります。トン単位です」

「船か？」

「船です」

「場所は？」

「それは……残念ながら、まだ分からないんです」

「分かった。俺にもいいところを取っておいてくれたんだな」

「はい？」

「折り返し連絡する」

一方的に電話を切って、取調室に戻った。椅子には座らず、いきなり切り出す。

「今夜、覚醒剤の大規模な取り引きがあるな？　あんたもそれを知ってるだろう」

「私は……」紗奈の顔が紙のように白くなった。

「あんたがこれに嚙んでいるかどうか、今は聴かない。事実かどうかだけ、教えてくれ。

複数の筋から情報が入っているから、大きな取り引きがあるのは間違いないと思う。でも、場所が分からないんだ」弟も喋った、と言いたくなったが言葉を呑みこむ。「共犯者がこう喋っている」と告げることは、たとえそれが事実であっても、一種の誘導尋問として禁じられている。あくまで自主的に喋らせないと、公判の維持が困難になるのだ。

紗奈がうつむき、爪をいじった。顔にかかる髪……頭頂部にかなりの白髪があることに綿谷は気づいた。覚醒剤の影響か、あるいはストレスのせいか。

「あんた、覚醒剤をやってよかったと思ってるか？　罪悪感もあるだろう？　だから覚醒剤を供給する人間から離れるために、アメリカ留学に逃げた。今はどうだ？　ヤクが切れて苦しいだろう。完全に抜けるまでは、もっと苦しくなる。そしてヤクが抜けても、後遺症に苦しめられるかもしれない。そういう人を増やすのは、悪いことだ」

反応なし。理詰めで説得しても効果はないようだ。

「張敏に儲けさせていいのか？　あんたを利用するだけ利用して捨てた男が、今夜、大儲けしようとしている。それを黙って見ているつもりか？　俺たちが潰してやるよ。奴が潰れるところを見たくないか」

紗奈がハッと顔を上げた。唇をほとんど動かさずに「見たい」とつぶやく。

「見せてやるよ、必ず。後で事細かに教えてやる。何だったら、現場で動画を撮影してもいい」

「見せてよね」

「ああ。残念ながらヒーロー役は俺だから、あまり格好良くはならないけど」

少なくとも綿谷は、紗奈を少しだけ笑わせることに成功した。

2

午後十一時。伊豆《いず》半島を走るランドクルーザーの助手席で、綿谷は欠伸《あくび》を嚙み殺していた。由宇の指示で、午後遅くから夕方までは強制的に「休憩」になった。その時に少し休んでおけばよかったのだが、とてもそんな気になれなかった。最上など、新橋署の仮眠室を借りて、堂々と昼寝していたようだが。

ランドクルーザーのハンドルは八神が握っている。後ろを走るメガーヌは由宇が運転し、ＫＴＭに乗った最上が先行していた。ＳＣＵの全車両出動で、何があっても対応できる体制である。

「しかしお前、よく証拠を見つけたな」何回目になるだろうか、綿谷は八神を褒めた。

「あまりこういうことは言いたくないですけど、我孫子署も千葉県警の鑑識も、調査が甘いんじゃないですか」八神が急に毒を吐いた。

「そうか？」

「だって、デスクの引き出しを二重底にしてあっただけですよ？　しかもそこは、引き出しの他の部分とは明らかに材質が違っていた。中をざっと見ただけで、きちんとチェックしてないんですよ。そもそも見れば分かりますけど」

八神が片手でハンドルを握ったまま、コートのポケットからデジカメを取り出した。電源を入れて、八神が撮影した引き出しの写真を確認する。だが、これは誰でも見逃すはず……八神は「材質が違う」と言っていたが、綿谷が見た限りでは、二重底になっているとはまったく分からなかった。

「そこにメモが残っていたわけか」

「詳細なメモです。デジタルじゃなくて紙で残すのは、我々と同じ感覚かもしれませんね」

「しかしお前、よく中国語が読めたな」

「それが、英語だったんですよ。日本人メンバーに計画を提示して指示するのに、中国語では無理だと思ったのかもしれません。英語が通じるメンバーが集まっていたとも思えませんけどね」

「そいつを始末し忘れたってことか」

「でしょうね。これじゃ、デジタルで証拠を摑まれたのと同じです」ハンドルを握ったまま、八神が肩をすくめた。

全てが同時に転がる時もあるわけだ。八神は黒幕である張敏の「指示書」を発見し、盛岡中央署と習志野署は実働部隊の人間に計画を自供させた。そして出遅れた感じだった綿谷も、具体的な取り引きの場所を紗奈から聞き出したのだ。

張敏は、既にかなり大きな組織を作っていたらしい。いくつもの「細胞」に分けて役目を割り振り、他の「細胞」が何をしているか分からないようにする。紗奈はこれを「船室方式」だと張敏から聞いていた。仮に船体に穴が空いて浸水し、どこかの部屋が水没しても、隔壁で塞いで船全体には水が回らないようにして沈没を防ぐ。誰かが逮捕されても、自分の仕事以外には何も知らないのだから、トータルでは影響が出ない、というわけだ。

しかし今回の密輸は大がかりなものなので、多くのメンバーが概要を聞いていたらしい。紗奈は愛人として、他のメンバーよりも詳しく知っていたが、張敏は自分の「ビジネス」に紗奈を絡ませようとはしなかった。それが愛情なのか、紗奈は戦力にならないと判断していたからかは分からない。彼女自身、そのことについては何も言わなかった。

計画の内容が概ね判明し、対策計画の主力は静岡県警になった。相手が何人いるかも分からないので、県警の薬物銃器国際捜査課が中心になり、さらに機動隊まで待機することになった。

国道一三五号線から少し外れた、東伊豆町の海水浴場。海岸沿いには古い宿泊施設が建ち並んでいて、早い時間なら観光客や釣り客がいるだろうが、取り引き開始は午前○時ちょうどである。この辺には歓楽街もないし、出歩く人もいないだろう。昼間、静岡県警が現場をチェックした。海に向かって張り出した展望テラスから海水浴場へ歩いて降りられるので、ここで水揚げするのではないかと思われた。トン単位の覚醒剤となると、海岸へ運びこむだけでかなりの時間がかかる。大人数で一気にやろうとしているのか……それだったら、マイクロバスを用意して、人を揃えねばならない。

警察官が現場周辺でうろうろしていたら、すぐに見つかってしまう。そこで静岡県警は、待機場所として近くのホテルのツインルーム二部屋を押さえた。観光客が少ない三月だから可能なこと……しかし、もう一部屋欲しかった。一部屋は、完全武装の機動隊員で一杯になってしまっている。もう一部屋はSCUのフルメンバーの他、静岡県警の本部と所轄から十人、さらに千葉県警、岩手県警からオブザーバー的に参加した刑事たちで埋まっている。綿谷は、昔見た古い無声映画を思い出していた。小さな飛行機から無限に人が降りてきて、滑走路が埋め尽くされてしまうというコントだった……。

結城と由宇は窓際に陣取り、細く開けた窓から外を観察している。無線から時折、低い声が流れてくる。地の利がある静岡県警の警察官たちが、外に散って監視を続けているのだ。

十一時四十五分。○時ちょうどに取り引きを始めるつもりなら、そろそろ何か動きがあるはずだ。それを察して、待機している刑事たちの間で緊張感が高まってくる。

「こっち側は日本人なんですかね」最上が急に訊ねてきた。

「ああ？」

「持ってくるのは中国人、受け取るのは日本人みたいな？」

「それならまだ救いがある」

「救いって何ですか？」最上がきょとんとした表情を浮かべる。

「中国と日本の取り引き――ブツが覚醒剤であることはともかく、一応国際貿易みたいなものじゃないか」

「貿易って……」最上が苦笑した。

「日本国内に、中国人によるヤクの受け取り組織があって、そこが海外からヤクを入れていたらどうなる？　やりたい放題じゃないか。国の中に、もう一つの国があるようなものだ」

「そういうのは、さっさと潰しておかないと、ですね」最上が両手を組み合わせて手首をぐるぐると回した。

「お前、武闘派じゃないんだから、そういうのはやめろよ」

「いやいや、俺もやる時はやりますよ」

「お前用に、大型のダンプカーでも用意しておけばよかった。そいつで船に突っこませる」

「ダンプで海は無理ですよ。それなら船でも……二級船舶免許も取りましたから」

「船同士が衝突したら、沈没だぞ」

「どうせ死ぬなら、派手に行きたいですね」

「簡単に死ぬなんて言うな」

「……すみません」

その時、急に無線から緊迫した報告が流れた。「静岡Ａ１から臨時本部、静岡Ａ１から臨時本部！」

県警側のキャップ、薬物銃器国際捜査課の森野《もりの》課長が無線に応じる。

「臨時本部。静岡Ａ１、どうぞ」

「展望デッキ前に、ワンボックスカーとトラックが到着。乗員は中で待機中。ナンバーを伝えます」

その場にいる何人かが一斉にメモを取り始めた。静岡ナンバーだったが、この車は盗難車だろうか……もしかしたら、自前で車を用意しているかもしれない。習志野署の事件では、車は本沼雄太の名義になっていた。

「監視を継続。人数が確認できたら報告しろ」

「了解しました」

続いて連絡が入る。今度は静岡Ｂ１……こちらは船を出して、海上を監視している連中だ。船は二艘《そう》出動しているが、Ｂ１は灯りを消してエンジンも停止しており、完全に隠密行動を取っている。

「静岡Ｂ１から臨時本部、海岸に接近してくる船を発見しました……今、停止した模様です。海岸までは二〇〇メートルほど」

「船名等は確認可能か？」

「漁船のようです。船名は『宝永丸《ほうえいまる》』、宝に永久の永。漁船登録番号は目視不可」

「了解」

「動いて、登録番号を確認しますか？」

「いや、動くな。相手に気づかれたくない。そのまま監視を継続しろ」

「静岡Ｂ１、了解」

「機動隊のうち五人を建物の前に——チェックしておいた柱の陰に移動します」由宇が窓のところから全員の顔を見ながら言った。

「ちょっと——」森野課長が慌てて声を上げた。「あんたが仕切るのか？」

「はい」由宇がさらりと言った。

「聞いてないぞ。だいたい、女で、そんな若い——」

「性別、年齢に対する差別発言。今のでツーアウトです」由宇がさらりと言って、結城にクレームを入れた。「キャップ、打ち合わせしてないんですか?」

「すまん、時間がなかったんだ」珍しく結城が素直に謝った。それから、低い声で説明を始める。「この件については、警視庁特殊事件対策班が、警察庁から現場での指揮の全権を委任されている。それは静岡県警にもお伝えしていると思うが」

「それは——聞いている」森野が一歩引いた。

「では、うちの朝比奈警部補の指示に従っていただきたい。彼女は、ＳＣＵの作戦立案担当だ」

「しかし、そんな経験の浅い——」

「修羅場を潜《くぐ》った数は、彼女の方が森野課長よりずっと多い。失礼があったら後でいくらでも謝罪するが、ここは朝比奈警部補の指示に従ってくれ。そうしないと、後で警察庁の方で問題になる」

「警察庁……了解」森野が厳しい表情で辛うじて言った。

結城が由宇にうなずきかけ、由宇もうなずき返すと、すぐに、てきぱきとした口調で指示を再開した。

「森野課長には、こちらに残っていただきます。八神さんも……望遠鏡を用意していますので、ここで全体の監視をお願いします。現在監視を続けている部隊は、現状維持で動かないようにして下さい。機動隊の五人に加え、ここにいる他のメンバーは、事前に地図にポイントした場所に移動して待機して下さい。ただし、一号地点と二号地点は取りやめにします」

一号は展望デッキ、二号はそこから緩い坂を降りた海水浴場だ。おそらく、海水浴場に荷物を下ろして、展望デッキまで運びこむだろうから、そこからは離れていた方がいい。

「荷物を全部下ろさせる必要はありません。最初に荷物が水揚げされた時点で、すぐに職質を開始して荷物を確認します。拳銃携行でお願いします。相手は銃を持っている可能性がありますから、危険を感じたら、発砲を躊躇《ちゅうちょ》しないで下さい。それと、投光器をすぐに動かせるように、準備をお願いします」

綿谷も、今回は銃を持ってきている。これを使う状況にならないといいのだが……綿谷は、他の多くの警察官と同じように、これまで訓練でしか銃を撃ったことがない。

「よし、ここで一網打尽だ！」威勢のいい声を上げたのは、習志野署の刑事だった。

「敵討《かたきう》ちのチャンスだ！」

習志野署の連中だけ、異様に熱量が高い。同僚が射殺され、犯人の仲間かもしれない人間たちを目の前にしているからだ。

「お気持ちは分かりますが、目的は容疑者の逮捕です。そのためには冷静にお願いします」由宇が釘を刺した。

「ああ?」刑事の一人が怪訝な表情を向けてくる。

「私は、作戦立案担当ですから、心がけについては何も言いたくありません。言う権利もありません。でも現場では、感情を抑えて、冷静に行動するのが本当のプロではないでしょうか。ここには、プロ中のプロが集まっていると信じています」

「分かってるよ……」刑事の声が急に低くなった。「行くぞ」

刑事たちがぞろぞろと部屋を出ていく。綿谷は最後まで残って、由宇に声をかけた。

「今の、訓示でも使えそうだな」

「そういうネタは、いつもメモってます」

「プロ中のプロっていうのはいいな。俺もそうありたい」

「プロの証明をして下さいよ、綿谷さん」

由宇はどういう意味で言ったのだろう。後々、綿谷は何度も考えることになる。

午前〇時近く。暖かい伊豆とはいえ、まだ三月、そして海岸のすぐ近くでひっきりなしに潮風が吹きつけるせいもあって、ひどく冷えこむ。ダウンコートを着てきて正解だったが、手袋も必要だったなと悔いる。手が凍りついていたら、いざという時に銃を扱えない。

綿谷は最上と一緒に、A4地点に待機していた。展望デッキから続く坂道が終わり、ちょうど海水浴場に出るところ。地面にしゃがみこみ、坂道との境にある低い壁の陰に身を隠した。このまま同じ姿勢を取り続けたら、体が固まってしまうだろう。立ち上がってストレッチしたいところだが、余計な動きをしたら相手にバレてしまうかもしれない。

「冷えますねえ」そう言う最上は、グローブを着用していた。バイクに乗ってきたから当たり前か。冬に使うバイク用のグローブは分厚く、風などまったく通しそうもない。拳を握ると、ボクシング用の小さなグローブに見えなくもなかった。

「お前はグローブ、はめてるだろう」綿谷はダウンコートのポケットに手を突っこんだ。

「効果ないですよ。伊豆でもこんなに寒くなるんだ……」

「まあまあ——黙って見よう」

二人がいる位置からは、展望デッキに停車した二台の車が見えている。午前〇時まであと一分というところで、ワンボックスカーから数人が降りてきて、トラックの荷台にかかったシートを剝がす。そこから大きな荷物を取り出し、二人がかりで担いで坂道を下り出した。

綿谷は壁から少し顔を出し、海岸の様子を見守った。暗闇の中、かなり離れたところに漁船が停泊しているのが——その影が見える。荷物を運び出した男たちは、海岸ですぐに作業を始めた。持ってきたのは小型のゴムボートだった。コンプレッサーで膨らませ、エンジンを取りつける。ゴムボートが二台あれば、効率的にブツを運べるだろう。さらに、海岸で焚き火を始める。かなり大きく火が上がる——これが灯台代わりということだろう。

「始まるな」

「少し遅れてますかね」最上が指摘した。ボートが海に入った時には、既に〇時十分になっていた。

「午前〇時に作戦開始、ということだったかもしれない。こっちも準備するぞ」

「ここから飛び降りるしかないでしょうね」最上が壁に手をかけ、一瞬立ち上がった。壁の高さは、ここでは腰ぐらいまでしかないが、下の海岸までは二メートル——いや、一・五メートルほどはある。しかし、飛び降りて怪我するほどの高さではないだろう。

「靴、脱いだ方がいいかもしれないな」砂の上では裸足の方が動きやすい。

「怪我するかもしれませんよ」

「お前、ブーツで大丈夫なのか」最上は、ズボンの裾をライディング用のブーツに押しこんでいる。

「この方が、砂は入らないんじゃないですかね」

間抜けだが靴は脱ごう、と綿谷は決めた。急いで紐《ひも》を解き、靴下を脱いで地面に足をつけると、冷たさが脳天まで突き抜ける。この寒さのせいで動けなくなってしまったら困るが、ここは精神集中で乗り切ろう。真冬の道場に比べれば……あの寒さたるや、一瞬で足が凍ってしまいそうなのだが、気合いを入れて一発声を上げれば、寒さを忘れることができる。

今日は、声は上げられない。ぎりぎりまで、静かに近づかなければならない。

軽いエンジン音を響かせながら、二艘のボートが海岸を離れる。

「一回では済まないだろうな」綿谷は唇を舐めた。かすかに塩の味がする。

「一トンの覚醒剤っていったら、大変ですよ。それに、一トンじゃないかもしれないし。トン単位っていうだけで、正確なところは分かってないですよね」

「ああ。朝までかかるかもしれない——第一便が海岸へ着いたところで押さえるのが筋だな。ちなみに、海保の船も待機してるんだよな？」

「かなり離れたところだと聞いてますよ。県警の船でも、漁船の追跡ぐらいはできるでしょうけど、強制的に停止させるのは、海保じゃないと無理かな。放水して凍りつかせてやりたいですよ」

「今日は、放水されたら確かに困りそうだ」

耳に突っこんだイヤフォンから、由宇の声が流れ出す。

「待機を続行して下さい。現在、海岸からボート二艘が漁船に向かっています。荷を積んで海岸に戻ってきたタイミングで声をかけます。動きによっては逮捕。その際、全員発砲できる準備でお願いします」

いきなり銃をぶら下げていくのか……気が進まない。今も、ホルスターに入れた銃は異常な存在感を示し、まるで熱を持っているかのようだった。ホルスターの紐が肩に食いこむ——そんなに重いわけではないのだが。長年、自分の体一つで闘ってきた綿谷には、銃に対する嫌悪感がある。今回の一連の事件も、菅原が発砲したことから始まったのだ。

二十分が過ぎた。暗闇に目が慣れてきて、沖に停泊する漁船のランプがはっきり見えている。その前にいる二艘のボートも……人の影は見えるが、さすがに遠いので、荷物を積んでいるかどうかは分からない。

「ボートが動き出しましたね」最上が指摘する。同時に、今度は八神の声が無線に乗った。

「ボート二艘が漁船から離れた。接岸して、荷物を下ろし始めたところで、現場に急行。職質を開始する」

由宇の声に変わる。

「海岸には二人、ボートにはそれぞれ二人乗っているのを確認しました。当面のマル対は六名。展望デッキの二台の車に何人残っているかは不明。A4地点、A5地点で待機中のメンバーのうち、四名は、ワンボックスカーとトラックのチェックを優先、そこにいる人間を確保して下さい。誰もいなければ、海岸の方へ合流」

由宇の指示は相変わらずテキパキしている。

「朝比奈の声って、アナウンサーっぽくないか？　絶対嚙まないし」綿谷は指摘した。

「でも、あの厳しさは、アナウンサーじゃないでしょう。やっぱり警察官ですよ」

「だな……ボート、来るぞ」

さすがに漆黒の闇の中で動くのは無理があるのか、かなり明るいライトが点いていた。光はほとんど揺れない——今夜は波もない静かな夜なのだ。

「降りますか？」

「接岸したタイミングにしよう。ボートを固定しなければいけないから、海岸にいる連中もそっちに集中するはずだ」

「了解です」

綿谷は手元の腕時計に視線を落とした。一分……二分。顔を上げると、ボートのライトが大きく上下して、そこで完全に動きが止まった。砂浜に乗り上げたのかもしれない。

「今だ！」

綿谷は声を上げ、壁に手をかけた。一気に飛び越え、一・五メートル下へ着地——この高さでも頭から落ちると死ぬことがあるんだよな、と嫌なことを考えたが、無事に着地できた。砂の湿った感触で、さらに足が冷たくなったが、裸足になってきたのは正解だった。これなら砂を気にせず走れる。

二人は無言で走った。右手の方——少し離れた地点で待機していた三人の警官も走ってくるのが見えた。よし……応援は多いほどいい。

ボートの周りにいた人間たちは、まだ綿谷たちに気づいていない。それにしても暗い……ボートのライトと焚き火だけでは、どうにも心許なかった。暗闇の中で撃ち合いだけは勘弁して欲しい……しかしその時、後方でパッと照明が点灯した。機動隊が用意していた投光器が、海岸一帯を照らし出したのだ。昼間のように明るくなったとは言えないが、相手を驚かせ、動きを止めるには十分だった。

ボートまで一〇メートル。綿谷は「警察だ！　動くな！」と叫んだ。言葉が通じたかどうかはともかく、状況は分かったようだ。ボートに乗っている人間は合計四人——いや、五人、長靴を履いて海に入っている人間が二人。全員が手を止め、その場で固まっている。ボートの人数が一人増えているが、漁船から乗り移ってきたのかもしれない。

そしてボートには、ナイロン製らしき大きな袋が大量に積んであった。長いストラップがついていて、肩からかけられる……砂浜では台車などを使えないから、振り分け荷物のようにしてトラックまで運ぶのだろう。とんだ重労働だ。

「全員、降りて！　こちらへ来て！」

動かない。しかしそこで、機動隊員五人が合流し、さらに展望デッキの車をチェックしていた四人が到着した。綿谷を除いた全員が銃をボートの方に向けている。

「抵抗しなければ安全は保証する。ボートを降りろ！」

　動きはない。やはり全員が中国人で、言葉が通じないのか？　ボートに乗っていた五人のうち一人が何かささやくと、結局全員がボートを降りて一ヶ所に固まった。機動隊員が中心になり、海に入っていた二人を含め、計七人を包囲する。綿谷はすぐに無線で報告した。

「計七人を確認している。これから積荷のチェックに入るが、応援を要請する」

「応援、了解」由宇がテキパキと応じる。それから、海上で待機している船に、漁船に臨検するようにと指示を出した。

　静岡県警の薬物銃器国際捜査課の刑事が二人、ボートに乗りこみ、積荷のチェックを始めた。その間綿谷は、七人の様子を確認した。服装はばらばら——黒っぽい服ということだけは共通している。しかし首から上は同じような格好だ。全員がマスクをして眼鏡をかけ、黒いスキーキャップを被っている。それで顔の九割が隠れる感じだ。

　ふと、一人の男に目が行った。丈の短いダウンジャケットの下に黒いパーカーを着ていて、マスクがずれて顎の一部がむき出しになっている。そこに目立つイボ——張敏だ。中国へ戻ったと思ったら、自分で大量の覚醒剤を運んできたわけか。

　綿谷は一瞬冷静さを忘れ「張敏！」と叫んだ。張敏がゆっくり顔を上げ、綿谷を見る。特に何も考えていない——動揺もしていない様子だったが、ジャケットのポケットに手を突っこむと、いきなり拳銃を取り出した。何か叫ぶと、容疑者たち、そして警察官たちの輪が少し揺れる。張敏はすぐに飛び出して、砂浜を駆け出した。

綿谷は無言で追った。こちらが有利――張敏は普通のスニーカーを履いていて、一歩ごとに足が砂に埋まっているが、綿谷は裸足で、しっかり砂を蹴れている。あっという間に距離が縮まった。

「待て！」

張敏が立ち止まり、振り返ると、何の迷いもなく綿谷に銃を向けた。二人の間の距離、約五メートル。張敏がどれだけ銃に慣れているか分からないが、発砲すればどこかに当たる確率は高い。綿谷は銃を抜こうとしたが、ホルスターから出して安全装置を外して――とやっているうちに撃たれるだろう。由宇の指示通り、拳銃を手にして追いかけていればよかった。無事に済んでも、あいつに散々説教されるだろうな。

張敏の手に力が入る。銃口が急に大きくなり、迫ってきたようだ。死ぬのか――しかしその瞬間、「カチン」と軽く硬い音が響く。嚙んだのか……安い銃はこうなるんだと思いながら、綿谷は拳銃に手を伸ばした。

直後、銃声が響き、張敏が飛び上がった。彼の足元で、砂がぱっと舞い上がる。

「動くな」

背後で結城の声が聞こえた。いつの間に……不思議に思ったが、綿谷はすぐに走り出した。張敏が銃を構え直す、わずかな時間の空白。正面から蹴りを見舞い、拳銃を弾き飛ばした。張敏が手を押さえ、体を折り曲げる。しかしすぐに上体を真っ直ぐ立て、綿谷に立ち向かってきた。中国武術の使い手、しかも素手で人の首を折って殺すような人間だ。恐怖はある。しかし、勝負だ。今度は俺が勝つ——綿谷は一歩後ろに下がり、それからいきなりダッシュした。張敏も前に出て、蹴りを繰り出す。右肘に当たり、綿谷はその場で止まった。張敏が襲いかかってきて、綿谷の首に手を伸ばす。右手で首の横を摑まれた——頭に血が昇る。頸動脈を手で摑む、強引な絞め技だ。まだ前蹴りのダメージが残っていて、右腕が頼りにならない。必死で左手を首に伸ばし、張敏の手を摑んで、小指を思い切り捻りあげる。耳のすぐ側で、ぽきりと小枝が折れるような音が響いた。悲鳴。体を捻り、無事な左肘を張敏の胸に叩きこむ。綿谷は一度下がり、円を描くように動き始めた。張敏は左手で右の手首を摑み、こちらを睨んでいる。ダッシュ。同時に頭に手を伸ばし、キャップを摑み取って投げつける。暗闇の中、自分に向かって飛んできたものを避けるために、張敏は一瞬横を向いてしまった。綿谷は脇に飛び、張敏の左膝を真横から蹴りつけた。張敏が悲鳴をあげて膝をつくまでの間に、左肩に正拳突きを見舞う。間髪容れず、鳩尾《みぞおち》に前蹴りを叩きこんだ。体をくの字に折り曲げて小刻みに後退る張敏を追いかけ、襟首を摑んで大外刈りで倒した。試合中は技として綺麗に決めることだけを意識するが、今日はダメージを与えるのが狙いだ。思い切り張敏の体を撥《は》ね上げ、自分の体重をかけて砂浜に叩きつける。下は柔らかいから、それほどダメージはないはずだが、張敏の動きは止まった。しかし綿谷はすぐにそのダウンジャケットの襟首を摑み、強引に立たせせた。背後に回りこみ、一番相手にダメージを与えられる技――裏投げの体勢に入る。後頭部、そして背中から叩きつければ、いかに砂の上とはいえ、相手を気絶させられるだろう。

「綿谷さん！」最上が呼びかける。すぐに、腕を引かれた。

「止めるな！」綿谷は叫んだ。

「はい、そこまでです」今度は由宇の声。先ほどまでホテルで控えていたはずなのに、いつの間にここまで来たのだろう。

最上が張敏に手錠をかける。結城は自分の銃をチェックして、ホルスターにしまった。

「やり過ぎは駄目ですよ、綿谷さん」由宇が警告する。

「まったくです」最上が同調した。「綿谷さん、その裏投げで、何人も病院送りにしてるそうじゃないですか」

「それはただの都市伝説だ」何を馬鹿なことを。「それより、今日から喧嘩五段を合わせて、トータル十六段にしてくれ」小指を折ったり、膝を真横から蹴りつけるのは、喧嘩のやり口だ。褒められたものではないが、生き残るためには仕方がない。

「まったく……用心しろ」珍しく結城が小言を言った。「俺は、発砲の始末書を書かなくちゃいけなくなった。管轄外だから、面倒なことになる」

「すみません……」さすがに何もなかったことにはできないだろう。本来は自分が発砲して制圧すべきだったのだ。

「ほら、大人しくしろ」

最上が面倒臭そうに言った。張敏が暴れている。しかし最上の方が一回り体が大きいし、張敏は手錠を打たれているから、どうしようもない。綿谷は彼に向かって、人差し指を突きつけた。お前はおしまいだ。陰謀も全部明らかにしてやる。そして襲われた借りは——まだ返し終えていない。手加減する必要はなかった、と悔いた。

3

嫌な日に出張になったものだ。首都圏に住み、仕事をしている人間でも、この日が来ると大震災の衝撃を思い出す。

綿谷もその一人だった。

綿谷は東日本大震災の日、実は東京にいなかった。大阪へ出張していて、一報を聞いたのは府警本部でだった。自宅や実家と連絡が取れなくなり、被災状況を確認するのはテレビやネットのニュースが頼りだった。警電は問題なく使えたので、当時在籍していた暴対課に何度も電話をかけ、東京の状況を教えてもらった。そして夕方になって「今日は大阪に泊まれ」の指示。東海道新幹線は動いていたようだが、余震の心配もあり、新幹線に閉じこめられたらたまらないだろうという配慮からだった。

結局綿谷は深夜まで府警本部にいさせてもらい、テレビの画面を見て恐怖を嚙み締めながら、警電での情報収集を続けた。日付が変わる頃にはようやく千葉の家との電話がつながり、怪我人がいないことを確認して、膝から崩れ落ちそうになった。しかし実家、そして結婚して久慈に住んでいた姉の安否は分からず……実家は大きな被害を受けなかったものの、両親は一時避難所に身を寄せ、翌日の昼になって、ようやく綿谷の自宅に電話で無事を知らせてきた。姉一家の無事が分かったのはさらにその翌日、日曜日だった。海から離れた場所に家を構えていたために、津波の被害こそ免れたものの、市街地にあった会社の建物は壊滅的なダメージを受けた。

それ以来、綿谷は姉に負い目を感じている。あの地震で、自分は何もできなかった。仕事場を失った姉夫婦を千葉に呼んで、こちらで仕事を探してもらおうとも考えたのだが、とうとう言い出せなかった。義兄の家は戦前から続く不動産屋で、一家は街の有力者である。そんな姉夫婦が、故郷を捨てて逃げるわけにはいかないのも当然であった。姉夫婦は一時盛岡の実家に避難して両親の面倒を見ながら、久慈に帰るタイミングを見計らっていた。

あの頃は、東京も騒然としていたので、万が一に備えて多くの警察官には禁足令が出されており、出張なども最低限しかできなかった。家族が被災した警察官に関しては、特別休暇を申請することもできたので、綿谷も実家の片づけに帰ろうとしたのだが、父に断られた。

警察官として、今為すべきことを為せ。

三月十一日になるといつも、あの日から続いた、ひりつくような時間を思い出す。両親の世話を任せてしまったこともあって、姉には今も頭が上がらない。だからこそ、今度は自分が実家に戻って、父のリハビリの面倒をみてもいいという気になっているのだ……と自己分析していた。

横の席では、最上が居眠りしている。土曜から日曜未明にかけての大捕物の後、日曜は関係者への取り調べで潰れた。そして月曜、綿谷はどうしても直接菅原と話す必要があると判断して、盛岡への出張を申請し、認められた。

二〇一一年と同じ、この日に。

盛岡駅着。最上は完全に寝てしまっていたので、このまま無視して新函館北斗《ほくと》まで行ってもらうのも面白いかとも考えたが、そうも行くまい。一人でできる仕事なのに、由宇がわざわざ最上を同行させたのだ。もちろん、監視役として。

「最上、飯だ」

「いいですね。盛岡三大麺ですよね」食べ物の話で一気に目覚めた最上は嬉しそうだった。

「時間がないから、駅の構内でじゃじゃ麺だ」

飯という言葉ですぐに起きる……既に午後一時になっている。

「あ、はい」

よ」

「わんこそばは食べるのに時間がかかるし、冷麺は焼肉の後って決まってるから」

「じゃあ、まずはじゃじゃ麺をクリアしておきます。残り二つは今後の課題にします

駅の構内にある、じゃじゃ麺の専門店に入る。基本的にメニューはじゃじゃ麺、それに餃子ぐらいしかない。人と会うので、ニンニクの利いた餃子は避けて、じゃじゃ麺だけの食事だ。

「安いですよね。特大でこの値段だと、すげえお得じゃないですか」

「お得だけど、やめておけ。特大は、岩手大学柔道部の連中ぐらいしか、食べ切れない」

「そうですか？　じゃあ、大盛りにします」

不満そうに最上が言ったが、運ばれてきたじゃじゃ麺を見て顔色が変わった。

「すみません、舐めてました。スケールが違います」

「俺も、高校時代でも大盛りが限界だったかな」今は「中」でも食べ過ぎという感じがする。

綿谷は麺と肉味噌を徹底的に混ぜ、酢を多めに、ラー油を少しだけ加えた。高校生の頃はおろしニンニクをどっさり加えて、パンチのある味を楽しんでいたものだが、今日はそれはなしだ。

「何か……美味いですけど、不思議な食べものですね。麺が太いせいかな」

この店の麺は真っ白で、通常のうどんの麺と同じような感じだ。店によってはもっと平たく、きしめんを彷彿させるものもある。

「これがじゃじゃ麺なんだよ」

「もっと辛くてもいいですね」最上がラー油を追加して啜る。まだ納得いかないのか、首を捻った。「ニンニク、いきたいところですけどね」

「今日はやめておけよ。取調室にニンニクの臭いが充満するよ」

「……ですよね」

じゃじゃ麺は不思議な食べ物で、最初は何だか淡々とした味がするだけで、麺の嚙みごたえもどことなく頼りないのだが、食べ進めるに連れて旨みが増してくる。おそらく、混ぜ切れなかった肉味噌が、下の方に濃く溜まるからだろう。そして最後に、生卵を割り入れたところに麺の茹《ゆ》で汁を足してもらって、「ちいたんたん」にして飲む。確かに、ここにニンニクがあれば最高なのだが……蕎麦湯で割って蕎麦汁を飲むようなものだが、もっと滋養が感じられる。

そんなに長く故郷から離れていたわけではないが、じゃじゃ麺を食べるのは久しぶりだった――そして、戦闘準備完了になる。

盛岡中央署へ移動し、刑事課に顔を出す。伊豆に来ていた新村たち若い刑事が二人、疲れた顔でいたので、労《ねぎら》った。普段は地方の警察でのんびり仕事をしている二人にとって、菅原の発砲事件から続いた日々は、神経も体力も削られる毎日だっただろう。

角谷に挨拶して、無理に取り調べに割りこむことを詫びる。

「まあ、今日のは非公式ということで。それに菅原も、またあなたに会いたがっていた――張敏を捕まえたことを教えると、すぐに言い出したんだ」

「安心したんでしょうね」

「ああ。二人がどこかの刑務所で一緒にならないことを祈るよ――菅原のために。すぐ始めますか？」

「取り敢えず、ここまでの状況を確認してからにします」

菅原の取り調べを担当している刑事と話をした。残念ながら、菅原はまだ完落ちしたわけではなく、手詰まり状態が続いている。自分なら落とせる――という自信があるわけではないが、向こうが会いたがっているのだから、何とかなるだろう。

打ち合わせを終えて、病院へ移動する。これで、この取り調べは非公式なものになったわけだ。逮捕したセクションとは関係ない人間が話を聴こうとしているのだから。ここでどんな話が出ても、捜査には使えない。盛岡中央署で改めて話を聴き、正式な調書を作成することになる。

菅原にはすぐに会えた。ずいぶん痩せてしまったが、血色は悪くない。確実に回復しているようだった。

「調子は？」

「撃たれる前が百だとすると、四十ぐらいやな。一日のうち何回か、頭痛がひどくなる。医者は、回復してるとは言うんやけど」

「すぐ良くなるさ」綿谷は椅子を引いて座った。最上は一人がけのソファに陣取る。綿谷は振り向いて最上に合図を送り、切り出した。「これは、非公式な話だから」

「あ？　ああ」

「これから話すことは記録されない」

「――分かった」

「張敏が逮捕された話は聞いたな？」

「聞いた」

「少しは安心したんじゃないか？　これでもう、お前を襲う人間はいないだろう」

「張敏はどれぐらいくらいこむんや？」

「何とも言えない。何しろ持ってきた覚醒剤が一トン超だからな」

「一トン？」菅原が目を見開く。

「何だ、お前、知らなかったのか」

「いや、そこまでは……」菅原が唇を舐めた。

「そうか。これは速報値だけど、押収された覚醒剤は、一一一二キロ、一トン超えだ。国内で、一回で押収された覚醒剤としては最高レベルだよ。それで……お前はどこで張敏と会ったんだ？」

菅原が力無く首を横に振る。仕方なく、綿谷は自分から切り出した。

「大阪だよな？　お前が張敏と一緒に、キャバクラやかなり高級なクラブに通っていたことは分かっている。お前、ずっと大阪にいたのか？」

「そういうわけやない」菅原がうなだれた。「あちこち……できるだけデカい街にいるようにしてた。福岡、広島、仙台……大阪には一年ぐらい前からいた」

「部屋を借りたのか？」

「そんなことしたら、すぐにあんたらにバレる」

「じゃあ、どうした？　ホテル住まいってわけにはいかなかっただろう」

「ただでマンションにいたんや」

「張敏が借りていた部屋だな？」ピンと来て、綿谷は追及した。

「張敏が使ってる誰か、だ。それが誰かは、俺は知らん」

「どうやって張敏と知り合った？」

「闇サイト。俺も何かしないと飯が食えへんからな」

「お前が闇サイトを使った？」綿谷は思わず眉を吊《つ》り上げた。暴力団が、闇サイトを使って人を集め、悪事を企画するなら分かる。そういうケースは最近多い。しかし破門されたとはいえ、元暴力団組員が闇バイトで仕事を探すとは……まさに転落の歴史だ。

「しゃあないやろ」言い訳するように、上目づかいに萱原が言った。「俺だって、食っていかんとあかんねんから」

「そこで張敏と関係ができたのか。運び屋でもやってたのか？」

「ああ。でも俺は、すぐに引き上げられた」

「運び屋じゃもったいないってことか。ビジネスパートナー？」それで喜んでいたなら、萱原は本当に救いようのない馬鹿だ。

「そんな感じや。奴は、大規模なヤクの密輸組織を作ろうとしてた。海外から日本に持ちこんだヤクを売りさばく組織。既存の暴力団がやらないようなやり方でやる。最終的には、暴力団がやっているシノギを、全部自分たちのものにするつもりやったんや」

「日本を裏から支配する？」そんなことを企んでいる輩《やから》がいたら、既存の暴力団が警戒するのも当然だ。

「ああ」菅原がうなずく。「最初はいいと思ったんや。金は儲かるし、俺も昔世話になってたところに不満がないわけやないからな。暴力団がなくなっても、誰も困らへんやろうし」

暴力団は、意外に市民生活に食いこんでいる。薬物ビジネスでは、サラリーマンや主婦、学生までもターゲットにしているし、繁華街ではみかじめ料として飲食店に金を求める。その他にも特殊詐欺などを展開して、裏経済を動かしている。綿谷は暴力団を認めるわけではないが、暴力団の存在で、街の秩序が保たれている部分も確かにある。そこを中国人グループに取って代わられたら――日本の裏側が外国人に占拠されてしまうことになる。

日本が変容してしまう。

「あんたも、張敏たちが裏社会を仕切ろうとするのに手を貸していたわけだ」

「最初はな。最初だけやで？　まだ事情もよく分からずに、あれこれ知恵を出してただけや。でも、そのうち奴らの本当の狙いが分かってきたんや。今回の覚醒剤一トンの話を聞いた時――俺は一トンとは知らんかったけど――ヤバいと思った。それだけ大量の覚醒剤を入れたら、暴力団の商売もおかしくなってしまう。奴は、日本の覚醒剤ビジネスを独占するつもりやったんや。そんなのには付き合えへん。だから抜けるべきやと思った」

「『じゃんがヤバい』と言ったのは、張敏の話だな?」

「そうだ」菅原がうなずく。

「どういうことか、さっさと言ってくれればよかったのに」

「あの時は説明する時間がなかったんや」

「とにかくお前は、北へ逃げた」

「あんたに話をしようと思った。そりゃあ俺は、殺しで指名手配されてる人間や。でも義俠心《ぎきょうしん》はある。その辺にいる人に比べれば、愛国心はずっと強い。だから張敏たちを潰すためには、警察にも情報提供しようと思った。それであんたと連絡を取ろうとした。俺が話できる警察の人間は、あんたぐらいやからな」

「携帯の番号は覚えてなかったか」

「今、携帯なんか持ってへんから。それで、ちょっと手を回して、あんたが今はＳＣＵっていう部署にいることが分かった」

「だったら電話してくれればよかった」

「したわ。そうしたらあんたはいない——それでこっちまで追いかけてきたんや」

「誰が俺の居場所を喋った?」

「あれ? 聞いてないんか?」菅原が怪訝そうな表情を浮かべた。「全部分かってやってるのかと思うてたわ」

菅原が明かした真相は、綿谷に軽い衝撃を与えた。少し口をつぐんで、気持ちを落ち着かせる。深呼吸を一回、二回。前のめりになり、両の前腕をテーブルに載せる。

「それでお前は俺を追ってきた。でも話す前に捕まると思って、慌てて発砲し、人質を取って立て籠もった。それは間違いないな？」

「ああ」菅原が力なくうなずく。

「その後警察に撃たれたのは事故だ。それも承知してるな？」

「しょうがない。俺が先に撃ったんやから。でも、誰かを殺す気なんか、なかったからな。ビビって驚いて、つい引き金を引いただけや」

「分かってるよ。盛岡中央署にも、ちゃんとそう話せ」

「調子がええ時にな」菅原が力なく首を横に振った。

「張敏はまだ、ろくに取り調べに応じていない。何なんだ？　奴は警察慣れしてるのか？」

「向こうでは警察に捕まったことはないって言うてたで。警察っていうか、公安？　連中には、金を掴ませれば何とでもなるって言うとったな。日本の警察も、そのうち金で丸めこむって」

「お前は何と言った？」

「日本の警察はそれほど甘くないって、警告しといたわ」

「ありがとよ」綿谷は笑みを浮かべた。「あんたが、警察の評判を落とさないでくれて助かった」

「ただ、張敏は、本気で警察も暴力団も金で何とかできると思ってた」

「そうか……奴が俺を襲ったのはどうしてだ？」

「ああ——それは……」菅原が言い淀む。「実は俺が、あんたの名前を出したんや」

「何でまた」

「誰か買収できる警官はいないかって聞かれて。知らないとは言えない雰囲気やったから、しょうがなく教えたんや」

「お前、やっぱりひでえ野郎だな」綿谷は両手で顔を擦った。「俺、そんなに金に弱いように見えるか？」

「そういうわけやない。反射的に、や」

「張敏が俺の名前を知ってる理由は分かった。でも、どうして俺を襲ったかが分からない。しかも、うちの実家にまで、脅迫するような電話がかかってきた。それも張敏が手配したんじゃないかな」

「想像やけど……あんたの名前を、別の文脈で出した人がいるんやないかな」

「誰だ？」

「ああ、それは……俺、この六年間、誰とも会ってなかったわけやない。こっちの業界の関係者とも連絡は取ってた。組の連中とは、さすがに無理やけど」

「誰と話してた？」

　菅原が明かした真相の衝撃は大きい。しかしこれはきっちり、決着をつけないと。菅原がポツポツと話す内容を、綿谷は頭の中でまとめた。

「つまり、こういうことか。お前は逃亡中、その男と一緒に張敏の仕事をしていた。今後のことについて相談もしていた。そしてお前らにとって俺は、共通して知っている警察官だった」

「ああ」

「お前は張敏と手を切って逃げる時に、そいつに相談した。そして、取り敢えずどこか小さな街に姿を隠して様子を見ろ、とアドバイスされた。しかしお前は、俺の名前を出して相談するつもりだと言った」

「ところがそいつは、俺よりずっと深く、張敏と通じていたんやと思う。だから、俺があんたに会いにきたこともバレた——張敏は、俺が秘密をあんたに喋ったんやないかと、疑心暗鬼になったんだろう。だからあんたを襲って、俺が何か喋ってないかどうか、確認しようとしたんやないか？　実家に電話をかけたのも、プレッシャーをかけたつもりなんやろうな」

「間抜けな野郎だよ——警察官を襲って無事で済むと、本気で思ってたとしたら」

「いや、張敏は自信家なんや。警察も、最後は自分の力で潰せると思ってる」

「最後まで行かないうちに失敗したな」

「俺もとんでもないことに手を貸そうとしたもんやな」菅原が溜息をついた。「日本を、外国の犯罪組織に売り払おうとしたんやから」

「意識を取り戻した時に、さっさと言ってくれればよかったんだよ」

「状況が分からんかったから、用心したんや。病院にいても、安全とは言えへんやろう？　でも、張敏が逮捕されたと聞いて、あんたには話そうと思った」

「分かった。でも最初に言った通り、この事情聴取は非公式だ。もう一度、盛岡中央署の連中に、正確に同じことを話してくれよ」

「そうするわ」長く息を吐いて、菅原がホッとしたような笑みを浮かべた。「これで俺も安心やな」

何が安心だ。菅原は、指名手配されている身だということを、すっかり忘れているようだ。ここでの発砲事件だけでなく、六年前の殺人事件でも裁かれる。実刑判決を受けるのは間違いなく、刑務所暮らしが長く、きついものになるのは間違いない。

しかし、敢えて指摘はしなかった。菅原も分かっているはずだし、いずれ誰かがきっちり教えるだろう。

綿谷は最上を誘って、実家に泊まることにした。最上はさすがに遠慮したのだが、「宿泊費が浮けばキャップも喜ぶ」と言うと乗ってきた。

ただし、母親には悪いことをした。老夫婦二人の夕飯は質素なものだし、父には食事制限もある。そこに、いかにも食べそうな若い大男がやって来たら、慌てるだろう——そう予測した綿谷は、すき焼きの材料を仕入れて帰宅した。母親もそれで少しはホッとしたようだ。

家の中は、昔に比べて少しだけ荒《すさ》んでいるようだった。以前は警察署のようにきちんと片づいていたのだが、結構ものが散らかっている。基本的に母も、父の世話で、家の片づけまでは手が回らないのかもしれない。

「久しぶりにやるか」父に誘われ、綿谷は将棋盤を持ってきた。本当は専用の趣味の部屋でやりたいのだろうが、あそこはゆったりソファに座って指すようになっている。しかし今の父は、前屈みになって駒を動かすのに難儀しそうだ。リビングルームなら、床に直に座れるから、駒が近くなる。

綿谷が先手。しばらく静かに指していたが、途中から父のスピードが上がってきた。まるで、既に王手へのシナリオができていて、そこへ急いで辿り着こうとするように。横で見ていた最上が、途中で何度か「あ」と声を上げたので焦ってしまう。何かヘマしたか？　したのだろう。結局、早指しのようなスピードで負けてしまった。相変わらず父には勝てない——少なくとも、頭と右手の動きは以前と同じようだ。

「君もやるのかな」父が面白そうに最上の顔を見た。

「全然強くないですけどね……ご教授いただいていいですか」

「やろうか」

最上に席を譲り、今度は高みの見物——最上の将棋の腕は、八神よりはましなのだが、父の敵ではない。まさに赤子の手を捻るように、父があっさり勝った。

「参りました」最上が頭をかきながら言った。「これは、お強いですね、とかいうレベルじゃないですね」

「この歳になると、ただの老化防止だよ。残念ながら、血管の老化防止にはならなかったけど……亮介」

「ああ」

「お前、こっちへ帰ってくるつもりか」

「綿谷さん、それって……」最上が慌てたが、父が首を横に振って制すると、黙ってしまった。辞めて二十年近く経つのに、まだ署長の威厳が残っているようだった。

「俺がリハビリ病院や施設に入らないからか」

「家にずっといるつもりなら、母さん一人じゃ無理だよ」

「誰か人を頼む」

「それでも、だ。俺がいれば役に立つだろう。こっちで仕事もあるだろうし」

「俺が千葉へ行ってもいい」

「え？」意外な申し出に、綿谷は困惑した。

「お前には、警視庁でやることがあるだろうが。定年も延長される。まだまだ腕の振るいがいがあるはずだ」

「だけど——」

「俺は警察官人生の中で、一つだけ後悔していることがある。正確には、警察官人生とは関係ないが——東日本大震災だ」

「あの時、父さんはもう辞めてたじゃないか」

「だからこそ、だ。警察にいれば、やることはたくさんあった。市民の役に立てていると実感できただろう。しかし俺は、何もできないまま、避難所で寒さに震えていた。あれほど情けない思いをしたことはない」

「不可抗力だよ」

「分かってる」父が深刻な表情でうなずいた。「分かっているが、悔しいものは悔しい。今でも悔しい。自分がその場にいれば——働ける立場にあれば、何ができたかとずっと考えている。何もできなかった——これは、その時の罰じゃないかと思っている」父が、右手で左腕を叩いた。

「そんなことはない」

「お前は、警察を辞めてはいけない。定年までしっかり勤め上げろ。そして置かれた場所で全力を尽くせ。お前が警察官になると言った時、俺は誇らしかった。東京で勝負したいと言ったな？　勝負できたか？」

「まだ十分ではないな」

「だったら、俺のことで勝負を諦めるな。お前にはまだやることがあるだろう。お前の邪魔をするぐらいなら、俺はリハビリを頑張る」

綿谷は最上と枕を並べて寝ることになった。灯りを消した瞬間、最上がしみじみと言った。

「親父さん、かっこいいっすよね」

「そうか？」

「何て言うか、世代交代をちゃんと意識していて、引き際を心得ていて……後悔しているっておっしゃいましたけど、実際は現役時代にフル回転で、悔いのない警察官人生を送られたからこそ、そんな風に言えるんじゃないですかね」

「どうかな」

「いやあ、俺もあんな爺さんになりたいです――すみません、爺さんとか言って」

「立派な爺さんだよ。でも、まずは将棋の腕を上げないとな。俺もお前も」

「長い道のりですねえ」

その道のりが自分よりもずっと長い最上を、心底羨ましく思った。

4

嫌な仕事であっても、逃げるわけにはいかない。一対一での対決も考えたが、綿谷は今回、由宇を同行させることにした。彼女にとっても知り合いだし、最後を見届ける義務と権利があると思う。ただし由宇と二人だけではなく、さらに暴対課の刑事を二人、外で待機させることにした。中崎の指示である。

この件を相談すると、中崎は「今回の事件で、これが最後の関係者か?」と念押ししてきたのだ。

「おそらくは」

「だったら、安全に、確実に引きたい。相手の巣に入りこむんだったら、うちの用心棒を二人、連れていってくれ」

そのうちの一人が、暴対課で最長身の井本だった。長身でひょろひょろに痩せている。

こういう人間は典型的な文系タイプで、まったく運動ができないというパターンも珍しくないのだが……実際には逮捕術の名手で、特に警棒の使い手として課内では有名だという。確かに、あれだけリーチが長ければ、警棒は絶好の武器になるだろう。自分がいない間に、暴対課にも優秀な若手がどんどん入ってきているわけだ。

店の入口で、綿谷は二人に待機を命じた。

「スマートフォンはつないだままにしておく。注意しておいてくれ」

「分かりました」井本が真剣な表情でうなずく。

「言葉の駆け引きだから、暴力沙汰にはならないと思うけど、何かあったら躊躇《ためら》わずに飛びこんでくれ」

「了解です」

井本は慎重——少し怯えているようにも見えるが、もう一人の若手刑事、山井《やまい》は気合い十分で、両手を組み合わせて指をバキバキと鳴らした。背は高くないががっしりした体格で、柔道二段。揉め事を期待するように、目が輝いている。

「落ち着けよ」綿谷は苦笑しながら山井の肩を叩いた。

「綿谷さん、裏投げで五人、病院送りにしたって本当ですか?」山井が唐突に訊ねた。

「それは都市伝説だ。そもそも裏投げは、そんなに綺麗に決まるわけじゃないから、病院送りなんてありえない」

「いやあ……今度ぜひ、お手合わせ願います」

「その時は、裏投げを見舞ってやるよ」

「オスッ」

何の会話だ……隣で由宇が呆れている。綿谷は首を振り、店のドアを押し開けた。

いつもの、一番奥のボックス席——富島はいた。目の前にはグラス。しかし今日はどこか様子が違う。綿谷は向かいの席の奥に、由宇が手前に座る。

「電話しても出てくれなかったな」綿谷は切り出した。

「いろいろ忙しくてな」

「今日は、聴きたいことがある」

「何なりと」富島が肩をすくめる。「俺に答えられることなら」

「あんた、本当は菅原と連絡を取り合っていたな？　奴の逃亡生活を助けていたとは言わない。だから犯人蔵匿には当たらないだろう。でも、もっと重大な秘密があるんじゃないか？　奴と何をしようとしてた？」

「菅原ねえ。あのトンパチが……昔のヤクザ映画に憧れてヒットマンになるような奴は、令和の時代には生きられないよ」

「ヤクザとしては死んだ。奴は間もなく、殺人容疑でも逮捕される。実刑は免れない。出所した後どうなるかは、俺には何とも言えないな——ところであんた、何でここにいる？」

「どういう意味だ？」済ました表情で富島が訊ねる。

「俺は、今夜あんたがここにいる確率は一割もないと思ってたよ。あんたぐらい目端が利く人間だったら、とうに高跳びしてると思ってた。どうしてここにいる？」

「あんたと話したかったのかもしれないな」富島が薄い笑みを浮かべる。

「どうして」綿谷は座り直した。

「いろいろ話すことがあった。あんたに言われる前に、俺の方から言うべきかもしれないと思ってね」富島がグラスを摑んだ。手がかすかに震えている。

「自首ということか？」

「自首と言うべきかどうかは分からないが」富島がグラスを口元に持っていく。一気に、首を後ろに折るような勢いで吞み干すと、カウンターに向かってグラスを掲げてみせる。

綿谷は何故か気になり、首を捻ってカウンターの方を見た。いつものように無表情なバーテンが新しいグラスを用意し――ウイスキーのボトルを取り出した。そこから少しだけ注いで、すぐにグラスを持ってくる。

「あんた、吞まないんじゃないのか」

「吞むさ。この店では吞まないだけだ――ここは仕事場だからな。でも、今日は吞ませてもらう」またグラスを持ち上げ、今度は舐めるように吞んだ。

「最後の酒か?」

「最後ではない。どう考えても、そんなに長く娑婆《しゃば》とお別れするわけじゃないからな」

「どうしたい? あんたが喋るか? 俺が説明するか」

「そちらからどうぞ」富島が綿谷に向かって右手を差し出した。

「あんたは、菅原と関係があった。昔からの関係じゃない。あいつが指名手配されて、逃げている最中にできた関係だ。それも、張敏を通じたつながりだろう。あんた、前にこの朝比奈に『日本のヤクザも厳しい時代に入った』と言ったよな? それは、張敏のような外国人が日本に入ってきて、あんたたちの仕事を奪う——あんたたちを排除して、後釜に座ろうとしていることを言ってたんだろう? そして今のあんたたちには、選択肢は二つしかない。全滅覚悟で戦うか、奴らの配下に入るかだ。あんたの選択肢は?」

「俺たちは、プライドだけで生きてきた。今の日本で、『武士は食わねど高楊枝《たかようじ》』を実践しているのは俺たちぐらいだろう」

「そういうのは、歴史の中の話じゃないか? 少なくとも俺が刑事になってから、あんたらはずっと汲々《きゅうきゅう》としていて、昔だったら考えられない犯行に走っていた。武士は食わねどと言っても、食わないと確実に死ぬ。食うためには、プライドを捨てないといけない。しかし、死にものぐるいで悪事を働けば、警察に目をつけられる。そういうのは、若い連中には受けないだろう。だから暴力団は年々縮小する一方だ」

「あんたらも痛し痒《かゆ》しだな」富島が皮肉を吐いた。「俺らがいなくなれば、存在意義がなくなる」

「俺たちは、暴力団専門の部署じゃない。相手にするのは多種多様な組織暴力だ。形は変わっても、そういう組織は人間が存在する限り、なくならない。相手が変わるだけで仕事は続けていくから、心配しないでくれ——それであんたは、張敏の軍門に下ったんだな」

「奴は平気で人を殺す。俺の前で、中国人の部下をいきなり素手で殺した」

「そうか」

「驚かないのか？」

「その話は初めてじゃない。奴は何人も殺している可能性がある」この件については、これから本格的に追及していくことになる。

「俺も、目の前で人が死ぬのを見たのは初めてだった。指を詰める場面には何度も立ち会ったが、死ぬのは……奴は、中国の古い武術の使い手らしい。殺人拳、とか奴は言っていた。本当かどうかは知らないが、素手であんなに簡単に人を殺すのは……」

「さすがのあんたもビビったか？」

「ああ。ただ、この件は使えると思って、チャンスを待っていた。ビジネスパートナーとして奴に協力して、利益を吸い取る。そして奴が部下を殺した件を利用して、奴を警察に売り渡す、あるいは中国に追い返す」

「そうして利益はあんたが独り占めにする——恐怖には負けないってことか」

「奴は、日本の覚醒剤ビジネスを独占しようとしていた。協力しない人間は排除すると言ってたが、排除されるのは奴の方だ」

「その辺は、後でじっくり聴かせてもらう」綿谷はうなずいた。「張敏は、日本で大規模な覚醒剤組織を展開して、暴力団に取って代わるつもりだったわけだな。結果的にあんたは、その先兵役を務めたことになる。張敏の組織が定着するのに手を貸せば、自分もその中で生き残れる」

「否定したら？　俺は従う振りをして、奴を追い出すチャンスを狙っていただけだ」

「否定するなよ。自供すれば、逮捕してやる」

「わざわざ逮捕されたがる人間がいるかよ」富島が鼻で笑った。

「あんた、いつまでも呑気にこの店で呑んでいられると思うか？　この件がバレれば、あんたは組の中で厳しい立場に追いこまれる。中国人に協力して、組の覚醒剤ビジネスを圧迫したんだからな。組からすれば、面子も金も潰されたんだ。問題視するのは組だけじゃない。暴力団の業界界隈《かいわい》では、消すべき人間として認定されるんじゃないか。仲間だと思っていた連中に一生追われるのは、辛いだろうな。逮捕されて、世間と隔絶された方が安心できるんじゃないか？」

「お前……俺を殺す気か？」

「刑事は人を殺さない」綿谷はうなずいた。「この件に関しては、まだどこにも情報は流していない。まあ、流さなくても、もう知られているかもしれないけどな。だから余計なことはしない。ただしそれは、あんたが素直に俺についてくれば、だ」

「俺を逮捕するのか」

「まずは一緒に来てもらう。それで覚醒剤ビジネスについてきちんと話してくれれば、逮捕になるだろうな。世界で一番安全な場所に保護してやるよ」

「――クソッ」富島が吐き捨てる。普段の彼らしくない、乱暴な言葉遣いだった。

「話はいくらでも聴く。俺が聴いてもいいし、暴対の担当者をつけてもいい。あんたに選ばせてやる。いずれにせよ、ここでびくびくしながら生きていくよりは、よほど精神的に楽だと思う。あんたも今まで、神経をすり減らして生きてきたんだろう？　そろそろ楽になれよ。プライドが云々《うんぬん》っていう話は理解できるけど、プライドよりも大事なものは間違いなくあるんだぜ。生きていてこそ、だ」

「あんたに説教を食らうとはね」富島が鼻を鳴らした。

「説教してるつもりじゃない。同年代の人間の独り言だ。どう受け取るかはあんた次第だよ」

「分かった」富島がグラスを干した。「これで酒ともお別れだ」

「今夜はどうして呑んでたんだ？」

「素面であんたの話を聴く気にはなれなかったからね」

「そうか……じゃあ、行くか」

「おう」

富島が体をゆらりと揺らして立ち上がる。グラスを一度持ち上げ、音を立ててテーブルに置くと、バーテンがすぐに飛んできた。富島が背広の内ポケットから封筒を取り出して、バーテンに渡した。

「しばらく店を空ける。お前にはいろいろ面倒かけたな。これはボーナスだ。後は頼むぞ」

「オス」バーテンが分厚い封筒を恭しく両手で受け取り、深々と頭を下げた。

「手錠はいいのか？」富島が由宇に視線を向けた。「俺に手錠をかけるチャンスは、これが最初で最後かもしれないぞ」

「手錠をかける理由がありません」由宇が冷たく言い放った。「今のあなたには逃亡する理由がないはずだし、暴れる気配もありません。そういう人には手錠をかけない——原則を曲げる必要はありませんから」

「特別扱いなし、か」富島がふっと笑った。

「そうです。あなたは特別な人ではありません」

富島を乗せた覆面パトカーを見送ってから、綿谷は溜息をついた。

「朝比奈、あそこまで追いこまなくてもよかったぞ。野郎、結構ショックを受けてた」

「二度と会わないと思いますから、言いたいことは言っておきました」

「そんなに嫌ってたのか？」

「世の中に必要ない人です。それなのに、自分の世界に閉じこもって、酔ってる。いったいどんな存在価値があるんですか？」

「俺もそうは思うけど……奴らは生かさず殺さずで行かないと」

「いなくなっても、誰も困らないじゃないですか」

「海外のマフィアが暗躍するような状態になってくると、奴らの存在意義はむしろ出てくるかもしれない。防波堤だ。警察が追いきれないところを、奴らに肩代わりしてもらう」

「そんなこと、できるんですか？」

「利用できるものは親でも使え、だ」綿谷はにやりと笑った。「俺たちは昔から、ずっとそうやってきた。もちろん、これから変わっていくだろうけどな。変化に対応できない人間は、生き残っていけない時代だよ」

喋りながら、これは自分にこそ当てはまる言葉ではないかと綿谷は思った。

「肝に銘じておきます。最後の教訓になりました」

「……やっぱり異動か」

「延ばし延ばしにしていたんですけど、そろそろ限界です。SCUでの仕事は面白いしやりがいがありますけど、私も将来は考えています」

「それは、SCU全員が考えてるよ。後押しするけど、上に行けば行ったで、辛いことは多いぜ」

「覚悟してます」由宇がうなずいた。「お世話になりました」

「いつかは俺が、君の下に入って指示を受ける立場になるかもしれないな。その際は、お手柔らかに頼む。SCUでの縁があるんだから」綿谷はさっと一礼した。

「それとこれとは別の話です」由宇がニコリと笑った。

「さて……富島は暴対に任せたから、SCUの卒業祝いで飯でも行くか？」

「歌舞伎町だとラーメンですか？」由宇が顔をしかめた。「それなら日を改めて、もっと高級なものでお願いします」

「ラーメンも馬鹿にしたものじゃないぜ」以前、やはり富島と会った後に、二人でラーメンを食べたことがあった。由宇はあまり嬉しそうではなかったが。

「分かってますけど、卒業祝いにラーメンはどうかと思います」

「……まあ、そうだな。じゃあ、改めて」綿谷はうなずいた。「いい店を探しておくよ」

「私が指定しますよ。お店手帳の中で、一番いい店を選びます」

「それは……支払いが怖いな」

「卒業祝いですよ？　豪勢に送り出して下さい」

由宇とのこういうやり取りもお終《しま》いか。彼女はきついところもあるし、上を目指す意識が強すぎてカリカリしている時も多いのだが、それでも年齢や性別と関係なく、話が合う相手ではあった。

友だちが引っ越しで去っていく時のような気分だった。


金曜日、ＳＣＵのメンバーは定時に引き上げた。綿谷は少し書類仕事が残っていて、残業確定――珍しくキャップの結城も居残っている。

由宇の送別会は、三月の最終金曜日に決まった。それまでＳＣＵは、今回の事件の様々な後始末に追われるだろう。だがそれは事件の「余韻」であり、刑事にはそれを味わう権利があると考えるべきだ。

「綿谷警部、腹は減らないか？」結城がいきなり声をかけてきた。

「それは――この時間になったら、多少は」

「少し何か入れておくか」

「食べに行くよりは、仕事を片づけてしまいたいです」

「いや、小腹塞ぎを用意してあるんだ」

結城が、打ち合わせ用のテーブルについた。何事かと思って近づくと、結城が花柄のバンダナを広げて、プラスティック製の保存容器を取り出していた。中には緑色の餅のようなものが見える。

「草団子だ。そういう時期だろう」

「ああ……どうしたんですか？」聞いてしまってから、これが噂に聞く結城の手作りスイーツだと気づいた。「お手製ですよね？」

「ああ」

結城がパックを開け、草団子に満遍なくきな粉をまぶした。黒文字《くろもじ》を渡してくれたが「手の方が楽そうです」と断った。

きな粉を落とさないように気をつけながら——失敗して膝が汚れた——草餅にかぶりつく。柔らかい甘さ、鼻から抜けるような爽やかな青い香り。嚙み千切ると、繊維が残っているのが見える。よもぎを使ったのだろうが、完全にはすり潰していないようで、それが強い香りの元になっているのだろう。まだしっとりした舌触りが残り、重さの割にさっぱりしている。いくらでも食べられそうだった。

「子どもの頃、母親が作ってくれた草団子がこんな感じでしたよ。うちではつぶあんを入れてましたが」

「うちは純粋に団子だけだった」

結城は黒文字を使い、器用に草団子を口に運んだ。食べ終えると、綿谷はずっと気になっていたことを聞いてみることにした。

「菅原なんですが……」

「その件については謝罪する」結城がいきなり頭を下げた。

「キャップ……」

「いつ謝ろうかと思っていた。君に先に言われたのは失敗だったな。とはいえ、忙しかったから、じっくり話している暇もなかった」

「ええ。俺が盛岡にいることを菅原に話したのは、キャップですね？」菅原の告白は綿谷に衝撃を与えた。

「ああ。奴の存在は頭に入っていた」

「まさか、警視庁の指名手配犯を全員知ってるわけじゃないですよね？」

「公安の指名手配犯は知っているが、その他には、ＳＣＵのメンバーが関わった事件のものだけだ。菅原は君と話がしたくて、ここに電話してきた。私はすぐに、君が指名手配した人間だと分かったので、よければ話を聴くと申し出た」

「奴は受けなかったんですね？」それはそうだろう。「菅原はお調子者ですけど、用心深くもあります。しかも六年間も逃亡生活を続けていた」

「あくまで君と話したいと言った。盛岡にいるなら会いに行く、連絡先を教えて欲しいと」

「奴から連絡はありませんでしたよ」言ってしまってから、菅原がスマートフォンも持っていなかったことを思い出した。

「まさか、東京駅で発見されて、尾行されるとは思わなかったんだろう。それであんなことになった。君に連絡せず、申し訳ない。発砲事件に関しては、早々に手を打たなかった俺の責任でもある。それについては責任を取るつもりだ」

「それはそう思います」綿谷も認めた。負傷したのは菅原本人だけだが、発砲事件は日本では常に大問題になる。「それに今回の事件、いろいろと変じゃなかったですか？東京の外へ出て捜査して、しかも他の県警の捜査を仕切る——最終的に合同捜査を仕切るなんて、いくらSCUでも仕事の枠を越えてます」

「そうだな」結城が淡々と同意する。

「何かあったんですか？」

「実は、警察庁がうちに目をつけている。というか、警察庁の将来の計画の中で、うちに注目している」

「意味がわかりませんが……」綿谷は首を捻った。

「うちが発足して以降も、事件は複雑化しているし、外国人が絡んでいたり、県境を跨《また》ぐような事件も増えてきている。そうなると、警察庁の捜査指揮も難しくなるんだ。それで警察庁では、直轄部隊の創設を検討している」

「今までとはだいぶ、やり方が違いますね」

警察庁は全国の警察を統括する立場ではあるが、実際に直接指示を飛ばすことはまずない。極めて難しい状況に関しては別だが、そうでなければ各県警が責任を持って捜査を進める。県を跨いだ合同捜査を行うこともあるものの、その際も警察庁が直接仕切るのではなく、県警同士がすり合わせをする。

「スピードが勝負の事件もあるだろう。そういう時に、県警同士で話をして……とやっていたら時間が足りない。警察庁に実働部隊があれば、すぐに現場に投入して仕切れるという考えなんだ。それに比較的近いのが、我々の仕事——ということで、今回は警察庁から直接指示があって、うちが試験的に仕切ることになった。各県警やうちの暴対課には、警察庁から話が行った」

「我々は知らなかったわけですね」綿谷は皮肉を吐いた。

「緊急性を優先した」

「それで、警察庁はご満悦ですか？　まさか、我々がこのまま警察庁に異動、なんてことはないでしょうね？」

「ＳＣＵはあくまでモデルで、警察庁は独自に組織を作るだろう。もちろん、我々が引っ張られる可能性もあるが」

「朝比奈を送りこめばよかったじゃないですか。中央官庁で仕事をするのも、あいつにとっては勉強になりますよ」

「まずは、所轄で管理職の勉強をしてもらう。階段は順番に上がらないと」

「このメンバーで仕事するのもあとわずかですね。最上も異動ですか？」

「遅くともあと一年……来年の春の異動では、出さざるを得ないだろうな」

「ええ」

「俺にも異動の話はある。宮仕えなら当然だ。でも、もう少しここにいることにした。上にも納得してもらっている」

「何かあるんですか？」

「俺には、ここでやることがある。それを成し遂げるまでは、異動しない。でも、勝負の時はすぐそこまで来ている。朝比奈もいなくなるし、君にはもう少しサポートを頼みたい」

「それはもちろん、ここにいる限りはサポートさせてもらいますよ」

「警視庁を辞めるのは——それはないな？」念押しするように結城が言った。

「そんな話、しましたっけ？」

「そう考えてるんじゃないかと思って、心配していた。お父上のことは、大変だったな」

「何とか臍《へそ》を曲げずに、毎日リハビリしているようです」母、それに姉とは連絡を取り合い、父の状況を確認していた。結局今は、リハビリ専門の病院に入院して、一日数時間のリハビリに取り組んでいるという。本人は「これはトレーニングだ」「何で八十歳になってこんな思いをしなくちゃいけないんだ」と文句を言っているそうだが、やるからには真面目に……という性格もあって、きちんとこなしているらしい。しかし将来は……リハビリが上手く行かなかったら、千葉の家へ引き取ることも本気で考えねばならないだろう。父も、それでもいいと言ってくれているのだから。

「お父上は何と言っておられる？」

「向こうで母と暮らすのが大変なようだったら、こっちへ来てもいいと」

「それはそれで大変だと思うが、君が辞めて田舎に引っこむよりは、はるかにましだ」

「親父も、急に心変わりしたようなんです。意固地だったのが、現役時代のプライドを取り戻したみたいですね。自分の親世代の人間が何を考えているかは、分かりにくい」

「同感だが、俺とは話は合う人だ」

「まさか、話したんですか？」初耳だ。父もそんなことは一言も言っていなかった。

「地元採用で署長にまでなられた方の言葉には含蓄がある。俺も、学ぶところが多かったよ。同時に俺は、セールスマンとして意外に才能があることも分かった」

「何を売りこんだんですか？」

「君だ」結城がうなずいた。「君がいかにＳＣＵに、そして警視庁に必要な人材であるかをひたすら説明した。納得していただけたと思う。少なくとも、君を息子として誇りに思えるようには仕向けられた」

「キャップ……そこまで首を突っこむ必要はないのでは？」

「お節介だったか？」

「そうとは言い切れないんですが……警視庁には残ります。父のことは、これから状況も変わるでしょうから、また考えます。でもどうして、そこまでしたんですか？」

「家族は大事だろう。家族と何かを天秤《てんびん》にかけることはできない。そして俺にとって、一番家族に近い存在がＳＣＵなんだ」

結城の家族のことを……綿谷は知らない。聞けば教えてくれるかもしれないが、聞いてはいけない雰囲気を結城は醸し出しているのだ。仕事をスムーズに進めるために、余計な質問はしない方がいい。しかし今の一言で、結城という人間に対する興味——疑惑がわいた。この男は、本当はどんな人間なのだろう。そしてＳＣＵに固執する理由は？

ＳＣＵ最大の謎に挑む時が来たようだ。

解説

田口幹人

近年、「推し」や「推し活」という言葉を耳にすることが増えた。読者の皆さんの中にも、代り映えのしない毎日に、ほんの少しの幸せをもたらしてくれる存在がいるのではないだろうか。

推しの対象となるのは、アイドルや俳優や歌手など、じつに様々である。本に置き換えた場合、その著者の新作の発売日に書店に足を運んで購入し、既刊を繰り返し読み、映像化された作品を観《み》て、時にはトークショーやサイン会に足を運んでその気持ちを著者に伝える、ということが「推し活」と言えるだろう。

現代は、スマホの普及により、映像や動画、ゲーム等視覚的な娯楽が隆盛を極めているが、僕は、やはり小説を読むことがもっとも好きである。活字を通してしか得られない情報は想像力を高めてくれ、自分ではない誰かの思考や感情に触れることができ、さらに知らない世界に出合わせてくれる。人間の内面や心が動く様を、景色や仕草など外面を描くことで表現する小説は、場面をどこまで丁寧に描くかによって深みが違ってくるという魅力があり、それが楽しくて小説を読んでいる。

自ら読み、大々的に店頭で展開し、それを多くの読者が手にしていく様を目の前で見られるのが書店員の醍醐味《だいごみ》だった。中でも思い出深い作品がある。鳴沢了シリーズ第一作目の『雪虫』（中央公論新社）である。出版社の担当営業から紹介され、ゲラの段階で読ませていただいた作品だった。

仏の鳴沢と呼ばれた祖父と、捜一の鬼の異名をとる父を持つサラブレッドの主人公・鳴沢了が、様々な難事件を解決していくという王道警察小説なのだが、鳴沢了の際立ったストレートな正義感が深く刺さり、「俺は、刑事になったんじゃない。刑事に生まれたんだ」という言葉に心を撃ち抜かれた。

通常の仕入れ部数の三十倍にあたる数を書き込んだ注文書を出版社に送ったところ、「こんなに大丈夫ですか？」と担当者から連絡があったことを覚えている。それは、この一冊をここから読者に届けるというある種の書店の覚悟でもあった。今思えば、作中の鳴沢了の言葉に影響された結果だったのかもしれない。入荷後、瞬く間に売れてゆき、追加追加の日々だった。その後、続編の発売日には、新作を待っていた多くのお客さまが買い求めに来てくれる人気シリーズとなった。

この原稿を書くために、『雪虫』の発売日を確認したところ、二〇〇四年十一月二十五日とあった。二十年前のことだったのか、と時の流れを感じてしまう。この間、全国各地で約五三〇〇店の書店が閉店・廃業した。本との出合いの場が減っていることは寂しいが、いまもそれぞれの店頭で、読者と作品との出合いを創り出そうとしている書店員がたくさんいる。ぜひ本屋に足を運んでみてください。新しい推し作家や推し作品との出合いがきっとあるはずだから。

さて、本書に触れていきたい。

堂場瞬一さんは、幅広いジャンルの小説を執筆し、多くのファンを持つ第一線で活躍している人気作家である。一つの型にはまった作風というものを持たず、一冊ずつ読み味が異なる。登場する人物の造形を年齢や抱えている複雑な事情を巧みに織り交ぜて創り出し、それを作品ごとに変えることで、各シリーズで特徴ある物語を生み出し続けてきた。警察小説は、未解決事件をテーマにした作品が多く、それを日本社会が抱える問題とリンクさせることで、読者を小説の中の世界に誘《いざな》い、物語の当事者の一人であるかのように感じさせるのが特徴となっている。

本シリーズは、本作「初心の業」で四巻目となる。僕は書評家ではないので、これまでのシリーズ三作品の解説を担当された方々のように、様々な作品と比較するなど、物語の詳細を分析することはできないが、書店員時代、これぞという作品に溢《あふ》れんばかりの想《おも》いを込めたPOPを書いた時のような気持ちで、この解説を書くことをお許しいただきたい。

本シリーズは、これまで数多くの警察小説を世に送り出してきた著者が、はじめて挑んだ「シリーズを通してのチームもの」(著者本人曰《いわ》く)である。著者は、リアルな警察小説を表現するためにチームものを採用したとしているが、舞台として選んだのは、警視総監直轄の特殊な部署で、どこの部署が担当するのかはっきりしない事件、いわば「法の隙間」に落ちてしまった事件や複雑な事件を担当する架空の組織、警視庁特殊事件対策班(SCU)だった。

リアルな警察小説を表現するためにチームものを選んだはずなのに、架空の組織を舞台とすることの矛盾こそが、本シリーズの肝であり、長年にわたり警察組織を描いてきた著者の、犯罪の質的変化に対する危機感の表れなのではないだろうか。

報道を通じて知る限りにおいても、年々犯罪の多様化が進んでいることを感じている。これまでとは異なる新しい形態の犯罪が出現し、増加傾向にある。要因としては、現代の日本社会の変化があるのだろう。

グローバル化した犯罪であったり、経済社会の仕組みが多様化、複雑化し、すべての国民がその仕組みの中に組み込まれて暮らすことで巻き込まれる犯罪、サイバー犯罪、そして都市化と国民の生活様式の変化や享楽的な風潮を反映した犯罪に関する報道が急激に増えている印象がある。

著者が生み出した架空の組織であるSCUは、まさにリアルな現代の犯罪に対応する組織ということなのだろう。

主要登場人物はSCUを構成する五人の精鋭たちである。キャップは公安出身で私生活も含め謎に包まれており、部下には最低限の情報しか渡さず、まるで部下を駒のように扱う結城新次郎。捜査一課から異動してきた独特な「目」を持つ童顔の八神佑。工業高校出身で車とバイクを好み、ITに強く情報戦の柱である最年少の最上功太。警視庁初の女性部長を目指すと公言している痩せの大食いである朝比奈由宇。そして、岩手県出身であらゆる武道に秀でた二世警官の綿谷亮介。年齢や抱えている事情など様々で、少数精鋭ながらキャラクターはじつに賑《にぎ》やかだ。

本シリーズは、この五人が各巻ごとに順番に視点人物になって登場する。一巻目は八神佑の、二巻目「夢の終幕」は最上功太の、三巻目「野心」は朝比奈由宇の視点で組まれていた。いずれも物語の中心はSCUが関わる事件であり、年齢も出自も背景も違う三人の視点で物語を編むことで、各巻においてそれぞれの人物像を深掘りでき、より立体的に組織が持つ意味を浮き立たせているのが本シリーズの面白さである。

そして、本書「初心の業」の視点人物は綿谷亮介である。組織犯罪対策部出身で、暴力団捜査や銃器対策等を担当してきた綿谷は、組対時代に目の前で犯人を取り逃がしてしまうという失敗を犯したことを悔やみ自分を責めていた。そんな中、警察官だった父親が脳梗塞で倒れ、急遽《きゅうきょ》盛岡に駆けつける。一命をとりとめたことに安堵しているところに、ＳＣＵの同僚である朝比奈由宇から連絡が入る。それが、綿谷と過去の失敗を繋《つな》ぐ事件の幕開けとなるのだった。事件の真相と、綿谷の警察官としての過去の失敗へのけじめが交錯しつつ物語は進んでゆくのだが、その顚末《てんまつ》はぜひ読んで確かめていただきたい。

先述のように、著者は、物語を日本社会が抱える問題とリンクさせることで、読者に物語の当事者の一人であるかのような感覚を覚えさせてくれる書き手である。綿谷は四十九歳。同年代の僕も綿谷同様、遠距離介護という問題を抱えている。離れて暮らす親を、遠方から通って介護する必要があるのだ。距離が離れるほど交通費や移動の時間がかかる上に、日々の介護を年老いた親同士に委ねる心苦しさを感じている。

働く場や家族の環境の変化などもあり、親に常時寄り添うことができないことに加え、自身の後半に差し掛かった職業人生の仕舞をどのようにするのか、思い悩む年代である。高齢化が進んだ現在、介護は社会的な問題であるし、職業人生の幕引きの問題はより切実になり得る。

警察官だった父の想いと、人生をかけた警察官としての勝負にけじめをつけるかどうか悩む綿谷の心の機微は、本書最大の読みどころだろう。本書のタイトルは、「初心の業」である。それは、綿谷だけのものではなく、きっと数々の警察小説を生み出してきた著者にとっても大切な一冊であることを示しているのではないだろうか。

　本書には、刑事という職業の物語ではなく刑事という生き方が描かれていた。その中で、著者の原点である鳴沢了をある場面で登場させることで、いかに犯罪が多様化、複雑化したとしても、刑事が刑事である意味は変わらないこと、それを受け入れ、チームとして向き合うことに重きが置かれていることが印象的に示されていた。

　そしてもう一つ、岩手県出身の私は、著者が盛岡という土地をどのように描くのか、綿谷が主人公となるこの巻を心待ちにしていたのである。

　古い街並みと自然のバランスの良さを描きつつ、随所にちりばめられた盛岡の古さと新しさが交わる場面を読んで、著者は、古き伝統と現代に即した姿への変容が混在する場として、盛岡という地を選んでくれたのではないかと嬉《うれ》しくなった。

　最後にこれだけ。盛岡の郷土料理の中で、じゃじゃ麺をこよなく愛する僕からひと言言わせてほしい。

　終盤、綿谷と最上が盛岡駅構内でじゃじゃ麺を食べる場面がある。駅構内にはじゃじゃ麺が食べられる専門店は二か所ある。ひとつは、じゃじゃ麺を世に知らしめたメディアへの露出も多い行列店である。駅という立地もあり、多くの観光客で行列が絶えない人気店だ。しかし僕は、もう一店の地元のおばちゃんが営んでいるこぢんまりとした方のお店に足繁く通っていた。お店の特徴、価格帯やサイドメニューから推察すると、おそらく綿谷と最上はそちらの店でじゃじゃ麺を食べたのだろう。いやいや、ふるさとの味が蘇《よみがえ》ってきて、無性に盛岡に帰りたくなってしまった。

（たぐち・みきと　書店人）

本書は、集英社文庫のために書き下ろされた作品です。

この作品はフィクションであり、実在の個人・団体・事件などとは、一切関係ありません。

集英社文庫

初心《しょしん》の業《ごう》 ボーダーズ4

2024年12月25日 第1刷 定価はカバーに表示してあります。

著 者 堂場瞬一《どうばしゅんいち》

発行者 樋口尚也

発行所 株式会社 集英社

東京都千代田区一ツ橋2-5-10 〒101-8050

電話 【編集部】03-3230-6095

【読者係】03-3230-6080

【販売部】03-3230-6393(書店専用)

印 刷 大日本印刷株式会社

製 本 大日本印刷株式会社

フォーマットデザイン アリヤマデザインストア マークデザイン 居山浩二

ISBN978-4-08-744722-4 C0193